VRMMOは
VRMMO with a rabbit scarf.
ウサギマフラーとともに。3

みんなが注目する中、
卵が割れて白い羽の片方が飛び出してきた。
ついに殻を破り、のそっと出てきたそれは、
鼻をヒクヒクさせた耳の長い、小さな白い兎だった。
…………いや、待て。兎に羽はないし、卵生でもないぞ。

「お待たせ～」

VRMMOはウサギマフラーとともに。

VRMMO with a rabbit scarf.

3

冬原パトラ

Illustration はましん

口絵・本文イラスト　はましん

CONTENTS

『DWO』World MAP

DWO:03:00 プロローグ

【Real World】

「今月に入っての逮捕《たいほ》者《しゃ》が二十四人。内、十八人は【同盟】側の【星門《スターゲート》】から来た者です」

「まったく……。向こうの門番《ゲートキーパー》は仕事をしているの⁉ 惑星《わくせい》テロリストが地上に降りていても驚《おどろ》かないわよ、私は！」

報告を受けた【連合】の太陽系宙域 駐留艦《ちゅうりゅうかん》『パララン』の艦長《かんちょう》は、どっかと椅子《いす》に座《すわ》って悪態をついた。

太陽系には人工ワープポイントである【星門《スターゲート》】が二つある。【連合】が管理するものと【同盟】が管理するものの二つだ。どちらとも海王星付近に存在していて、各々《おのおの》の局員が管理している。

基本的に、太陽系自体は封鎖《ふうさ》対象になっているわけではない。どんな船だって訪《おとず》れることはできる。

もちろん地球への配慮《はいりょ》として船にステルスシステムがあることは必須《ひっす》となっているが。

地球に降りることはできないが、個人の船でもここまで来ることはできるのだ。

しかし地球に降りるとなると、【連合】の厳しい検査と審査《しんさ》、そして星間法によるいくつもの規制《ルール》を厳守しなくてはならない。

基本的にそれを受けてない者が地球に降りることはまずないのだが、どこにでも穴というものはあって、違法《いほう》に地球を訪れようとする『不届き者』が絶えることはなかった。

地球は未開の惑星である。未開の惑星ではあるが、同時にこの星にしか存在しない珍《めずら》しいものが多々あるのだ。

それは宇宙に多く存在する好事家《こうずか》たちにとっては、垂涎《すいぜん》の的であったりする。

それは書籍《しょせき》であったり、文化芸術の作品であったり、動物、植物であったり――人間であったり。

海外に比べ行方《ゆくえ》不明者が少ない日本でも、一年に何万人と失踪《しっそう》している。そしてその中には『不届き者』に連れ去られた人間も何割か存在する。

事件が発覚し、連れ去られたが運良く地球へと帰還《きかん》できる者もいるにはいる。もちろん記憶《きおく》を消去、改竄《かいざん》されてだが。

そういった一連の処理も、彼女《かのじょ》ら惑星管理官の役割の一つであった。

しかしこの違法に地球へ降りた者の大半が【同盟】側の【星門《スターゲート》】から来た者となると、こちらへの嫌《いや》がらせなのではないかと疑いたくもなる。

艦長である彼女が、仕事をしているのか！　と怒鳴《どな》りたくなる気持ちもわからなくはない。

「やはり【同盟】側はわざと地球へと密入星者を出しているのでしょうか？」

「そう疑いたくもなるわね。こっちの仕事を増やして、さらに問題を起こさせれば、地球の管理権は【同盟】に渡《わた》るとでも思っているのかしら？」

そんなに都合よくはいかないだろうが、可能性としてはゼロではない。

地球が本当の意味で自分たちと同じ立場になった時の利権を考えると、今現在管理権を持っている【連合】が世話役となるため、【同盟】より有利であることは確かだ。

【同盟】としてはなんとか自分たちに有利な方へと地球側を誘導《ゆうどう》したいのだろう。いくつかの暗躍《あんやく》もしていると聞く。

しかもここに来て、今まで傍観者《ぼうかんしゃ》であった【帝国《ていこく》】も動き出している。【同盟】が焦《あせ》り始めるのもわからなくはないのだ。最近は条約ギリギリのグレーゾーンを狙《ねら》ってあれこれと企《くわだ》ててくる。

【連合】も【同盟】も一枚岩ではない。お互《たが》いに暴走しそうな身内を抑《おさ》えるのになにかと苦労している。この企てもその暴走した一部の犯行なのかもしれないが……。

「艦長。地球へ向けて未確認《みかくにん》物体が落下中です。隕石《いんせき》に偽装《ぎそう》していますが、また密入星者か、あるいは……」

「ちっ」

【連合】も【同盟】も理由もなく地上へ降りることはできない。逆に言えば、理由があれば降りてもいいとも取れる。例えば、なぜか突然おかしくなった作業ロボが地上へと向かってしまった時の回収など。

もちろんそういうことなら、相手側も突然《とつぜん》地球へと飛来した危険な調査ロボを、速《すみ》やかに排除《はいじょ》するために降りてもなんの問題もないわけで。

「未確認落下物体を追跡《ついせき》。調査員を派遣《はけん》し対処に当たるように。担当者には第二級の行使権を与《あた》える。戦闘《せんとう》も許可」

「了解《りょうかい》」

改めて椅子に座り直した艦長は、足を組んで、目の前の大型モニターに映る青い惑星を静かに眺《なが》めた。

DWO:03:01　ギルド【月見兎】

【Game World】

僕《ぼく》たちは第三エリアの【湾岸《わんがん》都市フレデリカ】を歩いていた。

第二エリアのブルーメンに比べると、かなり大きな町……いや都だった。その都はNPCやプレイヤーたちで溢《あふ》れ、活気に満ちている。

僕らは昨日、漁村の【ランブル村】を出て、馬車で揺《ゆ》られること数時間、夕方ごろにこのフレデリカに到着《とうちゃく》した。

疲《つか》れてもいたし、観光は明日からということにして、手頃《てごろ》な宿屋へと泊《と》まり、すぐログアウトしたのだ。

そして今日、こうして揃《そろ》って観光に繰《く》り出《だ》したわけだけれども。

「運河が縦横無尽《じゅうおうむじん》に走っていて、まるでヴェネツィアのようですね」

レンがそんなことを呟《つぶや》くが、ヴェネツィアに行ったことのない僕にはなんとも答えようがない。運河に浮《う》かぶゴンドラには乗ってみたいとは思うけども。あれがタクシー代わりに運河を行き来しているんだな。

都の中心には高い時計塔《とけいとう》があり、その下に中央広場があった。どうやらここがフレデリカの復活ポイントらしい。死に戻《もど》ったとみえるプレイヤーが光と共に時計塔の下から出現していた。

死に戻りかどうかはプレイヤーの行動を見ているとよくわかる。死に戻ったプレイヤーは、大概《たいがい》ベンチなどでうな垂れるからだ。どんな死に方をしたのかはわからないが、やはり気持ちのいいものではないからな。少し落ち着きたい気持ちもわかる。

広場にはブルーメンと同じようにプレイヤーの露店《ろてん》があちこちに並んでいた。賑《にぎ》わいはブルーメンの方があったように思えるな。

まあ、まだ第三エリアに来てないプレイヤーも多いし仕方ないか。

「ポータルエリアはどこにあるのかな？」

「この都には二つあって、一つは西の広場、もう一つは北の橋を渡った先の小島にあるみたいです」

レンがマップを見ながら教えてくれる。二つあるのか。使いやすい方を使えばいいのかな。

「いろんな店があるね。あ、武器屋だ」

「あっちには釣具店《つりぐてん》がありますわ。興味深いですね」

ミウラとシズカもキョロキョロと町並みを見物している。釣具店は僕も興味あるな。あとで来てみよう。

「二人ともそれはあとで。まずは管理センターにギルド設立の届け出を出して、お金を払《はら》わなきゃ」

「は～い」

「わかりましたわ、ギルマス」

レンがたしなめると、笑いながら素直《すなお》に返事をする二人。まだ設立してないからギルドマスターじゃないけどな。

都の中央から少し北寄りに行くと、大きな三階建ての建物が見えてきた。赤レンガで造られた瀟洒《しょうしゃ》な建物だ。ギルドの管理センターというか、歴史ある高級ホテルにも見える。

中に入るとホールのような場所に机やソファ、観葉植物などが置かれてあって、みんな

壁《かべ》の掲示板《けいじばん》を見たり、新聞のような物を読んでいたりした。中までホテルのロビーみたいだ。

カウンターには何人かの受付嬢《うけつけじょう》がいたが、その中でも空いていた【獣人族《セリアンスロープ》】の女性のところへレンが向かった。

「いらっしゃいませ。今日はどのようなご用件でしょうか」

犬耳の受付さんはレンに向けてにこりとした笑顔《えがお》を向けた。

「ギルド設立の登録に来ました。手続きをお願いします」

「かしこまりました。ではこちらに必要条項《じょうこう》を記入したあと、ご入金をお願い致《いた》します」

レンの前にウィンドウが開く。渡された羽ペンでレンがそこにスラスラと書き込んでいった。

ギルドマスターは誰《だれ》、サブマスターは誰とか書き込んでいるのだろう。ウェンディさんとリゼルにも羽ペンを渡しているしな。

ちなみにギルド設立のお金はすでにレンに渡してある。きっちり六等分だ。

設立自体のお金はそれほどでもなかった。まあ、まだギルドホームを持ってないし、こんなものなのだろう。

レンがウィンドウを閉じる。

「はい。ギルド【月見兎《つきみうさぎ》】登録完了《かんりよう》しました。こちらがギルド登録証カードになります」

……正直まだそのギルド名にはいささか物言いをつけたいところなのだが。

結局ギルド名は【月見兎】で押《お》し切《き》られてしまった。多数決で僕に勝ち目などなかったよ……。

すでにエンブレムまで決まっていた。月とそれを見上げる兎の形をしたエンブレムだ。

まあ、見た目は悪くない。もともと僕のマフラーにも同じようなものが付けられているしな。

「登録終わりました。シロさん、ミウラちゃん、シズカちゃん、こちらからギルド勧誘《かんゆう》のメールを送るので、登録お願いします」

「わかった」

「あいよー」

「了解ですわ」

個別ウィンドウにある、【ギルド】の欄《らん》にメールが来ている。

――――【月見兎】 ギルドランクE か。

所属しますか？ の質問にYESと答えると、すぐに許可されて【所属ギルド】が【月見兎】となった。どうやら無事に登録できたらしい。

ギルドメンバー欄にミウラとシズカの名前もある。向こうも問題なく所属できたようだ。

「ギルドホームっていつ建てられるのかな？」

ミウラがレンにそう声をかけた時、知っている別の声がそれに答えた。

「本拠地《ギルドホーム》はギルドクエストをこなしてギルドポイントを獲得《かくとく》し、ランクを上げてDにならないと作れないよ。今すぐには無理だね」

振《ふ》り向《む》くとそこには白銀の鎧《よろい》を身にまとった金髪《きんぱつ》の騎士《きし》と、杖《つえ》を持った【夢魔族《サキュバス》】の女性が立っていた。

「アレンさん！　ジェシカさんも！」

「やあ、シロ君。第三エリアへようこそ。ギルドに入ったんだね」

「久しぶり。元気だった？」

【怠惰《たいだ》】のトッププレイヤー、アレンさんとその仲間のジェシカさんだ。アレンさんはちよくちょく会っていたけど、ジェシカさんは久しぶりだな。

確かレンとウェンディさん以外はアレンさんと初対面だな。ジェシカさんに至ってはみんなか。

僕はみんなにアレンさんたちを紹介《しょうかい》した。【怠惰】のトップギルドである【スターライト】のメンバー、しかもギルマスだと言ったら驚いていたが。

さっそくレンがアレンさんとギルドカードの情報を交換《こうかん》していた。ギルドマスター同士がこうしてギルドカードを交換しておくと、時に協力してクエストをこなすことができるらしい。

「【月見兎】か。これはやはりシロ君からかな？」

「いや、まあ……。そんなところです」

なんとも面映《おもは》ゆい。僕がギルマスでもないのになあ……。

その当の本人、【月見兎】のギルマスは、同じギルマスとしてアレンさんにいろいろと質問していた。

「アレンさんの【スターライト】は本拠地《ギルドホーム》を持ってるんですか？」

「あるよ。ここに来てすぐに建てた。フレデリカの北区にあるんだ。僕らは先行組だったからね。いい土地を買えたんだよ」

そうか。いい土地は早い者勝ちって場合もあるのか……。いや、第一、第二エリアに建てるギルドもあるだろうし、この先のエリアで建てるギルドもあるかもしれないから、一《いち》概《がい》にそうとも言えないか？

「ギルドクエストってのはなんなの？」

ミウラが初対面にもかかわらず、ジェシカさんに馴《な》れ馴れしい口調で聞いていた。ホント物怖《ものお》じしない子だよ。

「プレイヤー個人じゃなく、ギルドに依頼《いらい》されるクエストよ。NPCから出されることもあれば、他《ほか》のギルドから出されることもあるの。例えば『霊薬草《れいやくそう》五十個を明日までに』とかね」

「へえ。あの掲示板に貼《は》ってあるやつ？」

「そう。もちろんちゃんと成功報酬《ほうしゅう》は出さないとダメだし、違反《いはん》するとペナルティもあるわ。でも自分たちだけじゃ手の回らない時とか便利よ」

ギルド同士の相互支援《そうごしえん》って感じかな。確かに手伝ってもらえたらいろいろと助かるかも。

だけどこちらから依頼するには、ギルドポイントが必要なんだそうだ。

ギルドポイントとはギルドクエストをこなした時に手に入るポイントで、このポイントでランクを上げたり、いろんなことができるらしい。

逆に依頼する場合はこのポイントを基本的に成功報酬として出し、さらに別途《べっと》でお金とかを上乗せしたりするという。

僕らは当然0ポイントであるから、他のギルドに依頼を出すことは今はできない、というわけだ。まずはギルドクエストをこなさないと。

それから僕らはロビーにあった椅子に座って、第三エリアのことをいろいろとアレンさんたちに聞いた。

未《いま》だに第三エリアのボスは見つかってはいないらしい。

「集めた情報によると、どうも海のモンスターなのは間違《まちが》いないと思うんだけどね」

「海……シーサーペントとかでしょうか？」

ウェンディさんがアレンさんに口を開く。シーサーペント？　なんだそりゃ？　沖縄《おきなわ》の守り神じゃないよな？

わからなかったので、こっそりとリゼルに聞いたら大きな海蛇《うみへび》のモンスターだと教えてくれた。大海蛇《シーサーペント》、か。

「大海蛇《シーサーペント》には何回か船で遭遇《そうぐう》している。かなり手強《てごわ》いけど、倒《たお》せない相手じゃない。アレが第三エリアのボスとは思えないな」

船に乗っててそんなのに襲《おそ》われるのか……。ちょっと遠慮《えんりょ》したいところだ。やっぱり【水泳】スキルは必須なのかなあ。溺《おぼ》れたら間違いなく死に戻りだもんな。

「ああ、そういえばトーラスがこの都に店を持ったのは知ってるかい？」

「え!?　トーラスさん、自分の店を作ったんですか!?」

アレンさんの唐突《とうとつ》な言葉に驚く。っていうか、第三エリアに来てたのかよ、トーラスさん。

【妖精族《アールヴ》】の商人（自称《じしょう》だが）、トーラスさんの店……ねえ。インチキ関西弁の店主……怪《あや》しさ爆発《ばくはつ》だな。

「『パラダイス』って雑貨屋よ。アクセサリーとか、いいものも置いてあるけど、中にはネタとしか思えない物もあるから、なんとも評価に困る店だけどね。アレンなんか熊《くま》の木彫《ぼ》りを買わされたんだから」

「僕だけじゃないぞ。ガルガドだってペナントとトーテムポールを買わされてた！」

買わされたのか、ガルガドさん……トーテムポールって……武器なのか？　【鬼神族《オーガ》】の彼《かれ》なら持てそうな気もするが。

やっぱり怪しい店のようだ。まあ、一回くらいは挨拶《あいさつ》に行った方がいいかもしれないけど。

「あ、そういえば……」

僕はインベントリから本屋のバラムさんからもらった『幻獣図鑑《ずかん》』を取り出して開いた。

「やっぱりだ。ほらアレンさん、第三エリアに来てるプレイヤーも増えたから、図鑑に新しいレアモンスターが載《の》ってますよ」

「本当かい⁉　……確かに見たことのないモンスターがいろいろ……これはいい。シロ君、これも前のように確認《かくにん》できたら公表してもいいのかい？」

「ええ。かまいませんよ。まだ情報が少ないのか、出現エリアと少しの解説ぐらいしか載ってませんけど……」

「それでも手がかりにはなるさ。しかし『ポイズンジェリー』の上に『キングポイズンジェリー』なんてモンスターがいるとは……。まだまだ僕らは第三エリアを調べ尽《つ》くしてはいないらしい」

その後、僕らはどんなギルドクエストがいいか、アレンさんたちにアドバイスをもらいながら掲示板を眺めていた。ギルドランクをEからDへ上げるのはそれほど難しくはないみたいだ。

よし、第三エリアでも頑張《がんば》るか。

◇◇◇

ギルドポイントを得ることができるギルドクエストにはいろんなものがある。

討伐《とうばつ》系から採取系、変わったものだと子守《こも》りとか店の売り子なんてものまである。

さらにプレイヤーギルドの依頼までもあるから、中には怪しいクエストもチラホラとあった。

当然、そういった怪しいクエストを受けることは年少組三人の保護者であるウェンディさんが許さない。

僕らは危なげなく健全なクエストを選び――――。

「シロ君！　そっちいった！」

「任せろ！　【加速】！」

僕はスキルを使い、湾岸都市フレデリカの裏路地を超《ちょう》スピードで駆《か》け抜《ぬ》ける。リゼルが追《お》い詰《つ》めた相手がこちらへ向かって全速力で駆けてくる。今度こそ逃《に》がさん。そのために挟《はさ》み討《う》ちにできるこの路地に追い込んだんだ。

僕の横を素早《すばや》くすり抜けようとするそいつを両手を伸《の》ばしてしっかりと掴《つか》んだ。

「ウニャアアアアッ！」

「よっしゃあ！」

腕《うで》の中で爪《つめ》を立てて暴れる黒猫《くろねこ》を逃がさないように押さえつけた。『DWO《デモンズ》』では痛覚は大幅《おおはば》にカットされてるので痛くはないが、チクチクと割り箸《わりばし》かなんかでつつかれている感覚はある。

「ミウラ！　ケージをこっちに！」

「あいよ、シロ兄ちゃん！」

駆け寄《よ》ってきたミウラが依頼者《いらいしゃ》から預かったペットケージをインベントリから取り出した。すかさずその中へと黒猫を入れて鍵《かぎ》をかける。

「よし、任務完了！」

「やった！」

「ふえぇ、疲れたー」

リゼルが大きなため息をつく。

この迷子の子猫《こねこ》を捕獲《ほかく》するのが今回の任務であった。ギルドポイントはそれほど高くはないが、そのかわり危険もないクエストである。

依頼主《いらいぬし》はフレデリカに住むＮＰＣのおばさんだ。

「ギルドクエストっていったら、もうちょっと手応《てごた》えのある仕事だと思ったんだけどなー」

ミウラがそうボヤくが、わからんでもない。なんか何でも屋か、日雇《ひやと》いのアルバイトでもしている気分だ。ギルドポイントの他に多少お金も貰《もら》えるからあながちハズレてもいない気がする。

「まあまあ。レンちゃんたちの方もうまく片付いてたらギルドランクがＥからＤに上がるよ。やっと念願の本拠地《ギルドホーム》が持てるじゃない」

リゼルがミウラを宥《なだ》める。

僕らとはレン、ウェンディさん、シズカの三人は別行動だった。それぞれ他のクエストをこなしていたのである。

ちなみにレンたちは職人の共同工房《こうぼう》で、機織《はたお》りをしている。反物《たんもの》を納品というギルドクエストがあったのだ。

ソロモンスキル【ヴァプラの加護】を持つレンは、生産に失敗が少なく、また完成した品質も高い。これによりギルドポイントも高めに貰えるのだ。ウェンディさんとシズカはレンのお手伝いである。

不器用なリゼルと飽《あ》きっぽいミウラが手伝いから外されたのはやはり適材適所というべきだろうな。

ギルド管理センターの中へ入ると、ロビーの椅子に三人が座って待っていた。

「あ、三人ともおかえりなさい。どうやら捕《つか》まえたようですね」

レンがミウラの持ったケージを見て微笑《ほほえ》む。両手でミウラがそれを頭の上に持ち上げると、ロビーに子猫の鳴き声が響《ひび》き渡った。

「かなり手こずったけどね。そっちは？」

「ついさっき納品してきました。ギルドポイントも入りましたよ」

じゃあ僕らもさっさと終わらせるか。ギルマスはレンなので、子猫の入ったケージを渡し、一緒《いっしょ》に受付カウンターに向かう。

「クエスト完了の手続きをお願いします」

「はい。ギルド【月見兎】、クエスト完了承認《しょうにん》いたしました。このクエスト完了により、ギルドポイントが加算されましたので、ギルドランクがDになりました。おめでとうございます」

「ありがとうございます」

ステータス画面を確認してみるとギルド欄のところが【月見兎：ギルドランクD】となっていた。おお、やった。

当たり前だが、ギルドランクを上げるためにはギルドポイントをたくさん得る必要がある。つまりはギルドメンバーが多ければ多いほど有利なのだ。

ちなみに【怠惰】のトップギルド、アレンさん率いる【スターライト】のランクはB。

しかし【傲慢《ごうまん》】の方には大人数を有するAランクギルドも存在するという。

しかしギルドのランクというのは、強さではなくその待遇《たいぐう》の違《ちが》いなので、小さいギルドはそこまでしなくても充分《じゅうぶん》な環境《かんきょう》を得られるとか。

六人だけのギルドに巨大《きょだい》金庫とか、複数の連携《れんけい》パーティを組めるようになるとかの恩恵《おんけい》は、あまり必要ないってことかな。

「やったね、レン！　これで本拠地《ギルドホーム》を持てるようになったね！」

「まだだよ、ミウラちゃん。今度は本拠地《ギルドホーム》を買ったり建てたりしなきゃいけないんだから」

はしゃぐミウラにレンが苦笑いしながらそう言葉を返す。

ギルドホームを造るには二通りの方法がある。一つはギルド管理センターのカタログから選ぶ方法。何種類かの中から拠点《きょてん》に建てるギルドホームを選び、すでに完成している家をその土地に転移させる。

デザインなども決まっている家を建てるわけだから個性はないが、それなりに安い。

もう一つは【建築】スキルを持つプレイヤー、もしくはＮＰＣに建ててもらうこと。こちらは資材を自分で用意するのでけっこう面倒《めんどう》だ。建ててくれたプレイヤーやＮＰＣにいくらかお金を払わないといけないしな。いや、素材から全部自分で集めればグッと安くなるんだけども。

プレイヤーに頼《たの》めれば、【建築】の熟練度アップにもなるので、さらに安くすむとは思うけど。

こちらは細かいところまで自分たちでこだわれるので、自由度が高いのが魅力《みりょく》だ。後から増築もできるし。

町には【建築】スキルを持つ大工さんもそれなりにいるし、ＮＰＣだってツテがあれば安くもしてくれる。

もちろん自分が【建築】スキルを持っていれば自分で建てても構わない。もちろん資材は自腹だけど。

「私たちの場合、【建築】スキルを誰も持っていませんし、やはりカタログからということになるのでしょうか？」

「うーん、それもつまんないなあ。やっぱり自分たちでいろいろ決めたいよね」

シズカとリゼルがそんな話をしているが、実際誰も【建築】スキルを持ってないからなあ。今から育てるのはかなり時間がかかるだろうし。【木工】から熟練度を上げて、その上位スキルに【建築】はある。他に【造船】とかもあるが……。

あ。

「一人、【建築】スキルじゃないけれども【木工】スキル持ちが知り合いにいるな。ひょっとして、その人が【建築】スキル持ちのツテを持っているかもしれない」

「え？　誰です？」

「トーラスさんさ。【妖精族《アールヴ》】の。確か湾岸都市フレデリカに店を出したってアレンさんが言ってたよね」

「ああ、そう言えば……」

確か店名は『パラダイス』だったか。アレンさんたちの反応からすると、あまり足を踏《ふ》み入《い》れたくないような気がしないでもないが。

他にツテがあるわけでもないので、僕らはトーラスさんの店に向かうことにした。ダメでもともと、挨拶はしといた方がいいだろうし。

湾岸都市フレデリカの南側、商店が立ち並ぶ大通りから少し外れた場所にトーラスさんの店はあった。

「ここ……ですか？」

隣《となり》のレンが苦笑いを浮かべながら視線をこちらへと向ける。

怪しい。一目でわかる。怪しい。

どこぞで拾ってきたような材木の板に『パラダイス』と書かれた看板が怪しい。

赤白ストライプ柄《がら》の服を着て、なぜか太鼓《たいこ》を持ち、怖《こわ》い笑みを浮かべて店先に立つ人形が怪しい。

『冷やし中華、終わりました』と立てられているノボリが怪しい。

扉《とびら》に彫《ほ》られたオリジナルだかよくわからないキャラクターが怪しい。

怪しさ大爆発《だいばくはつ》だ。っていうか、ワザとやってる？

「入らないの？」

ミウラが立《た》ち尽くす僕に声をかける。待て。心の準備が。

別になにかされるわけでもないしな。うん。よし、入るぞ。扉の取っ手を掴み、ゆっくりと手前に引く。ドアベルがカラコロと小さく鳴った。

「こんにちは～……お？」

中に入ると意外や意外、普通《ふつう》の店内だった。

ちょっとした旅館の土産《みやげ》コーナーのような、歴史ある骨董品《こっとうひん》店のような、ノスタルジックな造りの内装だった。

しかし置いてある物は判断に困るような物が多かったが。あの両手を上げた自由の女神《めがみ》像《ぞう》や、銀色の金閣寺、馬鹿《ばか》でかいしゃもじは売れるのか？

「お、シロちゃんやないか。らっしゃい」

「あ、トーラスさ……うわ」

「うわ、ってなんやねん。ご挨拶やな」

店の奥《おく》から現れたトーラスさんは、サングラスに半袖《はんそで》アロハシャツといった、これまた怪しいファッションをしていた。褒《ほ》め言葉《ことば》になるのかわからないが、超《ちょう》似合っている。

「店を開いたってアレンさんから聞いて来ました」

「そら、おおきに。おろ？　また初めての嬢《じょう》ちゃんがおるな？」

「初めまして、シズカと申します」

シズカがトーラスさんに向けてぺこりと頭を下げる。

「こらご丁寧《ていねい》に。わいはトーラスや。以後よろしゅうにな。なんやシロちゃん、女の子パーティに黒一点かいな。モテモテやんかー」

「や、そういうのじゃないんで」

肘《ひじ》でツンツンとつついてくるトーラスさんに能面のような無表情で返す。

「なんや、つまらんなあ。ほんで何か買っていってくれるんか？」

「あー……とですね、実は僕らギルドを作りまして。ギルドランクがDになったので本拠地《ギルドホーム》を作ろうと思ったんですけど……」

「ははあ。【建築】スキル持ちのプレイヤーを探してるんやな」

トーラスさんがニヤリと笑う。よくわかったな。まあ、本拠地《ギルドホーム》を作りたいって段階で読めるか。

「あいにくとわいは【木工】から派生する【微細彫刻《びさいちょうこく》】を取ったから【建築】は持っとらんよ？」

でしょうな。店内に置いてある熊の木彫りとか、トーテムポールとか、アニメキャラの木製フィギュアとかを見ればそれはわかる。

「いや、トーラスさんなら【建築】スキル持ちのプレイヤーを誰か知らないかと思って。できれば紹介してもらえると助かるんですが」

「【建築】持ちなあ……。何人かはおるんやけど、まだ熟練度が低かったり、他の仕事を抱《かか》え込んでたりで……。ああ、あいつがおったか」

「誰かいます？」

「おることはおる。ちょいと変わった奴《やつ》やけど、腕は確かや。待っとき、連絡《れんらく》してみるわ」

変わった奴？　なんだろう、不安を禁じえないのだが。

「ちょうどフレデリカに来とるらしい。これから寄る言うてたから、ちょっと待っててや」

トーラスさんの店の商品を見せてもらいながら【建築】持ちのプレイヤーを待つ。大概は変なアイテムだったが、中にはまともな商品もあった。僕が以前買った十二支のメタルバッジシリーズもある。

ふと店のドアベルが鳴った気がして、入口に視線を向けたが、誰もいない。気のせいか、と視線を戻そうとしたら扉が少し開き、誰かがこちらを覗《のぞ》き込んでいた。

「トーラスさん、お客さんが……」

「ん？」

「はわっ！」

ドアベルを鳴らして扉が閉まる。なんだ？

「あー、またかいな。毎度毎度しゃあないなあ」

トーラスさんが扉を開けて外へ出ていく。外で二人が言い争うような声が聞こえてきた。

「ちょ、ちょ、ちょっと待って、ちょっと待って！　も少し心の準備をしてから……！」

「アホか！　そんなん待ってたら明日になってまうわ！　別に取って食われるワケやないんやからさっさと入り！」

しばらくすると一人の男の人がトーラスさんに促《うなが》されて店内に入ってきた。

黒いベストに黒のズボン、腰《こし》には大工道具らしきものと中型のハンマーをぶら下げている。

【獣人族《セリアンスロープ》】か。尻尾《しっぽ》が怯《おび》えるように股《また》の間に入ってしまっているが。

前髪《まえがみ》が長く、さらにキャスケットを被《かぶ》っているので、目が完全に隠《かく》れてしまっている。キャスケットからは垂れた犬耳が飛び出していた。そのせいでよくわからないが、たぶん僕と同じくらいの年齢《ねんれい》だと思う。

おどおどとどこか挙動不審《きょどうふしん》だ。じっと見ているとネームプレートがポップする。『ピスケ』。ピスケさんか。

「こ、こ、ここここ、こん、こん、こんに、ち、わ……」

蚊《か》の鳴くような声でピスケさんが挨拶をしてきた。声、ちっさ！

挨拶し終わると、ススス、と部屋の隅《すみ》にあったトーテムポールの陰《かげ》に隠れてしまった。なんなの？

「スマンなぁ。あいつ極度の人見知りやねん。そんなんじゃあかんって自分でもわかってるようで、リハビリに『DWO《デモンズ》』始めたんやけど、そう簡単にはなぁ」

「はあ……」

人見知りっていうか、借りてきた小動物みたいになってますが。なんか震《ふる》えてる？　ナニモシナイヨー、コワクナイヨー。

「慣れればナンボかマシになるさかい、長い目で見たってや。腕は確かやから。ピスケ、こちらのギルド【月見兎《つきみうさぎ》】の皆《みな》さんがな、お前さんにギルドホームを建てて欲《ほ》しいんやと」

「ぎ、ぎ、ギル、ギルドホーム、ですか？」

またしても蚊の鳴くような声でピスケさんが答える。聞き取りにくい。トーラスさんの紹介だから腕は確かだろうし、信頼《しんらい》もできるんだろうけど、大丈夫《だいじょうぶ》かね？

そんなピスケさんにウェンディさんが前に出て話しかけた。

「はい。我々は【建築】スキルを持っていませんので。お願いできますか?」

「そっ、そっ、それは、ぼっ、ぼっ、僕も、じゅ、熟練度アップになりますし、あり、ありがたいことですがっ」

しどろもどろになりながらもピスケさんが答えてくれる。おおっ、引き受けてもらえそうだぞ。

「ぎっ、ギルドホームを【建築】っ、するには、『場所』、と『資材』が必要、です。そっ、そちらの方は……?」

「場所はまだ決まってません。資材は必要な物を指定していただければ、こちらで用意させていただきます」

「で、でしたら……」

ピスケさんがギルドホームを造るために必要な資材を教えてくれる。

明日からは資材集めか。ギルドホームを建てる場所も探さないとな。忙《いそが》しくなってきたぞ、と。

◇　◇　◇

「ほうほう。本拠地をのう」

僕は【加速】と【二連撃】のスキルオーブをもらった、ミヤビさんたちのいる【天社《あまつやしろ》】へと来ていた。

貴重なスキルオーブをもらったお礼と、個人クエストを終わらせるためだ。

個人クエスト【ミヤビの話し相手になろう】はすでに達成した。報酬はまたしてもスターコインだったが。

そんなわけで、僕《ぼく》は最近の出来事をミヤビさんに話していたのである。

ちなみに子狐《こぎつね》のノドカとマドカは、僕がおみやげに持ってきた『ミーティア』のケーキに舌鼓《したつづみ》を打っている。

「んー！　おいしいです！」

「んんー！　おいしいの！」

マスターのケーキは大好評。持ってきた甲斐《かい》があったってもんだ。今度また別のお菓子《かし》を持ってこよう。

「場所は決まっているのかや?」

「まだです。海に面したところなんかがいいかなとは相談しているんですけどね」

「ふむ……。そうじゃな。ならばわらわが島を一つやろう」

「はい?」

あんさん、なに言うてはりますのん?

「この【天社《あまつやしろ》】に他の者を立ち入らせるわけにはいかん。だが、そちらの島ならば構わんじゃろう。ノドカとマドカも遊びに行けるしの」

「いや、島って……」

「なに、わらわの持ってる中では小さな島じゃ。そこもここと同じく、余所者《よそもの》は容易《たやす》く侵入《しんにゅう》することはできん。お主が認めた者以外はの」

ちょっと待って。それってシークレットエリアってこと?

「ノドカ、マドカ。【星降る島】への扉までシロを案内してやるがよい」

「わかったです!」

「わかったの!」

元気よく子狐の双子《ふたご》が手を挙げる。ケーキを食べ終えた二人に手を引かれて、僕は【天社《あまつやしろ》】の裏手、竹林の道へと入った。僕が来ているポータルエリアとは違う方向だ。

ずんずんと進む僕らの前に、まるで伏見《ふしみ》稲荷《いなり》の千本鳥居のようなものが現れた。その鳥居の中へと僕らは突入《とつにゆう》する。

赤い鳥居のトンネルを抜けた先に、ポツンと一つのポータルエリアが見えた。

「ここですの！」

「ここなの！」

「ここ？」

二人に促されるがままに、ポータルエリアに足を踏み入れる。場所を指定してもいないのに、強制的に転送が開始され、気が付くと砂浜《すなはま》が見える丘《おか》の上に立っていた。

少し前に出て見るが、周りにはなにもない。だが、絶海の孤島《ことう》という感じではなくて、穏《おだ》やかな南の島といった雰囲気《ふんいき》だ。波も静かで美しい。絶景である。

水天一碧、青しか見えない。正確にはコバルトブルーの空とエメラルドグリーンの海だけど。

そして少しの白い雲と白い砂浜。燦々《さんさん》と輝《かがや》く太陽。まさに楽園。

ギルドホームを建てるには悪くないんじゃないかな。

「ここが【星降る島】なのです。危険な動物さんたちはいないし、いっつも晴れてて嵐《あらし》とかは無いのです。ときどきノドカもマドカと遊びに来るのです」

「カニさんとか捕まえるの！　エビさんは速くてなかなか獲《と》れないの！」

振り向くとポータルエリアを跨《また》ぐように赤い鳥居が一つだけ立っていて、ノドカとマドカもそこにいた。

「ここに僕らのギルドホームを建てていいのかい？」

「はいです！　連れて来たい人がいればお兄ちゃんの判断で連れてきてもいいです。でもでも、ここにおうちを建てていいのはお兄ちゃんたちだけなのです。他の人はミヤビ様に許可が要《い》るのです」

「なの！」

なるほど。僕が招待してプレイヤーをこの島へと呼んでもいいが、僕ら【月見兎】だけしかギルドホームを建てるのは許可しないということか。

「できればあまり怖い人は呼ばないで欲しいのです……」

「遊びに来れなくなるの」

「大丈夫。ノドカとマドカをいじめるようなヤツは呼ばないから。僕の仲間はお姉ちゃんばかりだしね」

そう言って二人の頭を撫《な》でる。トーラスさんとかが怪しい兄ちゃんで、ガルガドさんあたりが怖そうなおっさんだけどな。悪い人じゃないけど。

ま、しばらくはギルドメンバー以外呼ぶ気は……ああ、ここに建ててもらう以上、ピスケさんは呼ばないといけないか。彼とコミュニケーションをとるためにトーラスさんもかな。

……まあ、ピスケさんなら大丈夫《だいじょうぶ》だろ。逆にノドカとマドカにいじめられないか心配だ。ともかくみんなを呼んで、意見を聞こう。たぶん気に入ってくれるとは思うんだが。

「ふわあぁぁ……」

「なにコレ、すっごいじゃん！」

「驚《おどろ》きましたわ……」

年少組三人が周りを見ながら感嘆《かんたん》の声を漏《も》らす。リゼルとウェンディさんも言葉を失っているようだ。

「ここに僕らのギルドホームを建ててもいいらしい。シークレットエリアだから、知らない他のプレイヤーに絡《から》まれることもないし、自由に島を改造してもいいんだってさ」

「いったいなにをどうすれば島を一つ調達してこれるのか……。シロ様の常識を疑います」

いや、僕もよくわからないままにそうなってしまったんだけれども。ウェンディさんが呆《あき》れた声を出すのは、僕としては不本意なんだが。

リゼルはというと、なにやらノドカとマドカに、じ――――――っ、と視線を向けられて、蛇《へび》に睨《にら》まれたカエルのようになっている。どうしたんだろ？

「お姉ちゃん、わくせ……」

「ああっと、ノドカちゃん、マドカちゃん！　美味《おい》しいお菓子はいるかな⁉　こっちおいで！」

おいで、というか、掻っさらうようにリゼルが二人を小脇《こわき》に抱え、遠くへと走って行った。……リゼルってあんな子供好きだったのか。しかし、さすがにそれは誘拐犯《ゆうかいはん》みたいだからやめた方がいいと思う。

「……で、……だから……。……できる？」

「わかったです！」

「わかったの！」

何がだ？　遠くてノドカとマドカの声しか聞こえんな。

やがて両手にノドカとマドカの手を繋《つな》いで疲《つか》れたようなリゼルがこっちにやって来た。

「……えっと、仲良くなった」

「です！」

「なの！」

「あ、そう……」

……まあ、いいけど。

「で、どうかな。ここにギルドホームを建てるのは。反対の人いる？」

「反対なんて！　とてもいいと思います！」

「あたしもさんせー。桟橋《さんばし》とか作ってもらって釣《つ》りとかしたい！」

「私《わたくし》も。まるでモルディブのようで気に入りましたわ」

「私《わたくし》はお嬢様《じょうさま》がよろしければそれで」

「あ、私も問題ないよ、うん」

なんとなくリゼルだけ歯切れが悪いが反対というわけではないようだ。笑ってるし。引きつってるようにも見えるが。

「となると、あとはギルドホームを建てる資材だけですね」

「『トレントの材木』だっけ？　それが百本？」

「他に『ワックス』、『染料《せんりょう》』各種、『クロスシート』、『鉄の釘《くぎ》』、『ガラス板』、『レンガブロック』など細かい物が数点ですね。手分けして集めますか？」

ウェンディさんの言う通り、手分けした方が早いか。

『トレントの材木』ってのはその名の通り、樹木モンスター、『トレント』が落とすドロップアイテムだ。それほどレアというわけでもなく、プレイヤーの露《ろ》店《てん》なんかでも売っている。

しかし買うとなるとそこそこ高い。みんなが必要としているのだから当たり前だ。

さらにこの第三エリアでは『船』が重要なアイテムとなる。木材はいくらあっても構わないのだ。故《ゆえ》に売れる。故に狩《か》る。

お金が何かと必要になる僕らには、自分で取ってこれるものにお金を払《はら》う余《よ》裕《ゆう》はない。故に狩る。

「トレント狩《が》りか……。場所はどこだっけ？」

「んーと、フレデリカから南東にある【迷いの森】が一番近いよ。ちょっと遠いけど、あとはエリア中央にある【樹王の森】かな」

僕の質問にリゼルが答えてくれる。さすが。よく調べているなあ。

「チーム分けは……火魔法を使えるリゼルは絶対にトレント狩りだろ。ミウラも生産スキルがないからトレント狩り、レンはクロスシートとかを作ってもらうから素材集め、ウェンディさんとシズカ、僕はどっちにするか、だな」

「シロ君は『ワックス』や『染料』を【調合】できるんじゃない？　『レンガブロック』の元になる『粘土《ねんど》』も【採掘《さいくつ》】できそうだし」

「そっか。じゃあ僕も素材集めの方に回るか」

ウェンディさんもレンと同じ素材集め班、シズカはトレント狩り班と分かれた。素材集めが片付いたらトレント狩りを手伝うということで。

「材木を百本集めるのにどれぐらいかかるかな？」

「三日くらいじゃないかな。それほど集めるのに困るアイテムじゃないし。数がちょっと多いけど」

「うわー。三日もトレント狩ってたら飽きるー……」

「がまんがまん。掘《ほ》っ建《た》て小屋《ごや》で過ごしたくないでしょう？」

ボヤくミウラを宥《なだ》めるレン。

僕も『ワックス』とか『染料』を【調合】しなきゃな。『ワックス』は蝋燭《ろうそく》モンスターの『キャンドラー』が落とす『白蝋《はくろう》』、『染料』は【採取】で採れるいろんな花から【調合】するんだっけ。

花はいくつかあるけど、『キャンドラー』にはまだ会ったことないな。

インベントリからモンスター図鑑・第二集を取り出し、第三エリア編を開く。こんなこともあろうかと、フレデリカの本屋さんで買っておいたのだ。僕だって学習するのだよ。

キャンドラー……キャンドラー……と、あった。

キャンドラー。大きな蝋燭の姿をした非生物モンスター。夜行性で廃墟《はいきょ》、荒地、砂漠《さばく》地帯などに生息。水辺を嫌《きら》い、頭の火が消えると戦闘力《せんとうりょく》が落ちる。弱点属性は火と水……って、頭に火をつけているのに火に弱いってどういうことなのか。ほどよく溶《と》けそうではあるけども。

僕の持つ『双焔剣《そうえんけん》』の特殊効果《とくしゅこうか》が発動すれば、楽に倒《たお》せるか？

生息地域は、と。第三エリアで一番近いところだと……『廃都《はいと》ベルエラ』か。なんかおどろおどろしい名前だなあ。

キャンドラーは夜行性ってとこも面倒だな。夜は他《ほか》のモンスターも強くなるやつが多いし。昼間だってキャンドラーがいないってことはないんだろうけど。うーむ。

ふと周りを見回《みまわ》すと、誰《だれ》もいなくなっていることに気付く。あれ？

見ると、みんなしてエメラルドグリーンの海へと裸足《はだし》で入り、きゃっきゃうふふ、とはしゃぎまくっていた。ノドカとマドカもレンたちと一緒になってはしゃいでいる。もう仲良くなったみたいだ。よかったな。

そういや、この島って大きさはどれぐらいなんだろ？　シークレットエリアだからマップは表示されないしなあ。島のどこにギルドホームを建てるか決めないといけないし、そのうち探索《たんさく》してみるか。

ま、その前に素材集めだな、と。とりあえずそれは明日からということにして、僕も少し涼《すず》もうと、みんなのいる砂浜へと歩き始めた。

◇　◇　◇

【廃都ベルエラ】は【湾岸《わんがん》都市フレデリカ】から南南東にある。

フレデリカから出る駅馬車に揺《ゆ》られ、僕が辿《たど》り着《つ》いたときはまだ日が高かった。

『DWO《デモンズ》』では三倍の速さで夜になる。現実世界で午後八時にもなれば、こちらでも夜の帳《とばり》が下りるはずだ。

移動時間も考えて早めにログインしたのだが、早すぎたなあ。ま、いいか。

廃都ベルエラはその名の通り、廃《すた》れた都の跡地《あとち》で、そこら中に崩《くず》れた城壁《じょうへき》や、燃え残り、雨に晒《さら》されて腐《くさ》った柱などがゴロゴロ落ちている。

古びた城壁にも採掘ポイントがあって、試《ため》しに採掘してみたが、『古びた石壁《いしかべ》』しかとれなかった。ま、そりゃそうか。

かつては家々が並んでいたであろう場所を歩くと、そこかしこに生えた長い雑草の中からモンスターが現れた。こいつはモンスター図鑑《ずかん》で見たことがあるぞ。【鑑定《かんてい》】してみる。

【デスパイソン】　鱗甲種《りんこうしゅ》

■巨大な蛇。強力な毒を持つ。

ドロップアイテム／

?・?・?　?・?・?　?・?・?

?・?・?　?・?・?

ドロップアイテムはまだ倒したことがないのでわからないが、毒持ちってのはわかった。

『シャ――――ッ！』

デスパイソンが威嚇《いかく》するように鎌首《かまくび》をもたげる。胴回《どうまわ》りが太く、体長七メートルはあろうかという大蛇《だいじゃ》だ。実際にあれに巻き付かれたら、全身の骨が折れるだろうな。ま、ゲームだから締《し》め付《つ》けられる感覚はあるだろうけど、本当に骨までは折れない。HPは減るだろうけど。

とにかく先手必勝。

「【アクセルエッジ】」

引《ひ》き抜《ぬ》いた双焔剣、『白焔』と『黒焔』でその胴体《どうたい》を斬《き》り刻んでいく。攻撃《こうげき》を受けたデスパイソンはその長い尻尾を振《ふ》り回《まわ》し、僕を振り払おうとしたが、一瞬《いっしゅん》だけ【加速】を使ってそれを躱《かわ》す。

ここにきて【加速】の使い方にも慣れてきた。ここぞ、という時に少しだけ使うのが一番効果的なのだ。

尻尾を躱した僕は、その胴体へと『白焔』を突《つ》き立てた。と、幸運にも剣《けん》の特殊効果が発動、炎《ほのお》がデスパイソンを襲《おそ》い、火ダルマにして燃やしていく。じわじわとデスパイソンのHPが減っていった。

十秒も燃えると炎のエフェクトはブスブスという黒煙《こくえん》を残して消えた。だいぶHPを減らしてやったぞ。

最後のあがきとデスパイソンはその顎《あぎと》を大きく開き、僕へと真《ま》っ直《す》ぐ飛びかかってきた。

「【一文字斬り】」

その横を走《はし》り抜けるように、左手に持った『黒焔』でデスパイソンの首を斬り落とす。

大蛇は光の粒子《りゅうし》となってその場から消滅《しょうめつ》した。

ドロップアイテムは【大きな蛇の皮】と【大蛇の牙《きば》】か。蛇の皮は服飾《ふくしょく》系の素材にもなるらしいから今度レンにまとめて売ろう。牙の方は武器防具系かな。こっちはリンカさん行きだな。

それから何匹《なんびき》かモンスターが現れたが、目的のキャンドラーはまだ現れない。やはり夜になるまで出てこないのかね？

モンスターばかり倒しているのもなんなので、ときおり【採取】で『薬草』とかを採っておく。消費アイテムの素材はいくらあってもすぐ足りなくなるからな。小まめに採取しておかないと。あ、あんなところにも生えてら。

ここからはよく見えないが、廃墟の壁が高くなったところに【採取】ポイントが見える。階段は崩れていて使えないので、近場の崩れた石壁を足がかりにして壁を登った。

物見台のようになっているそこに生えていたのは『薬草』ではなく、様々な色をした花だった。

【赤炎花】　Dランク

■赤い花。赤い染料の元になる。
□調合アイテム／素材
品質：S（標準品質《スタンダード》）

【青天花】　Dランク

■青い花。青い染料の元になる。
□調合アイテム／素材
品質：S（標準品質《スタンダード》）

【黄陽花】　Dランク

■黄色い花。黄色い染料の元になる。
□調合アイテム／素材
品質：LQ（低品質《ロークオリティ》）

これはラッキー。これらの花は『染料』の素材になるのだ。目につく花を次々と【採取】する。塵《ちり》も積もれば、ってね。

おや？

高いところに登り、視界が開けたおかげで、ここからなら遠くまで見える。それでもはっきりとは見えないのだが、向こうに誰かいるな。

崩れた塔《とう》の先で誰か……何人かが動いている。戦っているのか？　他のプレイヤーかな？　僕はレンのように【鷹《たか》の目】スキルを持ってないからここからでは見えないなあ。

邪魔《じゃま》しちゃ悪いので、離《はな》れようかと思ったが、なにかこちらへ向けて叫《さけ》んでいるような……。向こうからもこっちを見てるのか？

よくわからないが、ちょっとだけ近寄ってみよう。

壁を降り、物陰《ものかげ》に隠れながら近づいてみると、二人のプレイヤーが一匹《ぴき》のモンスターと戦っているところだった。

プレイヤーは男女の二人組。

男の方は部分鎧《よろい》にタワーシールド、手にはゴツいメイス。白い髭面《ひげづら》でずんぐりとした体型のおっさん。【地精族《ドヴェルグ》】か。

見た目の歳《とし》は五、六十に見えるが、『DWO《デモンズ》』では当てにならない。十五歳以上ではあるとは思うが。

『DWO《デモンズ》』では十五歳以上はアバターを十五歳未満にはできないし、十五歳未満はアバターの年齢変化をすることができないからな。

これにより、子供プレイヤーはすぐにわかるようになっているのだ。まあ、中には成長のおよろしいお子様もいるかもしれないが。

一方、女の方は背中に矢筒を背負った弓使いで、歳は二十歳《はたち》前後に見える。革鎧《かわよろい》を着て、複合弓《コンポジットボウ》を持っていた。こちらは金髪《きんぱつ》の【妖精族《アールヴ》】だ。

そしてその二人に襲いかかっているモンスターは、頭はライオン、さらにその首の上に山羊《やぎ》の頭、尻尾は蛇という合成獣、『キマイラ』だった。

「キマイラか。確か結構目撃《もくげき》されているけど、レアモンスターだったよな」

ということは、邪魔しちゃ悪いか。僕はその場を離れようと踵《きびす》を返した。と、そのとき、

【妖精族《アールヴ》】の女性から声が飛んできた。

「ちょっと待って、そこの人！　手を貸してくれない⁉」

「……僕ですか？」

「そう！　【鷹の目】で見えたのはあなただけなのよ！　近くに誰もいなくて……！　ちょっと私たちだけじゃ負けそうなのよ。【キマイラの角】以外なら譲《ゆず》るから手伝ってくれない⁉」

焦《あせ》った様子で【妖精族《アールヴ》】の女性がそう語る。レアモンスターに遭遇《そうぐう》するのはなかなか難しい。倒せばレアアイテムが手に入るが、負けてしまえば当然、手に入らない。チャンスをふいにしたくないって気持ちはわかる。

キマイラのＨＰは半分ほどに減っていた。この状況《じょうきょう》なら参加してもドロップアイテムは普通に落ちるだろう。

「いいですよ。じゃあ申請《しんせい》送るんで」

「ありがとう！」

ポップした二人の名前、『ギムレット』と『カシス』のうち、リーダーマークのあるギ

ムレットさんの方へ戦闘《せんとう》参加申請を送る。

すぐさま『許可』と返信がきて、戦闘に参加できるようになった。面倒《めんどう》くさいが、トラブルを避《さ》けるために必要なことだからな。

「よし、じゃあいきますか」

大盾《おおたて》を持ち、キマイラからの前足攻撃を防いでいるギムレットさんとは逆の方に走る。

鎌首をもたげ、その身をくねらせる蛇の尻尾の方と対峙《たいじ》した。

『シャアッ！』

牙を剥《む》き、その蛇が襲いかかってくるが、それを躱しながら腰の『白焔』と『黒焔』を素早《すばや》く抜き放つ。

蛇の攻撃を右へ左へと躱しながら、少しずつ攻撃を加えていく。大きく蛇が隙《すき》を見せたタイミングで戦技を放った。

「【十文字斬り】」

戦技を放つと滅多《めった》に出ない【Ｃｒｉｔｉｃａｌ《クリティカル》　Ｈｉｔ《ヒット》！】の文字が浮《う》かび、蛇がバラバラに刻まれて光の粒《つぶ》になり消滅する。おお、ラッキー。

『ゴガアアアァァァッ⁉』

尻尾を斬り落とされたキマイラが、痛みのためか大きな唸《うな》り声《ごえ》を上げる。真っ赤に燃えるその双眸《そうぼう》を、尻尾を奪《うば》った憎々《にくにく》しい僕の方へと向けてきた。ありゃ。敵愾心《ヘイト》稼《かせ》いじゃったか。

ギムレットさんの方を無視し、こちらへと飛びかかってくる。

「危ない！　【スパイラルショット】！」

後方にいるカシスさんから回転のかかった矢が放たれた。その矢はキマイラの肩口《かたぐち》に深々と突き刺《さ》さったが、それを物ともせず、ヤツは大きな口を開けて僕に襲いかかってくる。

「【加速】」

キマイラの口が空振《からぶ》りに終わる。【加速】による猛《もう》スピードで僕は瞬時《しゅんじ》にキマイラの後ろに回り込み、右後ろ足を【アクセルエッジ】で切り刻んでやった。

『グギョアアアアアッ！』

「今だ！　【ヘビィインパクト】！」

僕の方へ振り向《む》いたキマイラの横《よこ》っ面《つら》（ライオンの方）に、ギムレットさんは凶悪《きょうあく》なメイスによる一撃《いちげき》を食《く》らわせた。

先ほどの僕と同じように、【Ｃｒｉｔｉｃａｌ《クリティカル》　Ｈｉｔ《ヒット》！】の文字が浮かぶ。

【地精族《ドヴェルグ》】は種族スキル【強打】を持っている。斧《おの》、棍棒《こんぼう》、杖《つえ》、格闘《かくとう》系に限り、攻撃力《こうげきりょく》とクリティカル率が上昇《じょうしょう》するのだ。その反面、命中率が下がるのだが、【地精族《ドヴェルグ》】はもともとDEX（器用度）が高いので、それほどマイナスにはならないとか。

しかし絶対的失敗《ファンブル》である『ノーダメージ』が何%かの確率で起こることもあるらしいが。

ギムレットさんのクリティカルが効いたのか、キマイラは頭の上に小さな星のエフェクトを浮かべてフラフラとよろめいている。ピヨった。

「【ツインショット】！」

再びカシスさんから戦技の矢が飛んでくる。放たれた二本の矢の片方が、キマイラの右目を貫《つらぬ》いた。

『グギャオオオオォォォォォォッ！』

山羊の角から雷撃《らいげき》が走る。僕とギムレットさんはそれを避けつつ、斬り込むタイミングを計っていた。

キマイラのHPはもうすでに五分の一も残っちゃいない。一気に畳《たた》み掛《か》けるなら今だ。

「閃光弾《せんこうだん》を投げます！　目を閉じて下さい！」

インベントリから閃光弾を取り出し、キマイラの顔面めがけて【投擲《とうてき》】で投げつける。

ギムレットさんは盾を目を守るように前にかざした。僕も投げた右腕《みぎうで》で目をかばう。

眩《まばゆ》い閃光が爆発《ばくはつ》するように広がり、辺りを包む。

『グルガァァァァッ！』

ライオンと山羊の目を潰《つぶ》されたキマイラは、もがくようにめちゃくちゃに周りを攻撃している。隙だらけだ。

まずは僕が飛び込む。

「【風塵斬《ふうじんぎ》り】」

火炎旋風《かえんせんぷう》の渦《うず》がキマイラを斬り刻んだ。

「【骨砕《くだ》き】！」

燻《くすぶ》るライオンの頭頂部へギムレットさんが重いメイスを振り下《お》ろす。

「【バーニングショット】！」

燃え盛る一本の矢が、涎《よだれ》を垂らしながら唸り声を上げていた山羊の眉間《みけん》に突き刺さった。

山羊の頭が燃え上がる。横倒《よこだお》しにキマイラが倒れ、弾けるように光の粒へと変わっていった。

「ふう」

飛び入り参加だったが、なんとかなったな。ブレイドウルフ対策に作った閃光弾の余りを使ってしまったが、大した値段でもないので別にいいか。

しかし【二連撃】は一回も発動しなかったな……。仕事しろよ。寝《ね》てんのか？

「いや、助かった。礼を言う」

「いえ、お気になさらず」

ギムレットさんが頭を下げてくる。

うーむ、どっからどう見ても白髭《しらひげ》のオッサンなのだが、ひょっとしたら中身は僕と同年《どうねん》齢《れい》って可能性もあるのか……。

ギムレットさんを見ながらそんなことを考えていると、後方からカシスさんが駆《か》け寄《よ》ってきた。

「ありがとう、助かったわ。えっと、シロさん？　それとも『ウサギマフラー』さん？」

「……シロです」

くっ、その呼び名知ってんのか……。まあ、このマフラー目立つし、仕方がないか。別に悪いことしてるわけじゃないからいいけどさ。ギルドの宣伝にもなるとはミウラの弁だけど。

「ＰｖＰの動画で見たけど、実際に見るともっと速いね！　いつの間にかこうシュン、って！」

いや、まあＰｖＰの時には【加速】を持ってなかったしな。今の方が速いのは確かだ。スキル内容を話すつもりはないので、曖昧《あいまい》に笑っておく。

「よし、【キマイラの角】が落ちたぞ！　約束通りそれ以外の【キマイラの鬣《たてがみ》】【キマイラの爪《つめ》】はシロに譲ろう」

「いや、別にいいですよ。僕の方もそれはドロップしましたし」

ギムレットさんがそう申し出るが、断った。

インベントリを見ると、【キマイラの角】はなかったが、【キマイラの鬣《たてがみ》】と【キマイラの爪】、それに【キマイラの牙】を僕も入手している。

「遠慮《えんりょ》しなくていいのよ？　私たちの狙《ねら》いは角だけで、あとは使わないからどうせ売っちゃうし。何日もここに通《かよ》い詰《つ》めてキマイラが出るのを待ってたんだけど、全然出なくてねー」

「運悪く仲間が二人死に戻《もど》ってな。カシスと二人ではどうしようもないから、俺《おれ》たちも都に帰ろうとしてたところにご登場だ。危なく数日間の張り込みが無駄《むだ》になるとこだった」

あー、そりゃあタイミング悪いなあ。デスペナルティもあるから、抜けた二人がすぐさま戦闘に参加できるわけじゃないだろうし。

何日も待ち構えていたのに、倒し損《そこ》ねたら泣くよね……あ。

「そうだ。じゃあ『白蝋』って持ってます？　できたら譲ってほしいんですが」

「『白蝋』……って、ここに出るキャンドラーが落とすやつ？　それならいっぱいあるけど。

夜中になるとここらへんあいつらばっかり出るし」

「ああ、『ワックス』を作るのか。いいぞ。露店で売ろうかと思ってたが、お礼に町での買い取り値段で売ってやるよ」

ギムレットさんとカシスさんから『ワックス』の素材になる『白蝋』をたくさん売ってもらった。『白蝋』は、露店で売ればNPCに買い取ってもらうより高く売れるのに、NPCの買い取り値段で売ってもらった。悪いなあ。

キャンドラーに会わずして目的のものをゲットしてしまったな。

あ、レベルも25になってる。

カシスさんたちとはフレンド登録を交《か》わして別れた。所属ギルドは【カクテル】か。『カシス』に『ギムレット』。なるほど。

思ったよりはるかに早く用事が片付いてしまった。日も暮れてきたし、僕も湾岸都市フレデリカに戻るか。本来ならこれからが本番だったのにな。

来るときは馬車で時間がかかったが、帰るのはポータルエリアを使えば一瞬だ。ゲームって便利だね。

帰ったら宿でさっそく『ワックス』と『染料』を【調合】しようっと。

◇　◇　◇

昨日ギムレットさんたちに売ってもらった『白蝋』を【調合】して、『ワックス』を作った。

何個か失敗したが、ギルドホームを作ってもらうピスケさんが指定した数は用意できたので良しとしとこう。

今まで採取したいろんな花からも、『染料』を【調合】できた。これは服や武器防具などの色を変えることにも使えるので重宝する。少しレンにも分けてあげた。

ちょっと手を加えて【調合】すれば、『染髪料《せんぱつりょう》』にもなるしな。今のところ染める気はないけど。

「あとは『レンガブロック』の素材になる『粘土』か」

『粘土』自体はそんなに珍《めずら》しいアイテムではない。僕《ぼく》もいくつか持っている。崖《がけ》や切り通しなどの層から【採掘】で取れるのだ。

こいつを『レンガブロック』にするには【焼成《しょうせい》】スキルが必要だが、町の窯元《かまもと》に持って行けば『レンガブロック』と交換《こうかん》してくれる。別に持っていかなくても『レンガブロック』を売ってくれるし。

「面倒だしそれほど高くないから買ってもいいんだけど量がな。これ以上インベントリが圧迫《あっぱく》されるのは……」

インベントリの一つの枠《わく》には一種類九十九個しか入らない。つまり『レンガブロック』が二百個あったら、九十九個入った枠二つと二個入った枠一つ、計三つの枠が必要になるのだ。

まあ、それを解消するためにギルドホームを作ろうって話なんだが。

ギルドホームを作れば、共用の大きなインベントリの設置と、個人インベントリの拡張ができるようになるのだ。だから早いとこ【星降る島】にギルドホームを……あ。

「あー、そうか。あそこはシークレットエリアなんだから、誰も来ることができない。盗《ぬす》まれることもないんだから、『レンガブロック』を島に置きっぱにしてもいいのか」

レンたち同じギルドの人間が盗むわけはないし、ミヤビさんたちも必要ないだろうしな。

そうと気付けば即行動。

とりあえずフレデリカの窯元で、みんなから預かった持ってる『粘土』を全部『レンガブロック』にしてもらう。プラス、持てるだけの『レンガブロック』を売ってもらった。

今度はそれを持って、今度はポータルエリアから【星降る島】へと転移した。

インベントリの中にある『レンガブロック』を全《すべ》て取り出して、島の一箇所《かしょ》に積んでおく。

よし、インベントリが軽くなったし、『レンガブロック』もこれだけあれば充分《じゅうぶん》だろ。

積んだレンガの上に腰《こし》掛《か》けて一息つく。海風が潮の香《かお》りを運び、さざ波の音に癒《いや》される。

いいねえ。早く本拠地が欲《ほ》しいね。

っと、のんびりしてる暇《ひま》はなかった。やれることをどんどんやっていかないと。トレント狩りをしているリゼルたちの方を手伝うか。

リゼルに連絡《れんらく》を取るため、僕はギルドメンバーのリストウィンドウを開いた。

◇　◇　◇

それから二日後。

思ったより早く全ての素材が集まり、ギルドホームを建てる準備が整った。

「こ、こ、こ、ここ、ここ、ここって、し、シークレットエリアなんですかぁ⁉」

「嘘《うそ》やろ……。シロちゃん、あんた何しとんねん……」

連れてきたピスケさんとトーラスさんが口を大きく開いて驚いている。まあ、気持ちはわかる。

「島ひとつ丸ごと……。しかも入るにはシロちゃんの許可がいるって……ムチャクチャやな。今までシロちゃんが手に入れたモンにはいろいろと驚かされたけど、これは極《きわ》め付《つ》けやで……。なにしたらこうなるんや……」

「まあ、いろいろあって？　もらった」

「さっぱりわからんわ！」

まあいいじゃないか、そこらへんは。まだブツブツと言っているトーラスさんを置いて、ピスケさんに話しかける。

「場所は海から少し離れた丘《おか》の上にお願いしたいんですけど大丈夫《だいじょうぶ》ですか？」

「ふえっ⁉　あ、ああ、は、はい、だ、大丈夫、大丈夫です。そ、素材も、ちゃん、ちゃんとありますし、すぐに建て始めますです、はい！」

話しかけるたびにビクッとされると、ちょっと傷付くな……。

建てるギルドホームのデザインはウェンディさんが用意した。中世の屋《や》敷《しき》っぽくもあるが、魔女《まじょ》の家っぽくもあるデザインだ。なかなかに洒落《しゃれ》たデザインだと思う。かなり広そうだ。……ウサギ小屋じゃなくてよかったよ。

「あのさ、家作る前に、桟橋だけ先に作ってもらえないかなあ。釣りとかしたいんだよね。ダメ？」

「えっ⁉　あ、は、はい。さ、先に桟橋ですね。大丈夫です、できます」

ミウラがピスケさんにそう頼《たの》むと、ぴゅうっと砂浜《すなはま》へと駆けていってしまった。あれは急いだんじゃなくて、人見知りスキルが発動して、逃《に》げたんだと見た。って、うおっ⁉

インベントリからでっかい木材を出したかと思うと、ピスケさんがノコギリでスパパン！　っと一瞬でいくつかの形に切り分けてしまった。いや、それノコギリの切り方じゃないよね⁉

同じようにサイズを測ることなく、いくつもの同じ長さの板が切り出されていく。それが終わると大きな木槌《きづち》を取り出して、長く太い杭《くい》を海の中へ何本も何本も打ち付けていった。

まるで早送りでも見ているかのように、打ち付けた杭の横に板が次々と並んでいく。ピスケさんは仕上げとばかりに腰《こし》に差してあった金槌《かなづち》で、リズムよく釘を打っていき、あっという間に海へと伸《の》びたかなり長い桟橋が出来上がってしまった。

「で、で、で、できました」

わずか十分ほどで完成。ゲームとはいえ凄《すご》いな……。

「すっごい！　やるじゃん、ピスケ兄ちゃん！」

栈橋《さんばし》の上で再びビクッ、となったピスケさんの横をミウラが駆けていく。

僕も出来立ての桟橋へと足を踏《ふ》み入《い》れたが、かなりしっかりとしている。これならボートとかを係留しても問題あるまい。

みんなが桟橋に集まり、その出来映《できば》えを口々に感心していると、それを造った当の本人はぴゅうっ、と丘の上へと走り去り、レンガブロックを並べ始めた。

「ありゃ、照れてるんや。堪忍《かんにん》したってや。あんまり他人との付き合いに慣れてないさかい」

苦笑《くしょう》しながらトーラスさんが謝《あやま》る。まあ、誰も気にしてないと思うけど。

ていうか、トーラスさんの方が気になるわ。この風景とサングラスにアロハシャツって似合いすぎだろ。怪《あや》しい店の店主から、怪しい観光ガイドにクラスチェンジしてるぞ。

「ネット内で人見知りってどうなんだろうなあ。普通《ふつう》逆のような気もする」

「そうでもないで。ネット内は知り合いがおらんからはっちゃけるゆう奴《やつ》とは逆に、知り合いがおらんから声もかけられんゆう奴もおるし。そういう奴はソロになりがちやけどな」

ううむ。それってこういったゲームに向いてないのでは、とも思うが、遊び方は人それぞれだしな。本人が楽しんでいるなら問題ないけどさ。

「まあ、仲良くしたってや。後々、船とか必要になったらまたあいつの世話になるかもしれんで？」

「船かあ。……そういや、ここって船出したらどこへ行くんだろ？」

僕は桟橋の先の水平線へと視線を向けた。どこまでも海が続いているように見えるが。

「ここってシークレットエリアやろ？　地図上にはない場所やさかい、ひょっとしてループしとるんとちゃうかな……。島の東へ船を走らせれば、島の西に着く、みたいな」

そんなゲームみたいな、と反論しようとしたが、ゲームだったっけ、これ。

「やあっ！」

ミウラがインベントリから出したと思われる釣竿《つりざお》を振りかぶり、桟橋から海へと針を投げ入れた。緩《ゆる》やかな弧《こ》を描《えが》き、エメラルドグリーンの海へ、ポチャンと落ちる。

「あれ？　ミウラ、【釣り】スキル取ったのか？」

「ううん、取ってないよ。別にスキルがなくても釣りはできるんだよ。補正が全くないけど、釣れないわけじゃないいんだ。【採取】スキルがなくたって『薬草』とか取れるじゃん。アレと一緒《いっしょ》だよ」

あ、そうか。別段、大物とか珍しい魚、あるいはヌシとか狙って釣るのでもなけりゃ、スキルはいらないのか。

レンとシズカがミウラの投げ入れた釣り糸《いと》の先をじっと見ている。リゼルとウェンディさんも海を覗《のぞ》き込む三人を後ろから眺《なが》めていた。

「釣れるのかな？」

「シークレットエリアですしね。どんな魚がいるかわかりません。ひょっとして珍しい魚が釣れるかも」

「どうかなー。だったらなおさら【釣り】スキルが必要になると思うけど」

ウェンディさんの言う通り、珍しい魚がいてもおかしくはないと僕も思う。釣れるか釣れないかはわからないが。できれば美味《うま》い魚が釣れてくれるとありがたい。なんだか僕も久しぶりに釣りたくなってきたな。

「こんなことなら僕も釣竿を買っとけばよかったなあ」

「あるで？」

にんまりとしながらインベントリからトーラスさんが何本かの釣竿を取り出した。え、あるの？

簡易的なリールもちゃんと付いている釣竿だ。ファンタジーさが無いのはこの際置いておこう。

「一本一五〇〇Gやけど、わいとシロちゃんとの仲やさかい、餌《えさ》付きで一〇〇〇Gにしとくで。どや?」

「商魂逞《しょうこんたくま》しいなあ!」

まあ、欲しかったのは確かだからいいけど。他の店で買うよりは安いだろうし。僕は一〇〇〇G払《はら》ってトーラスさんから釣竿を一本買った。

僕が釣竿を買ったのを見て、レンとシズカも同じようにトーラスさんから買った。

僕が二人に餌を付けてやると、レンたちはミウラの横へと並び、さっそく釣り糸を投げ入れていた。

僕も自分の釣り針《ばり》に餌を付けて、釣る準備を完了《かんりょう》させる。どれ、久しぶりに釣ってみるかー。

「シロちゃん、釣りに自信がありそうやな?」

「こう見えて島育ちですからね。仲間内では釣りバカと……」

「かかった!」

ミウラの声が辺りに響《ひび》く。

なかなかの大物らしく、右に左に暴れている。

「トーラスさん、タモ！　タモ網とかないの⁉」

「五〇〇Gやけど」

「商魂逞しいなあ！」

僕らがそんな馬鹿《ばか》なことを言っている間に、ミウラが釣竿を思い切り引き上げた。

「どっせい！」

【鬼神族《オーガ》】のパワーで海中から引きずり出された魚が、水飛沫《みずしぶき》をキラキラと反射させて、青い空を飛んでいく。

栈橋の上に、どしゃっ、と落ちた青い魚は、バタバタと板の上でもがいていた。

「釣れましたわ！」

「ミウラちゃん、すごい！」

シズカとレンが魚に駆け寄る。体長三十センチくらいの鯛《たい》に似た魚だ。【鑑定】してみる。

【ヘブンズブルーフィッシュ】　魚類
■特別な場所にしか棲息《せいそく》しない魚。

肉は白身。淡白《たんぱく》で美味。

食べるとHPが一時的に15％上昇。


「ヘブンズブルーフィッシュ……食べるとHPが一時的に15％上昇……？」

「こらまたえらい魚やで……。なんなんこの島……。なんかヤバイ生物実験とかしてたりせえへんよな？」

引きつった笑いを浮かべる【鑑定《かんてい》】持ちの僕らをよそに、年少三人娘《むすめ》らは魚を持って、ＳＳ《スクリーンショット》を撮《と》っていた。

その後、僕らも釣りをして何匹かの魚を釣った。どれもこれもなにかしらボーナスのつく食材だったので、それがこの島のデフォルトなのかもしれない。【釣り】スキルがあったらどんなのが釣れるのか想像もつかないな……。

その後ピスケさんも呼んで、浜辺《はまべ》で魚を焼いて食べた。塩を振っただけのものだったが、かなり美味かった。こんな食材があるならと、ウェンディさんは【料理】スキルを伸ばすことに決めたらしい。

ひょっとして、島の森に生息している兎《うさぎ》とか猪《いのしし》とか鳥とかも、食べると同じような効果があるのだろうか。

要検証だな、と焼いた魚を頬張《ほおば》りながら僕はそんなことを考えていた。

◇ ◇ ◇

「こ、ここ、これで、完成、です」

「やったああ――――――っ！」

ピスケさんの完成宣言にミウラが高くジャンプして喜びを表現する。

着工から三日、細かいところまでいろいろと手を加えて、やっと僕らのギルドホームが完成した。ギルド【月見兎】の本拠地である。

出来上がったのは西洋風の洋館と、魔法使《まほうつか》いの家を合わせたようなファンタジー色の強い洋館だった。煙突《えんとつ》が微妙《びみょう》に曲がっているあたりや、むやみに蔦《つた》が絡《から》んでいるところなんかがこだわりらしい。大きな丸い月見窓が特徴的《とくちょうてき》だ。

二階には張り出した広いバルコニーなんかもあったりする。

「早く中に入ろうよ！　一番乗りー！」

「待ってミウラちゃん！　私がギルマスなんだから私が先！」

「まあまあ、お二人とも。三人で一緒に入りませんこと？」

年少組が我先にと玄関《げんかん》へと向かう。おいおい、建てたばかりの家を壊《こわ》すなよ？

玄関の扉《とびら》をくぐると、大きなホールが僕らを出迎《でむか》える。二階へと上る階段が左右の壁《かべ》にあり、真上には派手さはないが趣《おもむき》のあるシャンデリアがぶら下がっていた。

「こ、このギルドホームはギルドメンバーとメンバーが許可登録した者しか入れません。ギ、ギルドウィンドウの許可リストから、ぼ、僕の名前を外してみて下さい」

ピスケさんに言われるがままに許可リストから彼《かれ》の名を外すと、ピスケさんが玄関外へと転移された。おお、強制転移か。

再びリストにピスケさんの名前を入れると、また玄関に入ってこれるようになった。

「もも、もちろん、ホーム内にメンバーがいない時には許可されてても誰《だれ》も入れません」

防犯はバッチリか。町中にギルドホームを作るのが一般的《いっぱんてき》だが、中にはフィールドに作るギルドもあるし、変なプレイヤーに侵入《しんにゅう》されたら嫌《いや》だもんな。

町に入れないＰＫギルドなんかは基本フィールドにホームを建てる。ま、ＰＫギルドは人目を避けるから、目立つような場所には建てないと思うけど。建てるとしたら見つかり

にくい洞窟《どうくつ》とか深い森の中だろう。

「い、いい、一階はリビングや応接間、キッチン、食堂、衣装部屋などになります。ち、ち、地下は保管庫です。共有の倉庫と金庫はこちらになります。に、二階はそれぞれの個室が一応八部屋、あ、あと談話室。その上は屋根裏部屋になっています。離れに小さな工房《こうぼう》と、畑、もあります。ギ、ギルド専用のポータルエリアは工房横になります」

ひと通りピスケさんが説明してくれる。へえ、工房まであるのか。僕の【調合】やレンが【縫製《ほうせい》】するときに便利かな。

ギルド専用のポータルエリアってのは、ここから各地のポータルエリアへ直で跳《と》べるって転移陣《じん》だ。ここは【月見兎】のギルドメンバーしか使えない。まあ、ここは特殊《とくしゅ》なシークレットエリアだから、海岸にあるポータルエリアも僕の許可がなければ使えないが……。

二階へと上がると十二畳《じょう》ほどの広さの個室が何部屋かあった。ピスケさんのサービスなのか、それぞれ机と棚《たな》、ベッドが取り付けられている。これで狭《せま》い宿屋暮らしともおさらばってわけだ。

みんなが集まってくつろげる談話室には一面ガラス張りの窓があり、そこから広いバルコニーへと出ることができた。

「うわああ！　綺麗《きれい》！」

「見晴らしのいいところですね」

バルコニーから広がるオーシャンビュー。リゼルとウェンディさんも気に入ったようだ。

「ありがとうございます。予想以上の出来ですよ、ピスケさん」

「あ、ああ、ありがとうございい、ます」

僕が礼を言うと、ピスケさんは照れたように俯《うつむ》いた。まだビクッとなったり、よそよそしかったりするが、逃げ出《だ》さなくなっただけマシになったか？

ピスケさんに約束していた報酬《ほうしゅう》を渡《わた》し、僕たち【月見兎】はついにギルドホームを手に入れた。

◇　◇　◇

「おお、確かにインベントリの枠が増えてる。さらにギルド共有のインベントリまで開けるようになったぞ」

ピスケさんが帰ったあと、僕らはいろいろと確認《かくにん》してみることにした。そのうちの一つがインベントリの確認である。

ギルドホームを手に入れたことによって、僕らの個人インベントリは大きくなった。さらにギルド共有のインベントリも追加されている。

これはギルドメンバーなら誰でも自由に使っていいというアイテムを入れる共有のインベントリだ。自分にとっては不必要なものなんかをそこに入れておく。そこからメンバーなら誰でも取り出して、自由に使っても構わないというわけだ。

武器や防具などの装備用の共有インベントリもある。所有権は持ち主のままでレンタルのように使うことができるのだ。強い武器や可愛《かわい》い服なんかをログインしない日は貸し出すなんてこともできるわけで。

早速僕《さっそくぼく》も『ポーション（粗悪品《そあくひん》）』などを突っ込んでおく。このインベントリの管理はギルマスであるレンの担当だ。アイテムの方のインベントリは、いっぱいになったらレンがまとめて売却《ばいきゃく》する。

売却したお金はギルド共有の金庫へと入り、みんなの財産となるのだ。

この金庫はギルドメンバーなら誰でも入金することができるが、引き出すことはギルマスとサブマスの許可がなければできない。

ちなみにここから誰がいくら引き出したかという通知はギルドメンバーに通知されるら

しい。

個人金庫もギルドホームには設置してあって、ここにお金を入れておけば、デスペナルティで半減することもなくなる。出入金がホームでしかできないのが難点だが。

その代わり上限がないので、死に戻る可能性があるような危険なクエストでも、行く前に全額入れておけば死んだってへっちゃらだ。

ま、クエスト中に手に入れた金は半減してしまうけど。

「しかしアレだな、遥花《はるか》の言ってた通り、ギルドホームを手に入れたら確かに家具とかが欲しくなるな……」

割り当てられた自室のベッドにゴロンと横になりながら部屋を眺める。ベッドの他《ほか》は簡素な机と椅子《いす》、ガランとした棚があるだけだ。窓にカーテンさえもない。ベッドだって布《ふ》団《とん》はなく、マットレスだけ剥《む》き出し状態だ。

「まあ、ここを拠点《きよてん》とはするけど、別にリアルに暮らすわけじゃないからな。揃《そろ》えるのはおいおいでいいか」

なにか部屋に飾《かざ》れるようなものを手に入れたら飾ることにしよう。竜の頭の剥製《はくせい》とか？　悪趣味《あくしゅみ》か。

武器や防具なんかを部屋に飾ったスクショを見たことがあるな。ヌイグルミとか、本なんかでいっぱいの部屋も。部屋ってその人の個性がダイレクトに出るからなあ。

ま、それもおいおい考えよう。

僕は部屋を出て一階へと降り、庭へ出て工房へと向かった。

工房は八畳ほどの広さで区切られたスペースが四つあって、そのうち一つにはすでに織り機が鎮座《ちんざ》していた。ここは服飾《ふくしょく》系であるレンのスペースだな。

その隣《となり》には壁一面に棚が並べられた部屋があった。棚には少しだけだが小さなガラス瓶《びん》があり、スポイトや乳鉢《にゅうばち》、木皿やガラス皿などもあった。

そして小さな竈《かまど》と、その上に載《の》った鍋《なべ》。間違《まちが》いない、ここは【調合】を行う工房だ。

専用の工房があるなんて贅沢《ぜいたく》だな。そのうち使わせてもらおう。

工房を出て、もう一度二階へ上る。談話室を抜《ぬ》けてバルコニーに出ると、ギルドメンバー五人が設置されたテーブルでわいわいと話をしているところだった。

「あ、シロさん。お部屋はどうでした？」

「広さ的にはいいね。殺風景なのはどうにかしたいところだけど」

「お布団と絨毯《じゅうたん》、カーテンなんかはあとで私が作りますよ」

「そりゃありがたい」

僕もバルコニーの席に着くと、ウェンディさんがインベントリからカップを取り出し、お茶を注いでくれる。ここらへん、さすがメイドさんというべき気配りの良さを感じる。

「確かに部屋は殺風景だよねー。タンスとかソファとか揃えたい」

ミウラも同じように感じたようだ。

家具系のアイテムは店で買うか【木工】スキルで作るか。僕らの場合だと『買う』一択《たく》なんだが。

「ま、本当に生活するわけじゃないから、そこらへんは個人個人の趣味《しゅみ》で集めりゃいいだろ」

「だね。それはそれとして、第三エリアだけどどこから攻《せ》めていく？」

リゼルが地図をテーブルに映し出した。第三エリアは大きく三つに分かれる。

まず、海が広がる西海岸エリア。大小様々な島が存在し、第三エリアのボスがいるんじゃないかとされているところがここだ。モンスターの強さは南西に行くほど強くなるとか。あ、あと島のモンスターも強いらしい。

二つ目は中央エリア。ここは北から山岳《さんがく》地帯、草原、森林、沼地《ぬまち》と、多様なエリアになっている。モンスターもピンからキリまでいるようだ。

三つ目が東内海エリア。北には【嫉妬《しっと》】の内海が広がり、第四エリアへの扉があるという。内海中央部には西の海と同じく巨大《きよだい》な渦巻《うずま》きが存在しており、船で【嫉妬】の領国へと侵入しようとしてもバラバラにされるそうだ。

「んと、初めは湾岸都市《フレデリカ》周辺でいいよね？」

「うん。でもそのまま西海岸を下ってもな。僕らは船を買うお金もないし、船員を雇《やと》うお金もない」

「ギルドホームに使っちゃったからね〜」

「ということは、そのまま中央エリアの方へ向かうわけですね？」

「中央草原の方へ行く感じですわね」

「草原には町があるんですね。楽しみです」

フレデリカから少し南下し、その後中央部へと東へ向かう。僕らは攻略《こうりゃく》ルートをそんな感じに決めた。その中で情報を集め、第三エリアのボスを捜《さが》す。あわよくば初討伐《はっとうばつ》、第三エリア初クリアを目指す……なんてね。

さすがにそれは無理だろ。制限時間いっぱいにログインして、ネットでも情報を集めまくっているプレイヤーもたくさんいるしな。

アレンさんたち【スターライト】のギルドメンバーにもそういった情報通で分析好《ぶんせきず》きの人物がいるんだそうだ。

ブレイドウルフを初討伐した時に流れた【スターライト】のメンバーは六人。アレンさん、ガルガドさん、ジェシカさん、ベルクレアさんには会ったことがあるから、残りのメイリンさん、セイルロットさんのどちらかだろう。

メイリンさんは格闘《かくとう》系って聞いたからセイルロットさんかな？　ま、第三エリアのボスを初討伐は無理でも、第一発見者にはなれるかもしれないし。やれるだけやってみよう。

「それじゃギルドの方針も決まりましたし、ギルドホーム完成のお祝いを『ミーティア』でしましょうか」

「さんせーい！」

「いいですわね」

レンの提案に即座《そくざ》にミウラとシズカが乗る。僕らも異議はない。第二エリアの町、ブルーメンにある『ミーティア』に行くために、僕らは初めてギルドホームのポータルエリアへと向かった。

DWO:03:02 梅雨去りて

【Real World】【Game World】

やっと梅雨も過ぎ去り、初夏になりつつある今日このごろ。

しかし僕ら学生にはその前に片付けねばならない強敵が待ち受けていた。

そう、期末テストという名の強敵が。

中間テストの時の反省を踏まえて、今回は余裕《よゆう》を持って奏汰《かなた》と遥花《はるか》も試験勉強に取り組んでいた。おかげで僕も足を引っ張られることなく試験勉強を終え、今日、最終日を迎《むか》えている。

そして試験終了《しゅうりょう》を告げる解放の鐘《かね》が鳴った。

「よーし、じゃあ後ろから集めて持ってくるよーに」

パンパン、と担任の石川先生が手を鳴らす。それなりに手応《てごた》えはあった。絶対に赤点は取ってないと思う。

「終わったー……」

「もう、HPは1も残ってねぇぜ……」

霧宮《きりみや》の兄妹《きょうだい》が机に突《つ》っ伏《ぷ》して死んでいる。や、生きているけどね。

「どうだった?」

「聞くな……。この後は神に祈《いの》るイベントが俺たちを待っているんだ……」

「たぶん……おそらく……なんとか……運がよけりゃ……赤点は回避《かいひ》できたはず……」

同時に顔を上げた二人は、死んだ魚のような目をしている。

「お前ら……。けっこう前から試験勉強してたはずだろ? なんでそんなに厳しい状況《じょうきょう》になるんだよ」

「『DWO《デモンズ》』が……」

「もういい。わかった」

こいつら……試験勉強の合間にゲームしてたんじゃなくて、ゲームの合間に試験勉強してたな。それじゃ赤点取っても自業自得《じごうじとく》だぞ。

「白兎君《はくと》、試験どうだった？」

「ま、なんとかね」

「二人は……」

「ご覧の通りさ」

やってきたリーゼが僕の言葉に二人へと視線を向ける。どうやらリーゼも苦笑いしか浮《う》かばないようだ。

「ま、なんにしろこれで試験は終わりだ。あとは夏休みが待ってる」

「その通り！　よっしゃ、遊ぶぞー！」

「我慢《がまん》してたぶん、楽しむわよ！」

「お前らは夏休みがあるかわからないだろ。追試があるかもしれないし、それでも悪いと夏休みに補習授業も……」

跳《は》ね起《お》きた二人がまた沈《しず》み込む。あ、余計なこと言ったかな……。

「ま、終わったことを考えても仕方がない。今日のところは帰ろうよ」

「お前は余裕でいいな……」

「はっくんが冷たい……」

別に冷たくしてるつもりはないんだが。っていうか、お前らのは自業自得だってての。

ボヤく二人を促《うなが》し、リュックに教科書を入れて帰る準備を始める。試験最終日の今日は午前中で終わりだ。昼飯は帰ってから作ろう。

冷やし中華でも作るかな、と考えているところへ、ざわざわと廊下《ろうか》から騒《さわ》がしい声が聞こえてきた。

なんだろ？　と思う間もなく、教室の扉が勢いよく開いて、一人の少年が現れた。

黒髪《くろかみ》で無造作なヘアスタイルに精悍《せいかん》そうなマスク。目付きは鋭《するど》く、なんとなくだが、狼《おおかみ》を思わせる少年だ。ネクタイの色は緑。二年生だ。先輩《せんぱい》か。

僕らの学校はネクタイとリボンが三つの色に分かれていて、それぞれが学年を表す。現在は三年生が赤、二年生が緑、そして僕ら一年生が青だ。来年度は赤の三年生が卒業し、新たに赤をつけた新入生が入ってくるシステムになっている。つまり、僕らはずっと青というわけで。

その目付きの鋭い先輩はキョロキョロと教室内を窺《うかが》っていたが、やがて僕の方に視線を留めると、ずんずんと歩いてこちらへとやってきた。え？　なんで？

その名も知らぬ先輩は、目の前でピタリと止まると僕のことをジロリと見下ろした。身長は向こうの方が十センチばかり高いので自然とそうなる。

「……お前が因幡《いなば》白兎か」

「そうですけど……。どなたですか？」

人違《ひとちが》いじゃないらしいな。何の用だ？　さっきからメチャクチャ睨《にら》んできてるんですけど。どう考えても友好的な態度には見えないんだよね。

いつでも動けるように、足の重心を移動させる。恨《うら》みを買うような覚えはないんだけどなあ。

「生徒会副会長の翠羽《みどりば》さんが、一年生になんの御用《ごよう》でしょうか？」

張《は》り詰《つ》めた空気の中、声を発したのはリーゼだった。え、生徒会副会長⁉　この人が⁉

リーゼの言葉に目の前の人物をもう一度観察する。そういや、全校集会とかでこんな人が壇上《だんじょう》の端《はし》にいたような……。

「お前……転校生の……。お前らには関係ない。これはこちら側の問題だ」

「勝手に物事を進められては困ります。あなたのやっていることはルール違反では？」

え、なにこの雰囲気《ふんいき》。バチバチと二人の視線上に火花が散っているように見えるんですけど。

翠羽と言われた先輩はリーゼを睨みながら威嚇《いかく》するように犬歯を剥《む》き出しにしているし、リーゼはリーゼでずっと微笑《ほほえ》みを浮かべているけど、眼《め》がまったく笑っていない。

どうしたもんかと困っていると、不意にパンパンッ！　と手を叩《たた》く音が聞こえた。

見ると、教室の扉のところに今度は赤いリボンをした少女が立っている。三年生だ。また先輩かよ。

亜麻色《あまいろ》の長い髪《かみ》をウェーブさせた、お嬢様然《じょうさまぜん》とした先輩だった。たれ目がちな目はニコニコと笑っている。美人というよりは可愛い系《けい》の先輩だな。

「そこまでよ、翠羽君。もう、勝手に動いちゃ困るわね」

「会長……」

翠羽先輩からそんな声が漏《も》れる。会長⁉　じゃあこの人が生徒会会長なのか⁉　あ、言われてみると確かに見覚えがあるような。

スタスタと会長さんは僕《ぼく》らのところまで歩いてくると、にこやかに微笑んだ。

「ごめんなさいね。勝手に翠羽君が先走ってしまって。あなたが因幡白兎君ね。知ってるかもしれないけど、私は更級更紗《さらしなさらさ》。この学校の生徒会会長をしているわ。そしてこっちが副会長の翠羽翡翠《ひすい》君よ」

微笑んで自己紹介《しょうかい》をしてくれるが、すいません。まったく知りませんでした。何度か学校行事で拝見してはいたんだろうけど、ほとんど記憶《きおく》に残ってない。生徒会なんて興味なかったからな……。

「貴女《あなた》にも謝罪を。こちらにもいろいろとあったの。察してくれると助かるわ」

「……そうですか」

リーゼに対し、ぺこりと頭を下げる更級会長。納得《なっとく》してはいない様子だが、リーゼもそれ以上追及はしないようだ。だが……。

「あの、すいません。いったいなんのことやら僕にはさっぱりわからないんですけど……」

おそらく当事者であるはずの僕は、まるきり蚊帳《かや》の外で何の話をしているのかさっぱりわからない。何か僕がしでかしたんだろうか？

「あら、ごめんなさい。――――そうね。実は因幡君、あなたに生徒会に入ってもらおうかと私、考えているの」

「え⁉　僕が生徒会にですか⁉」

突然《とつぜん》の言葉に思わず声が大きくなる。それってスカウトってこと⁉

「それを翠羽君に話したら、どこの馬の骨ともわからない奴に任せられるかー！　って飛び出しちゃって」

「は、はあ……」

翠羽先輩に視線を向けると、なにか言おうとしていたが、会長に睨まれるとプイと顔を背《そむ》けた。

「でもどうして僕なんかを？　言っちゃなんですけど、もっと相応《ふさわ》しい人がたくさんいると思うんですけど……」

しかし、どうして僕なんだ？　自慢《じまん》じゃないが、こないだの中間テストは出来が良かった。だけど学年トップってわけじゃない。上にはまだ十数人いるわけだし、僕よりも優《ゆう》秀《しゅう》な生徒はたくさんいるだろう。僕を選ぶ理由がわからない。

「因幡君。あなた、春に誘拐犯《ゆうかいはん》を撃退《げきたい》したんですってね？　その話を聞いて、気に入っちゃったのよ、私。学業が優秀な人なら簡単に見つかるけど、そういった勇気と正義を持ち合わせている人はなかなか見つからないから。我《わ》が生徒会に相応しい人材だと思ったの」

あー、あれか。

レンシアの誘拐未遂《みすい》事件は警察から学校にも連絡《れんらく》が行っていて、生徒たちはしばらく集団下校をするように言われてたりした。

レンシア自身はうちの生徒ではないが、事件が起こったのは学区内なので、念のためということだったのだろうけど。

その事件に僕が関《かか》わったことは、一部の関係者しか知らないはずなんだが……生徒会会長ともなるとそんな情報まで回ってくるんだな。

「まあ、私の希望ってだけで、今すぐどうこうってことじゃないから。生徒会云々《うんぬん》はあまり気にしないでね」

「はあ……」

「個人的にはあなたにとても興味があるのだけれど」

生徒会長のその言葉に、ざわっ、と教室内の空気がざわめく。しかし一人だけまったく平然としていた人物がいた。

「誤解を招くような発言はやめたほうがいいと思いますよ？　白兎君だって迷惑《めいわく》です」

「あら、そうかしら？　嘘《うそ》は言ってないつもりだけど？」

リーゼも会長も笑っちゃいるが、なんとも近寄りがたい雰囲気を醸《かも》し出している。なんなの、これ……。

「……まあ、いいわ。騒がせてごめんなさい。白兎君、また今度お話ししましょう。翠羽君、行きますよ」

来た時と同じように会長はスタスタと踵《きびす》を返して去っていく。翠羽先輩は僕を、きっ、と睨みつけたあと、会長のあとを追って教室から出て行った。

「いったい何だったんだ……？」

「気にしないでいいよ。ちょっとした気まぐれだろうから」

リーゼがため息をつきながらそう言い放つ。

「リーゼは会長と知り合いだったのか？」

「……知り合いってほどじゃないよ。転校してきたときに会ったくらい」

その割にはなにか因縁《いんねん》めいた雰囲気だったが。

「おい、白兎。いったい何がどうなってるんだ？」

「わかんない。なんか勘違《かんちが》いした先輩に絡まれそうになったところを、別の先輩に助けてもらった……のかな？」

奏汰の問《と》い掛《か》けに僕はそう答えるしかなかった。僕自身よくわかっていないのだ。

「ひょっとしてあの生徒会長、はっくんを好きとか？　怪《あや》しいなあ……」

遥花が顎《あご》に手をやり、考え込むような仕草を見せる。なに言ってんだ、こいつ。

そしてニマニマした視線を今度はリーゼへと向けた。

「そしてその生徒会長にあれだけ言い返すなんてリーゼもひょっとして？　こ、これはまさか、恋《こい》の三角関係《トライアングル》？」

「え、なにが？」

素の表情で返してきたリーゼに、遥花ががっくりと肩《かた》を落とす。期待していた反応と違《ちが》ったようだ。

ま、そうだろうと思ったけど。さっきのリーゼの対応は僕がどうこうではなく、会長の行動そのものに苛立《いらだ》ちを感じていたようだった。当事者が僕じゃなくても同じことをしたんじゃないかね。

「ま、いいや。早く帰ろうぜ。やっとテストから解放されたんだからさ」

奏汰の言葉にみんな頷《うなず》いて僕らは学校をあとにした。

しかし生徒会ねぇ……。誘《さそ》ってくれたのはありがたいけど、翠羽《あの》先輩がいる以上、入る気がまったくおきないけどね。

明らかに自分を敵視している人と、表面上だけでも仲良くやるなんて器用な真似《まね》は僕にはできない。

しかしなんだってあんなに敵視してくるんだか。下校しながら聞いた遥花探偵《たんてい》の推理によると、翠羽先輩は生徒会長のことが好きで、その生徒会長が僕に興味を持っているのが気に入らないからじゃないか、とのことらしい。

ヘボ探偵の言うことだからまったく当てにはならないが。

ともかく今後、あの先輩には近寄らないようにしようっと。

◇　◇　◇

「まったくもう。私は『気になっている』と言っただけで、『引き入れる』とは一言も言ってないわよ？」

「すみません……。ずいぶんと気にしていたのでてっきり……」

更紗は生徒会室でしょげる翡翠に苦言を放っていた。

「気になりもするわよ。あの子ね、『フェネクス』の孫なの。顔がもうそっくり。貴方《あなた》は会ったことがないでしょうけれど」

「『フェネクス』……！　『白』の一族の!?　なるほど、それで艦長《かんちょう》は……」

「艦長じゃなくて、会長。いい？　私たちが先走ると他の【同盟】の人たちも困るの。貴方はまだ何もしなくていいから」

「しかし【連合】の奴《やつ》らが先に……！」

反論しようとする翡翠の言葉を更紗が手で制する。

「大丈夫《だいじょうぶ》。向こうも同じようなことになってるから。今は睨み合《あ》いの状態でいいの。いいこと？　私たちはここでは監視者《かんししゃ》。主役はこの星の人々なのよ。それを忘れないで」

「はい……」

納得しかねるも承諾《しょうだく》はしたという翡翠が一礼して生徒会室から去ると、更紗は会長の椅子に深く腰掛《こしか》けて足を組んだ。

「若いわね……。まあ、二百歳ちょっとじゃ仕方ないか。『過激派』に取り込まれなきゃいいけど……」

ここに来て、いろいろなことが動き始めた。今この星は審判《しんぱん》の時を迎えようとしているのかもしれない。

「『地球は人類の揺《ゆ》りかごである。しかし人類が揺りかごで永遠に過ごすことはない』」

更紗が口にした言葉はロシアのロケット研究者であり、『宇宙旅行の父』と呼ばれた、コンスタンチン・エドゥアルドヴィチ・ツィオルコフスキーが残した言葉である。

「揺りかごごと消滅《しょうめつ》、と、ならなければいいけどね……」

皮肉な笑《え》みを浮かべながら更紗は静かに目を瞑《つぶ》った。

DWO:03:03　襲い来る緑

【Game World】

【湾岸都市フレデリカ】を含《ふく》む、第三エリアの半島を出ると、北には漁村である【ランブル村】、そして第二エリアへと続く【三日月門】がある。

反対の南側には以前僕がキャンドラーを倒《たお》しに行った（倒してはいないが）【廃都ベルエラ】があった。

そして西には広い草原地帯、【ラーン大草原】が広がる。

まばらに点在する木々と小高い丘《おか》がある以外は、緑の海とそれを貫《つらぬ》く街道《かいどう》のみが見える草原だ。

「馬車で一気に草原の町まで行かないの？」

「行ってもいいけど、新しいモンスターと遭遇《そうぐう》しないだろ。ギルドホームを建てて素材も使っちゃったし、いろいろと補充《ほじゅう》もしないと」

横を歩くミウラにそう答えながら、僕は辺りを注意深く観察する。今のところ【気配察知】に反応はない。

僕らは【ラーン大草原】の街道から少し外れた草原地帯を歩いていた。

この大草原にもレアモンスターは存在する。狙《ねら》わない手はないが、別に普通《ふつう》のモンスターでも積極的に狩《か》っていこうと僕らは決めていた。

「やっぱり第三エリアのボスは海のモンスターなんでしょうか？」

「どうかなー。ブレイドウルフのときみたいに『月光石』のようなアイテムを持っていないと出現しないって可能性も……」

「……待った。なにか来る」

後ろにいたレンとリゼルを止める。グルルルル……と、草原にある木々の陰《かげ》から現れたのはくすんだ緑色の毛を持つ狼、『グリーンウルフ』だ。ここらでは雑魚《ざこ》の部類に入る。

数は三匹。

『グルガァッ！』

飛びかかってきた一体をウェンディさんが盾《たて》で受け止めた。そのままウェンディさんが火炎《かえん》のブレスを吐《は》くと、グリーンウルフが火ダルマとなってゴロゴロと地面を転がる。

転がる狼を後方から飛んできた矢が貫いてトドメを刺《さ》した。レンか。

「【疾風突き《しっぷうづき》】」

「【アクセルエッジ】」

鋭い踏《ふ》み込みによる回転突きがシズカの薙刀《なぎなた》から放たれる。それに続くように僕も戦技を放つ。

残り二匹のグリーンウルフは真正面から僕らの戦技をまともにくらい、どちらも光の粒《つぶ》となった。

「あー、出番がなかった」

あっさりと僕らが狼たちを撃退したため、ミウラが大剣を手に一人ボヤく。

どうしても大剣使いのミウラと魔法使い《まほうつか》いタイプのリゼルは初動が遅《おそ》くなる。ミウラは前にいればそれほどでもないのだが、今回は僕の横にいたからな。前にいたウェンディさんとシズカ、僕で片付けてしまった。レンも矢でトドメを刺したけど。

「シロ兄ちゃん、次は譲《ゆず》ってよ？」

「はいはい」

グリーンウルフからは『緑狼の毛皮』と『緑狼の牙《きば》』が落ちた。正直どちらもいらない。あとで売ろう。

しばらく進むと今度は『グリーンスライム』が二匹現れた。残念ながらスライム系は僕やシズカのような斬撃武器には高い耐久力《たいきゅうりょく》を発揮する。

ミウラの大剣もそうなのだが、彼女《かのじょ》はサブウェポンとしてハンマーを持っている。振《ふ》りかぶったハンマーをミウラはモグラを叩くがごとく、スライム目掛《めが》けて振り下《お》ろした。もう一匹の方はリゼルが魔法《まほう》で焼《や》き払《はら》った。

『ギャギャギャッ！』

さらに草原を進むと今度は『グリーンゴブリン』が三匹。そいつらを倒し、さらに進むと次は『グリーンワーム』が……。

「ねえ、なんかさっきからやたら緑色のと遭遇してない？」

「単なる偶然《ぐうぜん》だと思うけど……」

疑問を投げかけるリゼルに僕は苦笑《くしょう》しながら無難な答えを返す。

草原と言えば草、草と言えば緑。グリーン。

その手のモンスターが多くてもおかしくはない。そもそもここのモンスターたちが緑色をしてるのだって、いわゆる保護色ってやつだろ、たぶん。

「あの木陰《こかげ》で休憩《きゅうけい》しましょう」

レンが丘の上にある大木を指差して提案する。こまめにＨＰやＭＰ、空腹を回復させておいた方がいいか。

木陰に座《すわ》ると僕はインベントリからサンドイッチを取り出して口に運んだ。おっと飲み物を用意してなかったな。インベントリから取り出そうとした時、横からウェンディさんがカップに入ったお茶を差し出してきた。

「どうぞ」

「あ、ありがとうございます」

緑茶《グリーンティー》……。ワザとじゃないよね？

しかし本当にここまで見事に緑色のモンスターしか出てこなかったなあ。

インベントリから第三エリアのモンスター辞典を取り出し、後ろの索引《さくいん》で【ラーン大草原】に出没《しゅつぼつ》するモンスターを調べた。

確かにズバ抜けて『グリーン』がつくモンスターが多いが、『ポイズンフライ』とか『切り裂《き》き《さ》モグラ』とかが普通に出現するみたいだけど。

モンスターのポップするバランスが崩《くず》れてるのかな？

「私としては緑系のモンスターは押《お》し並《な》べて火系統に弱いから楽なんだけどさ。なんか気持ち悪いよね。狙われているみたい」

リゼルがそんなことを口にする。狙われてるって、『グリーン』モンスターにか？　なにかのイベントだとしても僕らはここに来るのは初めてだし、なにもしてないと思うぞ。

しかし楽天的な僕の考えを嘲笑《あざわら》うかのように、それからも『グリーン』モンスターの攻撃《こうげき》は続いた。

『グリーンホッパー』、『グリーンバード』、『グリーンスタッグ』、『グリーンオーク』……。

ここまで続くとさすがに笑えない。なにか意図的なモノを感じる。

「これって絶対なにかのイベントが始まっていますよね？」

尋《たず》ねてきたレンに僕も小さく頷《うなず》く。さすがにここまでくると否定できない。

「たぶんね。だけど思い当たるトリガーは何もないし、イベント発生のウィンドウも出てないんだよなぁ。トーラスさんが前に言ってた隠《かく》しイベントか？」

それに僕らが目指している草原中央部にある町、【グラスベン】に近付くにつれて、モンスターが強くなっている気がする。

「……なるほど。原因がわかりました」

歩きながら掲示板《けいじばん》を開いてなにやら調べていたウェンディさんが顔を上げる。原因がわかった？　このグリーンラッシュの？

「現在、我々が向かっている草原の町【グラスベン】で大規模な戦闘《せんとう》が行われています。多数のグリーンモンスターが攻め寄《よ》せ、町が襲われているようです」

「えっ!?」

町が襲われている？　って、確か『DWO《デモンズ》』では町にモンスターは入ってこれないはずだろ？

「ですからこれが『イベント』なのではないかと。現在、【グラスベン】にいるプレイヤーが迎撃《げいげき》に当たっています。ポータルエリアが破壊《はかい》されたので、新しいプレイヤーが増援《ぞうえん》に来ることはできませんし、死に戻《もど》ると【湾岸都市フレデリカ】まで戻され、【グラスベン】周辺の草原フィールドには入れなくなっているようです」

「……ってことは【グラスベン】にいるプレイヤーと僕たちみたいなその周辺フィールドをうろついていたプレイヤーだけでなんとかしろってこと？」

「でしょうね」

突発《とっぱつ》すぎるだろ。なにかしらきっかけになるトリガーはあったんだろうが。グリーンモンスターを規定数狩るとか、フィールドにプレイヤーが何人いるとか。

これはどっちかというと、誰《だれ》かが起こした『イベント』に僕らが巻き込まれた形だな。僕らというか、フィールドにいる全プレイヤーが、だけど。

「どうします？」

「どうするって参加するに決まってるじゃん！　こんな機会滅多《めった》にないよ！」

「私《わたくし》もミウラさんに賛成ですわ。こういった突発イベントには積極的に乗っていかねば」

「私《わたくし》はお嬢様の指示に従います」

「ウェンディさんブレないねぇ……。ま、私も賛成ー。絶対なにか報酬《ほうしゅう》とかあるよ、これ」

「いや、反対する気はないけどな。みんなリアルの都合とか大丈夫か？」

現在、リアル時間で夜の七時ちょい過ぎ。レンたちはだいたいいつも十時前にはログアウトする。僕やリゼルは調子に乗ると深夜の一時二時までプレイしてたりするが。

その代わりというわけでもないが、レンたちは僕らより早くログインして夕方ごろからプレイしてたりするけど。もちろん、夕飯の時は一時ログアウトしてるぞ。

「明日は日曜日ですし、いつもよりログアウトが遅くても大丈夫……です、よね？」

レンがチラッ、とウェンディさんの方を覗《のぞ》き見《み》る。レンの言うことにはほとんど従ってくれる彼女だが、厳しいところは厳しい。

以前、宿題が終わってないということで、強制的にログアウトさせられたこともある。付き合わされたミウラとシズカはかわいそうだったが。

「十一時までなら大目にみましょう。それを過ぎましたらイベント中でも我々はお先に失礼するということで」

それはまあ仕方がない。僕らも小学生たちを日付が変わるまで付き合わせる気はさらさらないしね。

レンたちがログアウトしても僕は続行するつもりだけどな。やっぱりこういうのは最後まで参加したいし。

「そうと決まれば【グラスベン】まで急ごうよ！　早くしないと終わっちゃうかもしれない！」

ミウラが急げとばかりに走り出す。そんな簡単に終わるとは思えないが、その可能性もゼロではない。

僕らは草原の町【グラスベン】へと急ぐために、草原から街道へ向けて走り始めた。

こんなことなら初めから馬車に乗ればよかったなあ。

◇　◇　◇

草原の町【グラスベン】に近付くにつれて、空に煙《けむり》が立ち上っているのが見えてきた。町が燃えているんだ。

村は別として、『DWO《デモンズ》』における町というのは大抵城壁《たいていじょうへき》が存在する。それがモンスターなどから町を守り、怪しい人物の侵入《しんにゅう》を防いでいるのだ。

その町が燃えているということは、すでにモンスターに侵入を許してしまっているということに他《ほか》ならない。

これは……遅かったか？

「あちゃー。本当にミウラの言う通りイベント終了しちゃったか？　防衛失敗？」

「ええー！　そんなー！」

「いえ、まだのようです」

ミウラがイベントに参加し損《そこ》なったことを嘆《なげ》いていると、横にいたレンが口を開いた。

レンの目が金色に変化している。遠くを見渡《みわた》せる【鷹《たか》の目】のスキルか。

「まだ城壁の上や門の前で戦っている人たちがいます。町はまだ落ちていません」

「ってことはまだイベント続行中ってわけか。これって僕らも参加していいんだよな？」

「みたいです。いま、私のところに【グラスベン】から参加申請《しんせい》のウィンドウが開きました。ギルド【月見兎】は緊急《きんきゅう》クエスト【襲い来る緑】に参加しますか？　と」

ギルドマスターのところに参加申請か。『参加しない』と答えれば、このフィールドから追い出されるかもしれないな。

もちろん僕らに『参加しない』という選択肢《せんたくし》はない。

レンが『参加する』を選び、僕ら【月見兎】は緊急クエスト【襲い来る緑】に参加することになった。

するとウィンドウの右側に参加しているギルド名、個人名がずらりと並んだ。灰色表示になっているのはおそらく全滅《ぜんめつ》したギルドだろう。

「あれ？」

「どうしました？」

参加ギルドの中に知ってるギルド名があったので思わず声が出た。

【カクテル】。確か【廃都ベルエラ】で一緒《いっしょ》にキマイラと戦ったギムレットさんとカシスさんの所属ギルドだ。

【カクテル】のところをタッチすると、ギムレット、カシス、ダイキリ、ミモザ、キール、マティーニ、の六人が表示された。あ、やっぱりギムレットさんたちのギルドだ。

戦闘中かもしれないが、情報を得るためにギムレットさんに連絡をとる。

『おう、シロか！　今ちょっとイベント中で忙《いそが》しいんだが……』

「ああ、知ってます。僕らのギルドも参加中なんで。僕らはいま城壁外にいるんですが、今どういう状況ですか？」

『シロも参加中か。ああっと、今は四方から攻《せ》めてくるモンスターを撃退している。西門の守りが薄《うす》くて、城壁を乗《の》り越《こ》えて何匹《なんびき》か侵入を許しちまったらしい。できればそっちを助けてくれるとありがたい！』

「なるほど。ありがとうございます。忙しいところをどうも。またあとで」

ギムレットさんから得た情報をみんなに話す。情報から判断して決定するのはギルマスであるレンだ。

「西門ってあそこ、目の前の門だよね？　けっこう戦闘が激しいけどどうする？」

リゼルがレンの方を振り返《かえ》りながら尋ねる。

「いきましょう。イベントを生き残ることも大事ですが、イベントが失敗に終われば、報酬などが無くなることも考えられますし。貢献度《こうけんど》が高い方がいいものをもらえるかもしれませんしね」

「なかなか腹黒い計算ですわね。素敵《すてき》です」

「も～。シズカちゃん、腹黒いとかやめてよ……」

クスクスと笑うシズカにレンが半眼を向けた。

「よーし！　そうと決まれば、いざ突撃《とつげき》──ッ！」

「あっ！　こら待て、ミウラ！　先走るなっての！」

飛び出したミウラを追いかけて、僕らも西門前に群がるモンスターと、それを撃退するプレイヤーたちの戦いへとその身を投じていった。

◇　◇　◇

「【ファイアバースト！】」

リゼルの放った火属性の広範囲魔法《こうはんいまほう》が、目の前にいたグリーンゴブリンを数体まとめて焼いていく。

HPを大きく削《けず》られたゴブリンたちを、僕とシズカ、ウェンディさんが斬《き》り倒した。

ゴブリンたちは光の粒と化したが、アイテムは落ちない。イベント中はアイテムがドロップしないように制限されているらしいのだ。

ウェンディさんが言うには、イベントが成功、失敗、どちらに終わろうとも、倒した分はあとでまとめて成績として配分されるだろうとのこと。

「【大っ、回転斬りッ】！」

グリーンゴブリンに囲まれたミウラが大剣を大きく振り回《まわ》し、周囲を一気に斬り裂く。

光の粒にされた仲間たちを無視するかのように、新たなグリーンゴブリンがミウラに群がる。

「わわわっ！　シロ兄ちゃーん！」

「【加速】」

超《ちょう》スピードで敵の合間を縫《ぬ》ってミウラを抱《だ》き抱《かか》えると、僕らはゴブリンの群れから脱《だっ》出《しゅつ》した。

「【ファイアボール】！」

「【スパイラルアロー】！」

ひと塊《かたまり》になったゴブリンたちへ、リゼルの魔法とレンの矢が飛来する。瞬《また》た間《ま》にゴブリンたちは瀕死《ひんし》の状態となった。

「【乱れ突き】」

よろめくゴブリンたちにシズカの素《す》早《ば》《や》い連続突きが繰《く》り出《だ》される。弾けるようにゴブリンたちは光の粒となり消えていった。

僕に抱き抱えられたミウラがボヤく。

「あー、シズカにとられたー」

「お前は突出《とっしゅつ》し過ぎだ。囲まれてばかりじゃないか」

「いやー、囲まれたところを一気にズバッとやるのが楽しいんだけどなぁ」

いやまあ、わからんこともないけど。

ミウラを下ろして寄ってきたグリーンウルフを斬り伏《ふ》せる。お、【二連撃】が発動した。

ちょっと嬉《うれ》しく思っていると、突然、背後からグリーンバードに急襲《きゅうしゅう》された。だが、どこからともなく飛んできた炎《ほのお》の矢にグリーンバードが一撃《いちげき》で撃《う》ち落《お》とされる。

リゼルかと思って飛んできた矢の方を見ると、城壁の上で杖《つえ》を構えた【夢魔族《サキュバス》】の女性が見えた。知らない人だ。

ありがとう、と手を振ると、向こうも手を振り返して、すぐさま次の獲物《えもの》に杖を構えていた。

乱戦、混戦、大熱戦。

倒しても倒しても次々とやってくる。モンスターたちは隙《すき》を見せれば城壁にしがみつき、乗り越えて町へと侵入しようとする。

城壁のプレイヤーたちはそれを突《つ》き落とし、遠距離《えんきょり》攻撃《こうげき》のできるプレイヤーは空から侵入する鳥系モンスターを撃ち落とす。とにかく忙しい。

「レベルアップにはもってこいのイベントですわね」

シズカがそんなことを口にするが、モンスターを倒しても僕らに経験値は入っていない。それもイベント終了《しゅうりょう》で精算されるだろうとのことだが、本当だろうな？

次から次へと迫《せま》り来る緑の敵を、縦横無尽《じゅうおうむじん》に立ち回り、仕留めていく。基本的に僕らはパーティプレイで動いているが、ミウラが突出したり、後方のリゼルやレンが狙われることもある。僕はその時のフォロー役として動いていた。

つまりパーティの周りをぐるぐると回って常に状況《じょうきょう》を把握《はあく》していないといけないのだ。【気配察知】もあるから、敵の動きはある程度わかるしな。

西門前の戦いはプレイヤー側有利に傾《かたむ》きつつあった。何人かのプレイヤーはやられて死に戻ってしまったが、なんとか戦況《せんきょう》は立て直せたと思う。

「グリーンオークが来るぞ！　気をつけろ！」

誰かが叫《さけ》ぶ。

草原の向こうになにやら緑色のものがうごめき、土煙《つちけむり》が立ち昇《のぼ》っていた。僕《ぼく》らには見えないが【鷹の目】があるプレイヤーにはこちらへと向かってくるグリーンオークが見えているのだろう。

グリーンオークはグリーンゴブリンなどと比べるとかなり手強《てごわ》いモンスターだ。一人で倒せないこともないが、耐久力が高いので時間がかかる。

「【サンダーレイン】！」

いくつもの雷《かみなり》がグリーンオークに向けて落ちていく。城壁の上にいた魔法使いが放ったようだ。雷属性の広範囲魔法かな？

中級魔法のようだが、それでもオークの進軍は止まらない。幾分《いくぶん》かダメージは与《あた》えたと思うが。

「盾職は前に出てくれ！　ウォール系の魔法を使えるやつは頼《たの》む！　回復魔法持っているやつらは準備を！」

どこからか聞こえてきた声に数人が従う。盾を構えた重装備のプレイヤーが、襲いくるグリーンオークに向けて盾をかざした。

「【アースウォール】！」

「【ファイアウォール】！」

「【アイスウォール】！」

土と炎と氷の壁《かべ》が前面に展開し、オークたちを分散させる。盾で動きを止めたオークたちに、上空から弓矢部隊の矢が雨霰《あめあられ》と降り注いだ。その隙に盾の間から槍《やり》を持ったプレイヤーがオークを突き刺している。

僕らはそこから漏《も》れ出したオークを確実に潰《つぶ》していった。

オークたちは次第《しだい》に数を減らしていき、再びグリーンゴブリンやグリーンウルフといった雑魚だけになった。どうも波があるように思える。

HPの方はみんなに薬草飴《あめ》を渡《わた》しているし、さほど心配してはいないのだが、ST《スタミナ》とMPの方が心配だな。

「レン、今のうちに城内に一旦《いったん》引き上げた方がいいかもしれない。他の門も気になるし」

「ですね。わかりました。一旦引きましょう」

レンがみんなに指示を飛ばし、リゼルから城壁にかけられた縄《なわ》ばしごで城壁の上へと上がっていく。グリーンバードがそこを狙ったりして襲ってくるが、城壁上の弓矢部隊に射《う》ち落とされていた。

レン、ミウラ、シズカ、ウェンディさんと、城壁の上へと消えていき、最後に僕が城壁へと上がった。

城壁の上は弓矢や杖を持つプレイヤーとNPCだらけだった。魔法を放ち地上のモンスターを倒し、矢を放って飛行モンスターを落とす。

ここなら比較的《ひかくてき》安全に倒せるからな。後での精算だけど、経験値や素材稼《かせ》ぎに最適なのだろう。

熟練度上げは怪しいけどね。同じことの繰り返し作業を続けると熟練度は伸《の》びにくくなるからな。

城壁を下りて、町の中に入ると消火活動や怪我人《けがにん》の手当てに走り回っている人たちが見える。プレイヤーの人たちも助けてはいるが、やはりほとんどのプレイヤーはモンスター撃退《げきたい》に回っているようだ。

「シロ君、マナポーション持ってない？　手持ちが切れちゃって……」

「僕もあまりない。三本だけだね。一本は【加速】用に持っておきたいから、二本譲るよ」

「ありがとう。助かる」

リゼルは魔法主体のスキル構成だから、ＭＰが切れるとマズい。ＭＰ切れを起こすと数秒だが気絶状態になるからな。

マナポーションの元になる『月光草』をもっと集めておくんだった。【調合】の成功率は高くないけどさ。

「少し休憩してST《スタミナ》を回復させましょう」

城壁に寄りかかるようにして僕らは休憩に入った。インベントリから水筒《すいとう》を出して冷たい水を飲む。ＶＲだけど美味《うま》いなあ。

シズカがウィンドウを展開してなにか調べていた。

「どうやら全体的にモンスターの数は減ってきているようです。参加したプレイヤーも三割は死に戻ってますが」

けっこう死に戻ってるなあ。僕もウィンドウを開き、参加プレイヤーのところにあるギルド【カクテル】を開く。ギムレットさんのところはまだ全員生き残っているみたいだ。

「よし、じゃあもう一回戦闘に……」

再び防衛戦に参加しようと、城壁へと上がるための石階段に足をかけたとき、外から悲鳴のような声が聞こえてきた。

「おいおい、嘘《うそ》だろ！」

「ちょっとアレは……！」

「来るぞッ！」

次の瞬間《しゅんかん》、ゴガァンッ！　と分厚い鉄の門に衝撃音《しょうげきおん》が走り、なにかが当たった衝撃で門が歪《ゆが》んでしまった。なんだ⁉　何が起こった⁉

「門から離《はな》せ！　ヘイトを稼いで向こうへ離脱《りだつ》しろ！」

門の外から届く声を聞きながら、階段を一気に駆《か》け上《あ》がる。

城壁の上に立った僕の視界に飛び込んできたものは、大きな緑色の竜が尻尾《しっぽ》を門に叩《たた》き付《つ》けているところだった。

エメラルドグリーンの鱗《うろこ》と赤い双眸《そうぼう》。象牙《ぞうげ》のような大きな角が二本、頭から後ろへと伸びていた。

前脚《まえあし》と後脚《あとあし》は太く、その先からは鋭《するど》い爪《つめ》が覗いている。首のところから長い尻尾の先まで背ビレが伸びているが、その背には翼《つばさ》はない。完全に地上特化の竜である。

「グリーンドラゴン……」

城壁に立っていた誰かがそうつぶやいた。

おいおいおい、ドラゴンとか。ちょっとハイレベル過ぎないかい？

ドラゴンの中でも翼のないドラゴンってことは最下級のドラゴンだろうが、この【ラーン大草原】にはドラゴンなんか出現しないはずだ。

『グリーンドラゴン』ってのは、レアモンスター図鑑《ずかん》には確か載《の》ってたと思うが、出現場所までは書いてなかった。

『ゴガァァァァッ！』

「ブレスが来るぞ！　避《よ》けろおぉぉ！」

誰かの声をきっかけにしたように、グリーンドラゴンの口から火炎放射器のように炎の息が吐き出された。ウェンディさんの【ブレス】なんか足下《あしもと》にも及《およ》ばない、本物の【ドラ

ゴンブレス】だ。

炎に包まれたプレイヤーが何人か光の粒となり消え失《きう》せる。一撃か！

「正面に立つな！　後ろにまわっ……！」

指示を出していた大剣持ちの男性プレイヤーが、ブンッ、と振られた太い尻尾に吹っ飛《ふと》ばされた。回転した勢いで、尻尾が城壁に叩き付けられる。足下がその衝撃で大きく揺れた。

幸い崩れるようなことはなかったが、何回も繰り返されると危ない。とにかくドラゴンを引《ひ》き離さないと。

城壁の上にいたプレイヤーたちも騒《さわ》ぎ始める。

「おい、他の門から応援《おうえん》を呼べよ！」

「ダメだ！　四つの門全部にドラゴンが現れてるらしい！　ここにいる奴らで倒すしかないぞ！」

東西南北、全部の門にドラゴンが現れているのか。そのうち一匹でも城壁を壊《こわ》して町に侵入したら大変なことになるぞ。

「わ、ドラゴンです！」

「さすがに迫力《はくりょく》がありますわね」

「面白《おもしろ》そう！　行こうよ、シロ兄ちゃん！」

ウチのお嬢様《じょうさま》たちは早くもやる気だ。確かにここで見ていても仕方がない。僕らも参戦といこう。

一気に城壁から飛び降りる。そのままドラゴンを大きく迂回《うかい》し、城壁の反対側へと回る。

「まずは注意をこちらに向けさせないと、な！」

リンカさんプレゼントの十字手裏剣《しゅりけん》をドラゴンへ向けて【投擲《とうてき》】する。目を狙ったのだが、ドラゴンはそれを鬱陶《うっとう》しそうに首を振って打ち落とした。

その隙を突いて僕は【加速】を使った。一瞬《いっしゅん》でドラゴンの懐《ふところ》へと入った僕は、その長い首を発動させた戦技で斬りつける。

「【アクセルエッジ】」

左右四回ずつの斬撃がドラゴンの首……比較的柔《ひかくてきやわ》らかい下側を斬り刻む。

『ギャオアァァァァァ！』

ドラゴンは首を大きく振りながら、僕にその牙を突き刺そうとするが、すでに僕はそこから離脱している。城壁を降りた魔法使いや弓使いたちが、僕と同じ方向から攻撃をしかけ、門からドラゴンを引き離しにかかった。

ドラゴンから距離《きょり》を取った僕の前に、盾を持ったプレイヤーたちが並ぶ。そしてドラゴンへ向けて、一斉《いっせい》に【挑発《ちょうはつ》】のスキルを発動させた。

「こっちだトカゲ野郎《やろう》！」

「ブレスはやめろよ～」

「うおー、こええ！　ブレスの兆候あったら散開するぞ！」

『グルガアァァァァァ！』

複数の【挑発】に煽《あお》られて、ドラゴンが地響《じひび》きを立てながらこちらへと向かって来た。

盾持ちが五人がかりでその巨体《きょたい》の突進《とっしん》を受け止める。現実味がないが、全員【不動】持ちなのだろう、誰一人《だれひとり》として吹っ飛ぶことはなかった。

「【大切断】！」

ミウラが飛び上がり、手にした大剣をドラゴンの尻尾へと振り下ろす。いくらかダメージは与えたが、戦技名通りに大切断とはいかなかったようだ。

しかしミウラに続けとばかりに数人のプレイヤーが、剣を、大剣を、斧《おの》を尻尾へと集中させて攻撃していく。

「【ソニックブーム】！」

「【兜割《かぶとわ》り】！」

「【パワーブレイク】！」

『グギャオアアァァァァッ⁉』

さすがのドラゴンも連続で繰り出される戦技には敵《かな》わなかったようで、その太い尻尾が根元から断《た》ち切られて光となり消えた。

怒《いか》りに燃えたドラゴンは振り返りざまに再び炎のブレスを吐き、自分の尻尾を斬り落としたプレイヤーたちを消し炭に変える。

「わわわっ！」

間一髪《かんいっぱつ》、ミウラはブレスの射程範囲《はんい》から逃《に》げ出していた。危ないな、あいつ。考えて立ち回らないと死に戻るぞ。

「ブレスは一度吐いたら次まで時間がかかるっぽいぞ！　攻めるなら今だ！」

どこからか聞こえてきた声を信じるわけではないが、何度かブレスを吐くチャンスはあったのにドラゴンはなかなか吐かなかった。確かにその可能性は高い。

弓使いから矢の雨が降る。硬《かた》い鱗も戦技ならなんとか貫《つらぬ》けるようで、少しだがダメージを与えていた。

矢の雨がやんだタイミングを狙い、僕は再び【加速】でドラゴンの懐に飛び込んだ。一瞬でガラ空きの横っ腹に辿《たど》り着《つ》くと、そのまま戦技を叩き込む。

「【十文字斬り】」

縦と横の斬撃が横腹に入り、くるっと回転しながら同じ場所に【蹴撃】で回し蹴《げ》りを食《く》らわせる。

『ギギャオオォォォッ!?』

僕は【不動】スキルを持っていないので、蹴った反動でドラゴンから離脱する。そのタイミングで今度は魔法使いのプレイヤーたちから切り札の魔法がグリーンドラゴンに次々と放たれた。

「【ファイアボール】!」

「【ロッククラッシュ】!」

「【サンダースパーク】!」

攻撃力《こうげきりょく》の高い魔法を連続して食らい、ドラゴンのＨＰが半分近くにまで減った。

下位竜とはいえドラゴンはドラゴン。さすがにタフだ。間違《まちが》いなくブレイドウルフなんかよりも強い。

まあ、一パーティで挑《いど》むモンスターと、イベントのレイドモンスターを比べるなって話だけども。

これはかなり骨が折れそうだ。四つの門全《すべ》てがドラゴンに襲《おそ》われているのだとしたら、勝ったとしてもすぐさま他のところへ救援《きゅうえん》に向かわねばなるまい。

こちらに救援が来るのを待つって消極的な作戦もあるんだろうが、そんなことをしているうちに他の門を破壊されたら、町の住民が犠牲《ぎせい》になるかもしれない。

やはりここは攻めるべきだ。

僕は両手の双焔剣『白焔』と『黒焔』を握《にぎ》り直し、ブレスを吐かんとしているドラゴンへ向けて、身体を【加速】させた。

『ギャオオオアアアァァァッ！』

グリーンドラゴンの火炎《ブレス》攻撃。何人かが巻き込まれてダメージを食らってしまっている。運悪くＨＰの最大値が低かったり、火属性に弱かったりした者は死に戻ってしまったようだ。

通常、グリーンゴブリンやグリーンウルフのように、『グリーン』と名前に付くモンスターは火属性に弱いというのがセオリーだが、このグリーンドラゴンはその火を操《あやつ》る。まったく理不尽《りふじん》だ。

炎のブレスも大盾持ちならばいくらかは防げる。もちろん、その後の回復役の補助が必要だが。

「でえええぇぇぇい！」

グリーンドラゴンの横腹を、槍を構えた一人のプレイヤーが貫く。その隙に、僕も【加速】を使ってドラゴンの眼前へと辿り着き、その右目に双焔剣『白焔』を突き立《た》てた。

『グギャオアアァァァ⁉』

急所を刺《さ》されたドラゴンが暴れ回る。それに巻き込まれないようにすでに僕はそこから離脱していた。

「右目が潰れたぞ！　死角から攻めるんだ！」

どこからかの声に従うように、プレイヤーたちがドラゴンの右側に回る。

ドラゴンを休ませないように魔法の集中砲火《ほうか》が降り注ぎ、それが終わったところで盾を持った者を先頭にしながら、槍や斧や大剣を持ったプレイヤーたちが一斉に襲いかかる。

ドラゴンのＨＰは三分の一を切っている。もう少しだ。

「っと⁉」

僕の耳元で風切り音がして、ドスッという音とともに、頭に矢を受けたグリーンゴブリンが足下に倒《たお》れてくる。

危なかった。後ろから襲われかけてたのか。

矢の飛んできた方にレンがいた。どうやら助けられたようだ。あとでお礼を言おう。

戦場にいるのはドラゴンだけではない。もっと注意を広げなければ。こうも人が多いと、【気配察知】もあまり役立たない。気配だらけだからな。

「シロ兄ちゃん！」

「あ、ミウラ！　お前さっき……！」

「お説教はあとにして！　ちょっと話を聞いてよ！」

突出した攻撃を繰り返していたウチの暴走娘に一言言ってやろうとした僕だったが、出鼻を挫《くじ》かれた。

「────って、できる？」

話を聞いてみると、ミウラがとんでもない提案をしてきた。え、それやるの？　僕が？

「いや、できないことはないと思うけど……。できる、のか？」

確かに試《ため》してみても悪くはないけど、負担が大きいぞ。特に僕が。

「やってみようよ！　ダメならダメでまたなんか考えればいいじゃん！」

「お前、その行き当たりばったりの考え方やめた方がいいぞ……」

決してアホの子ではないのだけれど、ミウラのとにかくやってみよう精神は、お嬢様ならではの土壌《どじょう》で培《つちか》われたものなのだろうか。怖《こわ》いもの知らずというか……。そういや、あの三人には同じような面があるよな。

まあいい。この局面を打開できるかもしれないし。

「わかったよ。ほら乗れ」

「うん！」

僕が向けた背中にミウラが飛び乗る。

ミウラの提案とはなんてことはない、僕を足に使おうというのだ。正確には僕の【加速】スキルを、だが。

「行くぞ」

「オッケー！」

ミウラをおんぶしたまま【加速】スキルを発動する。ドラゴンの死角となった右側から突き進《すす》み、距離を縮めていった。

大剣を持つミウラはそれなりに重いが、本体が軽いのでそれほどのマイナスにはならない。いつもより若干遅《じゃっかんおそ》いかな、という感覚だ。

ドラゴンの頭の横まで辿り着いた僕の背から、勢いよくミウラが飛び上がる。

「【大切断】！」

僕の背中から高くジャンプしたミウラが戦技を放ち、大剣をドラゴンの頭部へと振《ふ》り下《お》ろす。

頭を動かしたドラゴンの角に剣先《けんさき》が当たり、右側の角が根本からボキリと折れた。

『ギャオアアアッ！』

落ちてくるミウラをキャッチし、再び【加速】を使って離脱する。ドラゴンが大きな爪を振り下ろして攻撃《こうげき》してくるが、すでに僕らは退避《たいひ》していた。

「いけるね！　シロ兄ちゃん！」

「いやいや。MP消費が結構キツいって！　そんなに何度もできないぞ！」

背中ではしゃぐミウラに釘《くぎ》を刺しながら、最後のマナポーションを飲む。よくてあと一回だ。MPを全部使い切るわけにはいかないからな。

ドラゴンのHPはすでにレッドゾーンに突入《とつにゅう》している。しかしこちらの陣営《じんえい》もかなりの数のプレイヤーが死に戻り、攻め手に欠けていた。

僕のようにヒットアンドアウェイの戦法で、ちびちびと削っていけば最後には勝てるだろう。しかし、それでは他の門が突破《とっぱ》されてしまうかもしれない。

身の安全か、イベントクリアか……。いや、ここは攻めるべきだ。生き残ってもイベント失敗なんて冗談《じょうだん》じゃない。このイベントは二度と起こらないタイプのイベントだろうしな。

「おい、あんた！　ウサギマフラーの兄ちゃん！」

「なんですか？」

ミウラを背負っていた僕に声をかけてきたのは、魔法使《まほうつか》い風の青年だった。僕と同じ

【魔人族《デモンズ》】だな。トンガリ帽子《ぼうし》に黒ローブに杖と、ベタベタの格好をしている。

「悪りぃがこいつをあの野郎にぶつけちゃくれねえか。俺《おれ》じゃ【投擲】スキルもねえし、近付けねぇんだよ」

そういって青年が差し出してきたのはガラス製のトゲトゲボールだった。右側と左側で別々のものが入っている。右は粉末状で左は液体っぽいけど……。なんだこれ？

「そいつはな、俺が【錬金術《れんきんじゅつ》】スキルで作った『炸裂弾《さくれつだん》』だ。一個しかねぇけどな。貴重な素材で失敗の山を築きながら作ったとっておきさ。間違いなくあいつにトドメを刺せるはずだ」

「いいんですか、そんなものを使って？」

「ああ。早いとこあいつを倒さないと他の門がヤバイからな。西門《こっち》がヤバそうだったから俺と相棒だけ来たけど、ギルドの奴《やつ》らは東門にいるんだよ。ここを見捨てて行くのも嫌《いや》だしな」

目の前の青年魔法使いの後ろに、杖を持った【夢魔族《サキュバス》】の女性がいる。あれ？　この人、さっきグリーンバードに襲われた僕を助けてくれた人だよな。

と、二人の頭の上にネームプレートがポップした。

「ギルド【カクテル】の『キール』と『マティーニ』……！　ああ、ギムレットさんのとこの！」

「ああ。ギルマス《ギムレット》とカシスが世話になったみたいだな」

キールさんがニヤリと笑う。てっきり【カクテル】の人たちは別門にいるのかと思ってた。この二人だけこちらに来てたのか。

「ま、話はあとだ。とにかくこれであいつを仕留めてくれ」

トレードウィンドウが開く。『炸裂弾』だけで、向こうから金額などの指定はない。

「本当にいいんですか？」

「これはもともとあんたやギルマスが仕留めたキマイラの素材を使ってる。気にするな」

そうだったのか。トレードを完了《かんりょう》させて、『炸裂弾』を手に取る。よし、じゃあやってみるか！

「ありがとうございます。とにかくやってみます」

「おう！　頼む！」

僕はキールさんに礼を言って、ミウラを背負ったまま駆け出した。

「もう一度さっきのやつをやるぞ。だけど今度は――」

「――いいね。それでいこう！」

放たれる弓矢と魔法《まほう》の援護《えんご》射撃《しゃげき》を味方に、再びドラゴンへと向かっていく。【加速】を使い、フェイントを入れながら僕らはドラゴンの正面に立った。

残った左目でドラゴンが僕を睨《にら》みつける。それも束《つか》の間《ま》、ドラゴンが大きく口を開けて、ブレスを今まさに吐《は》かんと息を大きく吸い込んだ。

「今だ！」

僕の声と同時にミウラが肩《かた》を踏《ふ》み台《だい》にして空高くジャンプする。僕は手にした『炸裂弾』を大きく振りかぶり、【投擲】によってドラゴンの口の中へと放《ほう》り込んだ。ブレイドウルフの時と同じ要領だから慣れたもんだ。

『ゴッ、ブガバッッ⁉』

喉《のど》に異物を投げられたドラゴンが思わず口を閉じたと思った瞬間、ドゴォンッ！　という爆音《ばくおん》とともにその口が盛大に爆発《ばくはつ》した。

折れ飛んだ牙《きば》があたりに散乱し、ドラゴンは白目を剥《む》いて口から黒煙《こくえん》を上げている。

「やあああああぁぁぁぁっ！　【魔神突き《まじんづき》】！」

そこへ落下してきたミウラが深々とドラゴンの背に大剣を突き刺した。

『グルギャオアアァァァァッ！』

白目を剥きながらもグリーンドラゴンはその巨体を暴れさせ、ミウラを振り落とそうとする。そこへ駆けつけた二つの影《かげ》が、両サイドからドラゴンへ向けて必殺の戦技を放った。

「【スタースラッシュ】！」

「【三段突き】！」

ウェンディさんとシズカの攻撃を受けて、ドラゴンがよろめく。もはやその命は風前の灯火《ともしび》と言ったところか。

「今だ！」

誰《だれ》かが叫ぶ。

それがきっかけとなり、プレイヤーたちが次々と押《お》し寄《よ》せて、各々《おのおの》が全力の戦技を放った。

やがて緑の地竜はその巨体をよろめかせ、地響きを立てながら地面へと沈《しず》む。

パアッ、と、いつもより大きく綺麗《きれい》な光の粒《つぶ》が辺りに弾け、ドラゴンが塵《ちり》と化すように光に変わっていった。

しばし僕らはその光景に魅入《みい》っていたが、やがて爆発するかのように大歓声《だいかんせい》が西門前に轟《とどろ》き渡った。

「ありゃ。トドメ刺すのに参加できなんだ」

モンスターにトドメを刺すといいアイテムがドロップする、なんてのは、単なる迷信《めいしん》というか、不確かな噂《うわさ》でしかないってのはわかってるんだけど、やっぱりちょっと気になるよね。

まあ、この状態ではなにもドロップはしないし、確認《かくにん》しようもないんだけどさ。

ドラゴンがやられたからか、他《ほか》のグリーンモンスターたちが逃走《とうそう》を始めた。弓持ちのプレイヤーがそれに対して掃討射撃《そうとうしゃげき》を開始し、あっという間に西門前にはモンスターの姿は一匹《ぴき》も見えなくなった。

「よし！　余力のある奴は他の門へ救援急げ！　無理そうな奴はここで守りを固めるんだ！　あいつらが戻《もど》って来るかもしれないからな！」

そんな声が聞こえてきて、やっとドラゴンを倒したというのに、慌《あわ》ただしくみんなが動き始めた。忙《せわ》しないねえ。

その光景を見ていた僕に、『炸裂弾』をくれたキールさんが片手を挙げて近寄ってきた。

「よう！　やったな！　お疲《つか》れさん！」

「あ、どうも。助かりました」

「いいってことよ。それでお前さんこのあとどうする？　俺たちはこのままギルマスのいる東門へ向かうが……」

「ギルドのみんなと話して決めます。なるべく東門へ行くようにはするつもりですけど」

「そうか。じゃあ向こうで待ってるぜ。あとでな！」

キールさんはローブを翻《ひるがえ》し、マティーニさんと門の中へと消えて行った。マティーニさん、一言も喋《しゃべ》らなかったな。

「シロさん！　やりましたね！」

城壁《じょうへき》の上にいたレンが、ウェンディさんとともにこちらへとやって来る。

「レンもお疲れ」

「私はあんまり活躍《かつやく》できませんでした。最近生産系ばかりに偏《かたよ》っていたので……。今回のことを教訓にして、少しスキル構成を考えようと思います」

真面目《まじめ》だなぁ。真面目過ぎる気もするけど。ミウラと足して二で割るといい感じなんじゃないかねえ。

「はー、さすがにイベント戦はしんどいね。どんだけＭＰがあっても足りないよ」

リゼルがボヤきながら合流する。リゼルはドラゴンに攻撃しつつも、それ以外のモンスターを僕らに寄せ付けないようにしていたらしい。

「さっき渡した『マナポーション』は？」

「一本使っちゃった。残り一本だよ。完全に準備不足だねえ」

まあそれは仕方がない。突発的《とつぱってき》なイベントだったんだし。そんなことをリゼルと話していると、ミウラとシズカもこちらにやって来た。

「あ、レン！　見た⁉　あたしとシロ兄ちゃんのコンビネーション攻撃！　すごかったでしょ！」

「む〜。ミウラちゃんばっかりズルい」

「？　なに怒《おこ》ってんの？」

「あらあら」

なぜか拗《す》ねるレンとキョトンとするミウラ。それを見ておかしそうに笑うシズカの視線がこちらを向いているような気がするが、なんでだ？　ま、いいや。

「このあとどうする？　実はフレンド交換《こうかん》した知り合いのギルドが東門で戦っているんだ。できれば救援に行きたいんだけど」

「あ、さっきの魔法使いのおっちゃんのギルド？」

僕と一緒《いっしょ》にキールさんと会ったミウラが口を挟《はさ》んでくる。おっちゃんって……。キールさん、二十歳《はたち》過ぎくらいだったろ。いや、中身も二十歳過ぎかどうかはわからないけどさあ。喋りはオッサン臭かったかもしれんが。

「そういう事情があるなら私は構いませんよ」

「お嬢様がそうおっしゃるのでしたら、私《わたくし》もそれで」

「私《わたくし》も構いませんわ」

「ちょっとＭＰに不安があるけど、私もいいよ」

「あたしも。次はもっとうまく立ち回るよ！」

全員ＯＫのようだ。

「よし、じゃあ町の中を通って反対側の東門へ向かおう」

「はい！」

僕らはギムレットさんやカシスさんのギルド【カクテル】が戦っている東門へ向けて走り出した。

◇◇◇

『グゴガァァァアアアアアァァァァァァッ！』

轟くような断末魔《だんまつま》を残して東門を襲ってきたグリーンドラゴンは光の粒と化した。

僕らが倒した西門のグリーンドラゴンの時と同じように、それまで門を攻撃してきていたモンスターたちは我先にと逃げ出《だ》していく。

それを見て東門を守っていたプレイヤーやＮＰＣたちから歓声が沸《わ》き上がった。僕らと同じように西門から助けに入ったプレイヤーたちもその輪に加わっている。

「あんまり活躍できなかったね」

「まあ、いいんじゃないの？　僕らは西門の方で頑張《がんば》ったしさ」

ため息混じりにそう零《こぼ》すリゼルに、慰《なぐさ》めともつかない言葉を返す。彼女《かのじょ》としてはマナポーションが少ないという準備不足もあったため、多少不満なのだろう。

「よお、シロ！　お疲れさん！」

「ギムレットさんもお疲れ様《さま》です。カシスさんも」

ギルド【カクテル】のギルマス、【地精族《ドヴェルグ》】のギムレットさんが肩を叩いてきた。その後ろには【妖精族《アールヴ》】のカシスさんがいる。

「シロ君が来てくれたおかげで助かったよ」

「いや、全然。あんまり活躍できなかったな、って今も話していて」

「でも、その速さで撹乱《かくらん》してたじゃない。おかげでドラゴンが隙《すき》だらけだったから、私たちも攻撃に専念できたんだし」

カシスさんにそう言ってもらえると少しは役に立ったのかな、と思えるが、僕としてはやはり忸怩《じくじ》たるものがある。

そんな僕の前でギムレットさんがウィンドウを開いて町の情報を整理している。

「西門と東門のドラゴンは倒した。南門のも倒したらしい。あとは北門か」

「北門には私たち西門からの救援も行っているはずだから、そろそろ……あ、ほら」

ギムレットさんに答えていたリゼルが顔を上げた。

盛大なファンファーレが響《ひび》き渡り、公式アナウンスが流れてくる。

『おめでとうございます。緊急《きんきゅう》クエスト【襲い来る緑】を見事クリアいたしました。参加されたギルドには貢献度《こうけんど》に応じてのギルドポイントと「カタログギフト」、プレイヤー全員には記念アイテム「グリーンシード」と【グラスベンの守護者】の称号《しょうごう》を贈《おく》らせていただきます。なお、個人による獲得《かくとく》経験値、及び、ドロップアイテムは後日運営側から贈らせていただきます。また、総合貢献度が上位百名の方々には特典として「シルバーチケット」を贈らせていただきます』

どうやら死に戻った者にも記念アイテムと称号は贈られるらしい。本当に参加記念って感じだな。

ウィンドウを開き、運営からのメールを開くと『グリーンシード』と【グラスベンの守護者】の称号が添付《てんぷ》されてあった。

あれ？　もう一通運営からメールが来てるな。

「総合貢献度九位……？　『シルバーチケット』四枚？」

「シロ君、十位入りしたの⁉　すごい！」

「やるじゃねぇか！」

リゼルたちが驚《おどろ》いているが、ギリギリってとこだろうな、これは。僕《ぼく》らは参加するのが少し遅《おく》れたし、ドラゴンにトドメも刺せなかったし。

にしてもこの『シルバーチケット』ってなんだろ？

インベントリに送り込まれた『シルバーチケット』を取り出してみる。

【シルバーチケット】　Bランク

■銀色のチケット。使用すると……？
□収集アイテム／売買不可
品質：ＨＱ（高品質《ハイクオリティ》）

説明になってない。『使用すると……？』ってなんだよ。爆発するのか？

チケットの右側、三分の一に切り取り線が入っていて、ここを千切れば使用できるらしい。

四枚もあるし、一枚使ってみるか？　いやいや、よくわからないで使って後悔《こうかい》するのは嫌だな。どういったことが起こるのか、調べてから使った方が……。

「シロ君、チケット使わないの？」

「え？　リゼル、これ知ってるの？」

「知ってるよ。攻略《こうりゃく》サイトに載ってたもん。これはね、『ガチャ』券だよ。シルバーなら一回、ゴールドなら三回引けるの」

え？　『ガチャ』ってあのお金入れて回すと、カプセルに入ったおもちゃとかが出てくるあれ？　あれなら僕の住んでた島の駄菓子屋《だがしや》にもあったけど。

「『ランダムボックス』と同じようなものか」

「『ランダムボックス』はハズレが多いけど、チケットはアイテムか、武器防具か、スキルかが選べて、全部Cランク以上だからハズレはないんだよ。まあ、自分は使えない武器とかが出ることもあるけど、高く売れるし」

確かに僕が大剣とか手に入れても使えないし、売るしかないか。優先的にミウラとかギルドメンバーに売るけどさ。

そんな僕の心を読んだのか、リゼルが『杖《つえ》や魔法スキルが出たら売ってね』と声をかけてきた。ちゃっかりしてんな。

そう考えると『アイテムガチャ』の方がいいのかな？

「お、なんだ？　さっそくチケット使うのか？」

ギムレットさんが僕の手元にあるチケットを見て、興味深そうにしている。後ろのカシスさんもだ。こういうのって他人が回すのを見ていても楽しいからな。

ううむ。一枚だけ使ってみるか。

ピリリッ、とチケットを切り取り線から千切る。

すると目の前に、ポンッという音とともに、空中に三頭身のデモ子さんが現れた。と、同時に破ったチケットが銀色の大きいコインに変わる。

『チケットをお使いいただきありがとうですの！　さっそくですが【アイテム】【武器・防具】【スキル】のうち、どれかを選んで下さいですの！』

「えっと、【アイテム】で」

『了解《りょうかい》ですの！　【アイテム】ガチャ、しょ～か～ん！』

手を挙げたデモ子さんの叫《さけ》びに応じて、目の前に透明《とうめい》な箱にソフトボール大のカプセルがいっぱい詰《つ》まった、いわゆるカプセルトイの機械が現れた。箱の部分がデカい。

『さあ、回して下さいですの！』

周りのみんなからも注目される中、僕はガチャの投入口にコインを入れてハンドルを握る。

時計回りにガチャリガチャリと一回転させると、大きなカプセルがコロンと転がり、自動的にパカッと開いて、中身が目の前に飛び出してきた。

【星鉱石】　Aランク

■ｕｎｋｎｏｗｎ
□精製アイテム／素材
品質：Ｓ（標準品質《スタンダード》）

「おおお！　すげえ！　Aランク鉱石じゃねえか！」

「当たりだね！　よかったじゃない！　……あ、あら？」

はしゃぐギムレットさん、カシスさんとは対照的に、僕とリゼルはなんともいえない表情で当てた『星鉱石』を見つめていた。

いや……だって、持ってるもん……コレ……。

「『シロ君、リアルラック無い説』の信憑性《しんぴょうせい》が高くなってきたね……」

「言うな……」

僕もひしひしと感じているんだから。くっ、ここで引き下がっては男がすたる！

「デモ子さん、【アイテム】ガチャをもう一回だ！」

『ありがとうございまーす！』

ビリリッ、とチケットをもう一枚切り取り線から千切る。

コインを入れ、ぐっ、と力を込めて一気にハンドルを回す。

再び大きなカプセルがコロンと転がって、中身が飛び出してきた。

【魔術師《まじゅつし》の腕輪《うでわ》】　Aランク

ＩＮＴ（知力）＋48
ＭＮＤ（精神力）＋32

■アルカナシリーズの一つ。
魔法攻撃《まほうこうげき》を高める効果がある。

□装備アイテム／アクセサリー
□複数効果無し／

品質：ＨＱ（高品質《ハイクオリティ》）

「うおお！　すげぇじゃねぇか！　立て続けにAランクだぞ！」

「しかもＨＱ《ハイクオリティ》だよ！　信じられない！」

「シロ君、やった！」

今度はリゼルも喜んでいる。いや、コレ……僕が装備してもあまり意味ない……。

リゼルの方を振り向《む》くと、キラキラした目で僕に訴《うった》えかけていた。『売って！』と……。

売るよ、売りますよ。パーティの戦力が上がるなら、なんてことないですよ。

あと二枚。どうするか。使っちゃうか？　でもまたハズレ（ハズレではないのだけれど）だったら……。

【アイテム】はやめて、【武器・防具】か【スキル】に走るか？　いや、【武器・防具】で大剣とかプレートアーマーなんて当たったらそれこそ意味がない。高く売れるかもしれんけど。

【スキル】の方がまだマシだろう。魔法スキルや武器依存《いそん》のスキルでもなければ、使えないことはない……はず。よし！

「デモ子さん！　今度は【スキル】ガチャで！」

『了解ですの！　【スキル】ガチャ、しょ〜か〜ん！』

【アイテム】ガチャの横に、色違《いろちが》いのガチャが現れる。

三たびハンドルを握って、運命の神に祈《いの》りながら回す。三度目の正直、今度こそ！

ガチャガチャリ、コロン。

スキルオーブ

【知力・精神力UP（中）】★

■INTとMND、両方の基本値を上げる。

「うおお！　星付きのスキルだッ！　どんだけ運がいいんだよ、お前！」

「しかも二つの上昇《じょうしょう》スキルが一つになってる！　かなりのレアスキルだよ、これ！」

背後から聞こえてくるギムレットさんとカシスさんの声に反して、僕は両手と膝《ひざ》を地面につき、うなだれていた。

確かに使えないことはない。けれどスキルスロットを一つ埋《う》めてもいるかというと……。

スキル構成が合わないというだけなのだ。リゼルならメリットがありすぎるスキルだろう。

「……さすがにここまでくると、私も喜べないかなぁ……」

「僕は『リゼル、僕の運を吸い取ってる説』を提唱しようと思う……」

なんでこーなる。ここまで偏らなくたっていいじゃないか。運がいいのか悪いのか、わからなくなってきたよ、もう。

『あと一枚はどうしますの？』

「いや、いいです……。また今度に取っておきます……」

『わかりましたですの！　それではまたですの！』

デモ子さんがポンッ、と消える。……射幸心に煽《あお》られて暴走するとこんなことになるんだなあ。

打ちひしがれる僕の耳に、無邪気《むじゃき》な声が追《お》い討《う》ちをかける。

「シロ兄ちゃん！　これ見てこれ見て！　チケットのガチャで当たったんだ！　すごいでしょ！」

「ぐふッ」

見事な装飾《そうしょく》がされたピカピカの大剣を掲《かか》げて、ミウラがこちらへ走ってくる。

どうやらミウラも上位百名に入ったらしい。レンやシズカ、ウェンディさんと一緒にやってきたミウラが、ニコニコしながら僕に話しかけてくる。

「シルバーチケットが一枚だけだったから、あんまり期待してなかったけど、こんなにいいものが当たるなんて思わなかったよ！」

「ソレハヨカッタ、ネ」

おのれ。無欲の勝利だというのか。

「シロ君、気を落とさずに、ね?」

苦笑《くしょう》気味にリゼルが声をかけてくる。なんだろう、この虚《むな》しさは……。

「どうしたんですか、シロさん?」

「レンちゃん、今はそっとしておいてあげて。それより百位内に入ったのって、シロ君とミウラちゃんだけ?」

「いえ、あとシズカちゃんが九十五位でギリギリ。当たったのはガントレットでしたけど」

「無骨なデザインですが、まあ許容範囲《はんい》かと。防御力《ぼうぎょりょく》は高いですしね」

そう言ってシズカが薙刀《なぎなた》を持ってない左手を上げてみせる。確かにシズカには似合わない無骨なガントレットだな。古参兵が身につけていそうなデザインだ。

しかしそのアンバランスさがシズカの清楚《せいそ》さを引き立てるとも言える。それほど悪くはない、かな。

「二人ともいいなー。私もガチャ回したかった……」

ミウラの大剣とシズカのガントレットを羨《うらや》ましそうに見つめるレン。こればっかりはなあ。あ。

「僕のチケットがもう一枚あるから、レンが回してみるかい？」

「え⁉　いいんですか⁉」

「いいよ。どうせ僕が回したってリゼルを喜ばせるだけだから」

「？」

「私のせいじゃないよ⁉　シロ君がツイてないだけだよ！」

ハッキリ言ったな、こんにゃろ。

リゼルを軽く睨みながらレンにチケットを渡《わた》す。もちろん所有権は僕のままだからレンは回すだけだ。

それでもレンはワクワクしながらチケットを千切る。さっきと同じようにデモ子さんが現れた。

『【アイテム】【武器・防具】【スキル】のうち、どれか選んで下さいですの！』

「えっと、【スキル】で！」

ほほう、【スキル】を選んだか。レンの前に【スキル】ガチャがドン、と現れる。

レンは呼吸を整えながらハンドルを握《にぎ》った。そんなに緊張《きんちょう》しなくてもいいのに。

「シロさんの役に立つスキルが出ますように……」

ええ子や……。ええ子や、この子……。何が出ても受け入れるよ、僕は。

ガチャリガチャリとレンがハンドルを回していく。やがてコロン、と取り出し口に大きなカプセルが転がってきた。何が当たった？

「あっ！」

カプセルからスキルオーブを取り出したレンが嬉《うれ》しそうな声を上げる。ひ、ひょっとしていいのが当たったのか⁉

「見てください、シロさん！【分身】ですって！　星二つのレアスキルですよ！」

【分身】……ああ、そうきたかー……。確かに何が出ても受け入れるとは思ったけど。また忍者《にんじゃ》化が進むのか……。

喜ぶレンの手前嫌そうな顔もできず、『やったなぁ』と彼女を褒《ほ》めながらスキルオーブを手にする。

僕は『周りが僕を忍者にしようとしてる説』を提唱してもいいと思う。

【怠惰（公開スレ）】雑談スレその 224

001：スレーイン
ここは【怠惰】の雑談スレです
有力な情報も大歓迎
大人な対応でお願いします

次スレは >>950 あたりで宣言してから立てましょう

過去スレ：
【怠惰】雑談スレその 1 ～ 223

061：レンリ
グラスペン攻防戦、おつかれー

062：サバダバ
俺も参加したかったー

063：ブンメイドー
突発過ぎるだろ
なんか予兆とかヒントを出せよ
参加したかったのによう

064：ラミパス
参加したけど速攻死に戻った俺ガイル

065：アイキュー
>> 063
いや、予兆はあったぞ
グリーンモンスターが通常より多くポップしてた

066：モド
ドラゴンとかありかよ
尻尾でワンパンだったわ

067：シュウサ
あれはよく見れば予備動作がある
注意深く見ていればなんとか躱せる

068：チョーシ
西門破られた時はイベント終わったかとオモタ

069：ザッキー
町に侵入されたヤツな

070：ガンツ
>> 068
門は破られてねえよ
城壁を乗り越えられたんだ

071：パメラロール

町で火の手が上がってた
何人かＮＰＣがやられたみたい

072：ザッキー
慌てて何人か西門の方へ回ったけどな

073：チョーシ
西門でウサギマフラーが暴れてたけど

074：ガンツ
>>073
アレな
なんだあのスピード
速過ぎるだろ

075：ロイズ
サイボーグ戦士かって

076：チョーシ
きっと奥歯にスイッチがあるんだ

077：アイキュー
なんかのスキルだとは思うけど
【速度上昇】とか【加速】とか
それかソロモンスキル

078：シュウサ
攻撃力はそれほどでもなかったけどな

079：ガンツ
でも西門前のドラゴンの目を潰したし、なんか爆弾みたいなの投げてたぞ

080：サバダバ
爆弾ってなんだよ
そんなのあったか？

081：パメラロール
>>080
【錬金術】で確か作れるハズ
キマイラとかの素材で

082：ロイズ
>>079
トドメは刺せなかったけどな

083：ザッキー
南門でもスゲー魔法使ってたのいた
ドラゴンを氷漬けにしてた
数十秒だけどな

084：アイキュー
ああ、アイスさんな
あれはスゴイ

085：ブンメイドー
え、アイスさん参戦してたの？
チクショウ、なんで俺は参戦してないんだ…

086：モド
>> 084
アイスさんってなに？
誰？

087：ブーム
やっぱり魔法は複数取るより特化させた方が強いのかねえ

088：シュウサ
>> 086
氷魔法と剣術をメインにしてる【魔人族《デモンズ》】の女性プレイヤー
無表情クール系美少女
アイスってのは通り名でアバター名じゃないぞ

089：レンリ
氷魔法は珍しいな

090：ペレロ
アイスたん、ハァハァ

091：ラミパス
変態がおる

092：アイキュー
>> 088
詠唱してなかったから氷魔法じゃなく特殊スキルだと思う

093：パメラロール
それもソロモンスキルかな
氷系の

094：チョーシ
ソロモン 72 柱に氷の悪魔なんていたか？

095：ブーム
別に悪魔の能力が直結したスキルってわけじゃないんじゃない
あいつら能力被りまくりだし

096：アイキュー
＞クロセル
地獄の 48 軍団を従える序列 49 位の公爵
元能天使
クロケル、プロケル、プロセル、プケルとも呼ばれる
その姿は銀髪と猫のような金目を持つ黒衣の天使の姿をとる
水の温度を自由に操り、決して溶けることのない氷の剣を持つ
この剣で斬られた傷は治ることはなく、凍傷で最後には腐り落ちるといわれる
温泉を見つけ、発掘することができることから『浴槽の公爵』ともいわれる

これかな？

097：モド
>> 096
乙

098：ペレロ
お風呂好きアイスたん、ハァハァ

099：ラミパス
変態がおる

100：サバダバ
ＧＭ呼べ

101：ブンメイドー
ゲーム内で有名になるとこういった輩が出てくるから大変だよな

102：ペレロ
ぼくはなにもしないお！
ただアイスたんを眺めていたいだけだお！

103：ビレー
やだ奥さん、ストーカーですわよ

104：ロイズ
アイスさんパーティ組んでたっけ？

105：ザッキー
>> 102
凍らされてしまえ

106：パメラロール
>> 104
組んでる
女の子六人のパーティ

107：シュウサ
ウサギマフラーは五人の女の子と組んでるぞ…
ハーレム王か

108：ラミパス
>> 107
あれ？ 急にＰＫしたくなってきたな
ウサギ狩りに行くとするか…

109：チョーシ
>> 107
内三人はＪＳなんだぜ…

110：ブンメイドー
>> 108
馬鹿なことはやめろ
お前には無理だ
俺が先に狩るからな…

111：モド
リア充氏ね
ん？
それってリア充？

112：チョーシ
ゲームの中ぐらいモテたい！

113：ザッキー
だからＮＰＣのお姉さんを口説いてこいと言うに

114：チョーシ
>> 113
口説いたら衛兵呼ばれました

115：ラミパス
ナンパは無理！
好感度高くないと誘えもしない
地道に小さなことからコツコツと！

116：ペレロ
娼館実装キボンヌ

117：ガンツ
このゲームＮＰＣに対するガード固すぎだろ

118：レンリ
>> 116
最低ー

119：ザッキー
>> 116
それ関係をＶＲですると快感のあまり二度と現実世界に戻ってこれないという話が

120：サバダバ
>> 119
それ都市伝説だろ

121：ロイズ
単純に強くなりゃモテモテになれるんじゃない？
ゲーム内なら
おっと紳士に限る

122：チョーシ
ダメぽ

123：レンリ
早っ

124：モド
ウサギさんに弟子入りせえ

125：シュウサ
そして斬られろ

126：ブーム
そういや報酬のチケット手に入れた奴いる？

127：パメラロール
一枚だけ
【スキル】ガチャで【操船】げと
けど、船持ってない…

128：ザッキー
俺も一枚
【アイテム】でＡランク素材

129：アイキュー
>> 127
【操船】はいいな
船は金を払えば手に入るけどスキルはそうもいかないから

130：チョーシ
ランキング入りできなかった
もう少し粘ればよかった

131：シュウサ
ちなみにランキング１位はアイスさんな
ウサギマフラーも９位に入ってる

132：レンリ
１位ってチケット何枚？
ガチャ何回回せんの……？

133：ガンツ
ランキング10位までは発表されたんだっけ

134：アイキュー
>> 132
確か
10位～6位がシルバー４枚
５位がシルバー５枚
４位がゴールド２枚
３位がゴールド３枚
２位がゴールド４枚
１位がゴールド５枚

だから１位……アイスさんは15回ガチャ回せる

135：ロイズ
ウラヤマスイ

136：ラミパス
自分には必要ないものでも売れば金になるだろうしな
チケット売買不可じゃなかったらとんでもない値がつくんじゃなかろか

137：ザッキー
所詮はギャンブルだぞ

相場なんてその時々で変わるし
ランク高くてもやっぱり使えないアイテムも多いし

138：パメラロール
そういやグリーン素材価値下がったねえ

139：ブーム
そりゃあんだけ市場に出回ればな
どんだけ狩ったんだよ、お前ら

140：シュウサ
経験値ウハウハですが、なにか？

141：ガンツ
お金ザクザクですが、なにか？

142：ロイズ
ウラヤマスイ

143：サバダバ
ちくしょう、なんで俺は参加してないんだ
もう一回起これ！
グリーンの次はブルーあたりで湾岸都市で！

144：ブンメイドー
アホか

145：ブーム
>> 143
ＮＰＣにとって縁起でもないこと言い出したぞ

146：ザッキー
まあ、今回のイベントは参加できた奴はラッキーだったよな

147：ラミパス
>> 143
あっさり死に戻ったら同じよ？
参加賞はもらったけど
しかしすぐに死んだのに【グラスベンの守護者】って称号をもらっていいんだろか……

148：モド
参加することに意義がある

149：ガンツ
>> 147
英霊となったとでも思え

150：シュウサ
参加賞ももらえないやつもいるんだからそっちの方がいいだろ

151：ラミパス
>> 149
死んでねえし！
いや、死んだけど！

152：サバダバ
この手の突発イベントやクエストってこれからもあるんだろうか

153：ロイズ
ここまで大きいのはあまりないが、小さいのならちょこちょこ起きてるだろ
ＮＰＣ絡みが多い

154：ブーム
確かに
この間盗賊退治のクエストやった
あまり報酬はよくなかったけど

155：アイキュー
>>153
何がきっかけになるかわからないから、あんまりＮＰＣに横柄な態度は取らない方がいい
情報が流れなくなる

156：ガンツ
未だにさ、ひと昔前のＮＰＣと同じに扱ってるプレイヤー見ると中身おっさんだなと思う

157：ザッキー
ああ、いるいる
自分の思い通りにならなくて怒鳴りつけてるヤツとかな
老害か

158：ロイズ
>>156
「うちでは買い取れない」って言っている店員に無理矢理「買い取れ！」って怒鳴ってるヤツがいた
あとＮＰＣの女の子に馴れ馴れしく迫ろうとするヤツな

159：アイキュー
ＮＰＣでもプレイヤーでもセクハラはダメ
衛兵飛んできてオレンジネームになる
回数重ねるか酷い場合だとレッドネームになって町から追放アンド賞金首だ

160：サバダバ
>>156
おっさんていうか、単に自己中なんじゃね？

161：シュウサ
>>159
知ってるか？
セクハラでレッドになると『異常性欲者』の称号が付くんだぜ……
当然ながら『前科者』と同じく外せない

162：レンリ
うわあ……

163：ラミパス
おい、さっきのストーカー野郎
気をつけろよ

164：アイキュー
ちなみに『異常性欲者』の称号付いた奴は、恥ずかしいからアバター消去して初めから作り直すのがほとんどだとか
そのままプレイする剛の者もいるにはいるが

165：ガンツ
称号だけはいろいろあるからな、このゲーム
不名誉なのもカッコいいのも

166：ブンメイドー
よくわからないうちに取ってた称号もあるし

167：チョーシ
町にいる猫をしょっちゅう撫でていたら『モフモフ愛好家』って称号が付いた

168：ビレー
俺現実なら
『コミュ障』『ニート』『挙動不審者』『人見知り』の称号を持ってる

169：パメラロール
>>168
え？
現実で？

170：チョーシ
>>168
あ、俺も

171：モド
>>168
俺も俺も

172：ラミパス
>>168
同じく

173：レンリ
業が深い…

DWO:03:04　龍眼

【Real World】

季節は夏に入りつつある。まだ暑いというほどではないが、梅雨《つゆ》も過ぎて晴れの日が続いていた。

もうすぐ学校は夏休みに入る。とりたてて夏休みの予定などはないが、お盆《ぼん》には墓参り、島の伯父《おじ》さんのところに帰省、ぐらいは考えている。予定が立てられないのは父さんの仕事の都合だ。

父親ながら父さんの仕事はよくわからない。なんでも海外諸国の人たちに通訳&橋渡《はしわた》しみたいなことをしているらしいが。コンサルタント業ってことなんだろうか。

父さんの部屋にはどこから持ち帰ったのか、わけのわからない木彫《きぼ》りの置物や金属のオブジェが所狭《ところせま》しと並んでいる。あれらもたぶん仕事で海外に行った時に手に入れた物なのだろう。

僕《ぼく》もいくつかもらったが、残念ながら父さんとはセンスが合わないので押《お》し入《い》れの中にずっと眠《ねむ》っている。

そんな感じで夏休みが来るのを楽しみに待っていた僕だったのだが、その前にひとつ予定が入ってしまった。

「百花《ももか》おばあちゃんが？」

「おう。お前を連れて遊びに来いってよ」

百花《ももか》おばあちゃん。霧宮奏汰《きりみやかなた》・遥花兄妹《はるかきょうだい》の祖母にして、僕の祖父の妹。確か年齢《ねんれい》は七、八十過ぎぐらい。

一度しか会ったことがないが、矍鑠《かくしゃく》たるもので優《やさ》しそうな人だった。

百花おばあちゃんは隣町《となりまち》の外れにあるでっかい武家屋敷《ぶけやしき》にお手伝いさんと二人で住んでいる。

「夏休みの祭りの時に行こうとは思ってたんだけど」

「祭りの前に来いってさ。浴衣《ゆかた》作ってくれるらしいぜ。採寸すんだろ」

そこまでしてもらうのはなんか悪い気もするが、断るのもそれはそれで気が引ける。百花おばあちゃんの趣味《しゅみ》は裁縫《さいほう》らしいので、浴衣を作るのを楽しみにしてるんじゃないかとは奏汰の弁。

そこまで言われては断れない。週末の土曜日に泊《と》まりがけでお邪魔《じゃま》することになった。霧宮兄妹も一緒《いっしょ》だ。さすがに親戚《しんせき》とはいえ、一回顔を合わせただけの人と二人きりでは間が持たない。

手土産《てみやげ》なににしようかなあ。

◇　◇　◇

そして土曜日。

午前中で授業は終わり、一旦《いったん》家に戻ってから電車で隣町の日向町《ひなた》へと移動する。

駅前には霧宮兄妹と、その母親である一花《いちか》おばさんが車で迎《むか》えに来てくれていた。

「白兎《はくと》君、ちゃんと御飯《ごはん》食べてる？　コンビニ弁当ばっかりじゃないでしょうね？」

「ちゃんと食べてます。……それなりに」

車を運転しながらも話しかけてくる、世話好きなこの一花おばさんが百花おばあちゃんの娘《むすめ》だ。つまりうちの父さんの従姉妹《いとこ》に当たる。

百花おばあちゃんは結婚《けっこん》してはいない。なんでも婚約者《こんやくしゃ》が事故死したとかで……。だけどその時にすでにお腹《なか》の中には一花おばさんがいたんだと。

で、一花おばさんが霧宮の家にお嫁《よめ》に行き、奏汰・遥花が生まれたというわけだ。

だからこれから行く武家屋敷は、正確には因幡《いなば》の本家ということになる。

本来ならば僕の祖父《じい》さんが住んでいてもおかしくはないのだが、祖父さんはなぜか妹の百花おばあちゃんを住まわせ、自分は現在僕が住んでいる洋館に引っ込んだらしい。

亡《な》くなるまで戻らなかったというから、なにか嫌《いや》な思い出でもあったのだろうか。百花おばあちゃんとの仲は悪くなかったと聞いているけど。

「あ、『おやま』が見えてきた」

星宮町と日向町の境目にある『おやま』。そのふもとに百花おばあちゃんが住む武家屋敷がある。

駅から遠く、交通の便も悪いので車がないと行くのも大変だ。

うねうねとした道を車が上るのを見ながら、ここを自転車では上りたくないなあと僕は思った。

しばらくすると立派な石積白壁《しらかべ》の塀《へい》が長く続き、車は大きな屋根瓦《やねがわら》のある門の手前で止まった。

「私は駐車場《ちゅうしゃじょう》に車を停《と》めてくるから先に行ってなさい」

「はーい」

真っ先に返事をして助手席に座《すわ》っていた遥花が降りる。僕と奏汰も続いて降りた。

大きな門をくぐると石畳《いしだたみ》がまっすぐ伸《の》びるその先にはこれまた大きな平屋の一軒家《いっけんや》が建っていた。前に来た時も思ったが、みんなが武家屋敷というのも頷《うなず》ける。

庭の低木もよく手入れされていて、初夏の日差しを浴びて新緑の輝《かがや》きを放っていた。

「おばーちゃーん、来たよー！」

屋敷《やしき》の玄関《げんかん》に飛び込むやいなや、遥花が大きな声を上げた。

しばらくすると奥の廊下《ろうか》から桜色の着物を着た、白髪の小柄《こがら》な老婆《ろうば》が僕たちを出迎《でむか》えた。

「まあまあ、よくきたわねえ。さ、お上がんなさい」

「はーい！」

遥花がさっさと靴《くつ》を脱《ぬ》いで家に上がる。

「ご無沙汰《ぶさた》してます。これ、父からのお土産《みやげ》です」

「あらあら。これはどうもご丁寧《ていねい》に。さ、二人も上がってちょうだいな。今お茶を入れますからね」

百花おばあちゃんはにっこりとして僕の手《て》渡《わた》したお土産の紙袋《かみぶくろ》を受け取ってくれた。中身は父さんの送ってきた地方の銘菓《めいか》だ。

僕と奏汰は揃《そろ》って古い屋敷へと上がり、茶の間へと案内された。

そこにはすでに遥花が扇風機《せんぷうき》の前に陣取《じんど》っており、首元を開いて風を迎え入れていた。年頃《としごろ》の女子としてお前は少し慎《つつし》みを持て。

「しかし相変わらずすごい庭園だなあ……」

僕は榑縁《くれえん》から見える庭を見て思わず息を吐く。池や飛び石、灯籠《とうろう》に刈《か》り込まれた低木と、まるでどこかの旅館みたいだ。奥には蔵《くら》まであるぞ。

「ばあちゃんの知り合いの庭師が手入れしてくれてんだよ。先代に恩があるとかなんとか」

「へー。先代って誰《だれ》？」

「は？　お前のじいさんだろ。なに言ってんだ」

「え？」

座布団《ざぶとん》に胡座《あぐら》をかいて座った奏汰がキョトンとしている。

「あれ？　お前親父《おやじ》さんから聞いてねえの？　この家って、今はばあちゃんが住んでるけど元はお前のじいさんの家だったって。表札も因幡だったろうが」

「いや、それは聞いてるけど」

百花おばあちゃんは嫁にいってない。だから生家の『因幡家』に住んでいてもおかしくはないし、表札が『因幡』なのは当たり前だ。

「この家の権利はお前のじいさんがずっと持ってたから、今はお前の親父さんが当主だぞ、確か」

「え⁉　そうなの⁉」

「本当ですよ」

奏汰の言葉に僕が驚《おどろ》いていると、百花おばあちゃんがお茶菓子《ちやがし》を持って現れた。

「私はこの家を間借りしているだけ。もちろん実家でもありますけどね。正確には貴方《あなた》のお父さん、白鷹《しらたか》さんの物なんですよ」

「知らなかった……です」

ちゃんと説明しろよ、父さん……。日本中飛び回ってて忙《いそが》しかったのはわかるけどさあ。

「だから貴方が遠慮《えんりよ》することはないのよ。自分の家なんだからもっと寛《くつろ》いでちょうだいな」

「そうそう。はっくん、リラックスリラックス」

遥花がおばあちゃんの持ってきたお茶菓子をさっそく手に取り、パクパクと食べながらケラケラと笑う。その理屈《りくつ》で言うとお前は人の家でリラックスし過ぎじゃないのか。

どうやら父さんはおばあちゃんにそのままここに住むことを勧《すす》め、自分たちは洋館の方に住むことにしたようだった。

父さんとしても実家ではあったが、じいさんと盛大な親子喧嘩《げんか》の末、家を飛び出したという負い目があるのだろう……と勝手な推測をする。

ちなみに僕の祖母……つまり父さんの母さんは僕が生まれるかなり前にすでに亡くなっている。

そんなことを考えていると、別の部屋からチーン……、と御鈴《おりん》の鳴る音が聞こえてきた。

「あっ、仏壇《ぶつだん》に手を合わせるの忘れてた……」

「いけね、俺《おれ》も」

「あ、あたしも」

おそらく一花おばさんがいるであろう仏間に、僕らはみんな揃って足早に向かった。

「だけど本当に似ているわねぇ……」

浴衣の採寸をしながら百花おばあちゃんが呟《つぶや》く。

似ている、というのはたぶんじいさんにだろう。一度しか会ったことはないが、あんな頑固《がんこ》そうな顔をしているだろうか。

「ふふ。貴方のお祖父さん……白鳳《はくほう》兄さんもね、今みたいに眉《まゆ》を寄せていたわ。懐《なつ》かしい」

む。顔に出てたか。僕はポーカーフェイスが苦手で、顔は無表情を貫《つらぬ》いても、眉でわかるらしい。そんなわかりやすいかな。

「頑固で意地っ張りで無口なくせに行動力はあってねえ。若い時は相当なヤンチャをしてたけれど……」

どうやら性格は似てないようだ。ちょっと安心する。

「だけど優しくて正義感が強くてね。困っている人を見たら放っておけない、そんな人だったわ。それがどんな人でもね。この町や海外にも白鳳兄さんに世話になった人たちがたくさんいるのよ？　おかげで年賀状を書くのが大変」

じいさんが亡くなってからも本家であるこの家に年賀状が届くのだろう。今だとメールなんかでやりとりしてしまうが、じいさん世代だと未だに手書きなんだろうな。

「はい、おしまい。来週くらいにはできるから鮫島《さめじま》さんに届けさせるわ」

「すいません、わざわざ」

鮫島さんというのはこの家で百花おばあちゃんのお世話をしているお手伝いさんのことだ。五十くらいのおばさんで、用のある時以外は奥《おく》の間《ま》に引っ込んでいる。

「好きでやってるんだからいいのよ。これは私のワガママだから。ああ、そうそう。もうひとつ用があったのを忘れてたわ」

おばあちゃんは部屋の年代がかった箪笥《たんす》から、小さな袱紗《ふくさ》に包まれた物を僕に手渡した。開いてみると、直径三センチほどの真球に近い翠《みどり》色の透《す》き通《とお》った石が入っていた。縦に白い筋が入っており、まるで猫《ねこ》の目のようにも見える。猫目《ねこめ》石《いし》ってやつだろうか？

「白い線が見える？」

「はい。猫の目みたいな。ひょっとしてこれってキャッツアイってやつですか？」

「そう。『龍《りゅう》の瞳《ひとみ》』が見えるのね」

百花おばあちゃんは微笑《ほほえ》みを浮《う》かべながら口を開いた。

「それはね、『龍眼《りゅうがん》』よ」

「りゅうがん？」

「そう。食べる方のじゃなくてね。龍の眼《め》。その昔、平安のころ、私たちのご先祖様が地上に落ちてとても困っている龍を見つけ、助けたという言い伝えがあるの。その時のお礼として貰《もら》ったと言われているわ」

そりゃまたファンタジーな。確かに龍の目と見えなくもないが、これが龍の目だとしたらえらく小さな龍だったんだな。しかもお礼に自分の目をくれるって、どんなホラーだ。

「それは貴方の物よ。代々その『龍眼』は龍の瞳が見える者が持つとされているの。残念だけど貴方のお父さんには見えなかった。白鳳兄さんはうっすらと見えたみたいだけど、私には見えない。貴方が持っていた方がいいわ」

「はあ……。いいんですか？　これって高い物なんじゃ……」

「普通《ふつう》の人には線は見えないから、ただの丸い石としか思われないわ。宝石的な価値はないわねえ」

そうなのか。

僕は『龍眼』を夕陽《ゆうひ》に翳《かざ》し、キラキラとした光を覗《のぞ》き込んだ。綺《き》麗《れい》なモンだけどな……ガラスなのかな？

「御《お》守《まも》りとして持っていなさい。この袋《ふくろ》に入れてね。これも私が作ったのよ」

おばあちゃんは小さな巾着《きんちゃく》のような袋をくれた。神社の御守りくらいの大きさで、紐《ひも》がついていて落とさないようになっている。これを首に下げるのはいささか恥ずかしい。

僕は巾着に『龍眼』を入れると服の内側にそれをしまった。

「さ、夕食にしましょう。なにか嫌《きら》いな食べ物とかはある？」

「いえ。特には。あ、バナナは食べられないんですけど」

「バナナは夕食には出ないわねぇ」

おばあちゃんは笑いながら台所へと向かった。

子供のころ風邪《かぜ》をひいて、咳《せき》と痰《たん》が止まらず、何回も吐いたことがあった。僕はその数時間前に山ほどバナナチップスを食べていて、吐くもの吐くもの全部がバナナ味だったんだ。

以来、バナナは食べられない。

幸か不幸かバナナはあまり料理には使われないのでそれほど困ってはいないが。

僕はおばあちゃんについていきながら、胸元《むなもと》にぶら下がる不思議な玉に手を当てた。

龍眼。龍の目ねえ。

兎《うさぎ》の眼なら面白《おもしろ》かったんだが。……いや、単なるホラーか。

僕は『DWO《デモンズ》』で兎の足を手に入れた時のことを思い出し、馬鹿《ばか》な考えを捨てた。

【Ｇａｍｅ　Ｗｏｒｌｄ】

ガチャを引いてレンが当ててくれた【分身】は、【加速】と同じくＭＰを消費するタイプのスキルであった。
判明したのは以下の通り。

■分身は二人、三人、四人、と増やすことが可能。現在最大八人まで増やすことができる。

■分身が一体増えるごとにＨＰが半分になる。つまり二人なら二分の一、三人なら四分の一、四人なら八分の一となる。最大八人だと一二八分の一になってしまう。分身もそれに準じたＨＰになる。

■分身体は本体が命じなければ行動しない。細かく命じればきちんとその通りに行動する。本体のもつスキルも【分身】スキル以外は使用できる。アイテムも同様。

■ダメージを共有してしまう。本体が受けたダメージは分身も受け、分身が受けたダメージは本体も受ける。ライフゲージは共通である。

■分身中はＨＰを回復できない。また分身を解除して元に戻《もど》っても、ＨＰは減った状態のままである。

■【加速】と同じように、分身中はＭＰ《マジックポイント》が減り続ける。分身がＳＴ《スタミナ》、ＭＰを消費すれば、当然その分も消費される。

かなり使い勝手の悪いスキルである。八人に分身した場合、HPが一二八分の一になり、元に戻っても一二八分の一に減ったまま。分身中は回復することができず、分身体のHPも一二八分の一なのだ。

しかもダメージを共有するから、分身の一体がペシッ、とダメージを食《く》らうと全員のHPが減る。

分身すればするほど一撃《いちげき》で死ぬ可能性が高くなる。分身中、下手すりゃちょっとした罠《わな》で死にかねない。

なにせ一二八分の一だ。一角兎の軽い一撃で死ぬ。HPが増えていけばいくらかマシになるとは思うが……。

救いは他《ほか》のパラメータは減っていないということか。一二八分の一のHPでも一角兎レベルなら躱《かわ》し続けられる。

そう考えると攻撃力《こうげきりょく》は八倍なわけだし、悪くはないかもしれない。全員【二連撃】が発動すれば十六倍だ。……そんな可能性まずないだろうけど。

分身中、例えばこのあいだのグリーンドラゴンなんかがドラゴンブレスを吐いてきて、八人のうち一人でも躱しきれなかったらその時点でアウトだ。危険度は八倍なわけで。

僕の持っている撒菱《まきびし》みたいなものでもあっさりと死ぬし、毒の沼地《ぬまち》やダメージを受ける床《ゆか》みたいなトラップでもやられる。

っていうか、灼熱《しゃくねつ》、極寒《ごっかん》地帯じゃ分身した途端《とたん》に死ぬだろ……。

「なかなか難しいスキルのようですね」

「んー……。でもまあ、低い攻撃力をカバーできるのはありがたい」

僕ら【月見兎】の本拠地《ほんきょち》、【星降る島】のギルドホームで【ＰｖＰ】に付き合ってくれたシズカにそう答える。

【分身】した状態での攻撃方法を模索《もさく》していたのだ。ほとんどシズカの【カウンター】で一撃負けだったたが。

【カウンター】は攻撃のタイミングを見計らって放つ返《かえ》し技《わざ》だ。タイミングがズレると大したダメージにはならないが、その大したダメージにならない攻撃で【分身】中の僕は死ぬ。

なんとか勝てたのは最大八分身プラス全員【加速】での同時攻撃の場合である。

さすがの【カウンター】でも八方向からの【加速】による攻撃は返せなかった。しかし持ったのはわずか数秒ほどで、すぐその後にＭＰ切れになり、僕はぶっ倒《たお》れた。

分身中のＭＰ消費に加え、【加速】×８のＭＰを消費するのだ。あまり高くない僕のＭ

Pはあっという間に無くなってしまう。

「これさあ、レンが使って後方で分身してもらってさ、弓矢の戦技を八連射した方がいいんじゃないかなあ。リゼルの魔法攻撃《まほうこうげき》でもいいけど」

後衛の方がダメージを受ける可能性も低いしな。

「ですけど、レンさんの【チャージ】とか、リゼルさんの【ファイアボール】は放つまで時間がかかります。その間もどんどんMPを消費すると考えると、結果的に無駄《むだ》が多くなるのでは？」

「あー、そっか……」

【分身】は魔法詠唱《えいしょう》中などには使えない。魔法を放つ直前に分身！　などということはできないのだ。放つ前に分身するか、放った後に分身するしかない。

「とりあえずマナポーションやMP回復飴《あめ》を多めに作っておく必要があるな」

幸い『グラスベン攻防戦《こうぼうせん》』で、グリーンモンスターの素材が山ほど手に入った。それを売ったおかげで懐《ふところ》はあったかい。後からまとめて入った経験値でレベルも28になったしな。

マナポーションの元になる『月光草』をプレイヤーの露店《ろてん》などでいくつかまとめ買いしたけど、全然足りなかった。

自分でも素材集めをしないとなあ。

シズカと一緒にギルドホームに戻ると、ウェンディさんがお茶の用意をしている横で、レンがテーブルの上に突《つ》っ伏《ぷ》していた。

「まだ決まってないのか?」

「うう〜。三つまでは絞《しぼ》り込めたんですけど〜……」

テーブルに広げたカタログを見ながらレンが眉をひそめる。

このカタログは先日の『グラスベン攻防戦』で参加ギルドに配られた『カタログギフト』だ。

ギルド、あるいはギルドホームに役立つアイテムや、小道具、オシャレ家具までいろんなものが載《の》っていて、一つだけ注文することができるのだ。

ギルドポイントでも似たようなものを買うことができるが、数《すう》ヶ月《かげつ》で内容の変わる『カタログギフト』はいわば限定モノなのだ。次回もらう時にそのアイテムがあるとは限らない。

今日はログインしていないミウラやリゼルも含《ふく》め、僕らは何を選ぶかをギルマスであるレンに任せていた。

だが、今日ログインしてからレンはああしてウンウンと唸《うな》りっぱなしである。どうも決めかねているらしい。

「うう〜ん、『豪華《ごうか》フィッシングセット』か『大型ペット』、はたまた『魔焔鉱炉《まえんこうろ》』も……」

「炉？　釣《つ》り具《ぐ》とペットってのはまだわかるけど、炉なんかあっても【月見兎《うさぎ》】じゃ誰も使えないだろう？」

「今はそうですけど。そのうちギルドも大きくなって【鍛冶《かじ》】スキル持ちが加入するかもしれませんし。『魔焔鉱炉』はギルドポイントでも買えない、特別な上級炉なんですよ。せっかく『カタログ』に載ってるのにスルーってのももったいないかなあ、と」

うーむ、その気持ちはわからんでもないが。あっても使わないなら宝の持ち腐《も　ぐさ》れなんじゃないかなあ。

「大型ペットってのもアレだな。戦闘《せんとう》とかには連れていけないんだろう？」

「はい。テイムしたモンスターというわけではないですからね。でも馬とかあると便利ですし、ここならイルカってのもありかと思いますし」

馬もどうかなあ。確か【乗馬】スキルがいるんじゃないのか？　あ、いや、乗るだけならスキル無しでもできるのか。うまく乗りこなせないってだけで。イルカはまあ……乗って遊べたら楽しい気はするが。

「あ、そういえばリンカさんって結局どこかのギルドに入ったんでしょうか？」

ウンウンと唸っていたレンが不意に顔を上げて尋《たず》ねてきた。

リンカさんは僕らの武器を作ってもらっている【鍛冶】スキル持ちの【魔人族《デモンズ》】プレイヤーだ。

今も第一エリアの始まりの町【フライハイト】の共同工房《こうぼう》で武器を作っている。

「リンカさんか？　前は『面倒《めんどう》』とか言ってたけど、どこかに加入したって話は聞かないな。第三エリアの共同工房も【フライハイト】とあまり変わらない設備だったから、自分で工房付きの店を作るか考え中とか言ってたけど」

「『魔焔鉱炉《これ》』でウチに勧誘《かんゆう》できませんかね？」

カタログの『魔焔鉱炉』のページを開き、レンがニヤッと人の悪い笑《え》みを浮かべる。似合わないからやめなさい。

「さすがレンさん、腹黒いですわ。素敵《すてき》です！」

傍《かたわ》らのシズカがなんか知らんが両手を合わせて感動している。レンの後ろにいるウェンディさんは素知らぬ顔でカップにお茶を注いでいた。

「どうかなあ。リンカさんの【鍛冶】スキルはけっこう高いし、スカウトは山ほど来てるんじゃないかね。未《いま》だにフリーってのは何か理由が……」

と、そこまで話していたとき、ピロリン、とメールが届いた。ありゃ、噂《うわさ》をすれば影《かげ》、ご本人からだ。

「リンカさんからメールが来た。なんか相談があるって」

「リンカさんが？　これはチャンスですね。シロさん、さりげなくさっきのことを提案してみてください。うまい感じに誘《さそ》い込んで、イケると思ったら強引《ごういん》にでも！」

「お嬢様《じょうさま》、言葉使いにお気をつけ下さい」

興奮しつつあるレンをやんわりとウェンディさんがたしなめる。

「ま、話せたら話してみるけど。あんまり期待しないでよ？」

「はい。じゃあとりあえずカタログの方は保留にしときますね」

パタンとレンは悩《なや》みの種だった本を閉じる。

にしても、何の用だろ？　またAランク鉱石を採ってきてとかかな。この間ガチャで当たったのも含めて、インベントリにはいくつか残っているけど。

ま、行ってみればわかるか。

◇　◇　◇

「あれ？」

「やあ、シロ君、久しぶり」

リンカさんがいる共同工房のブースに入ると、顔見知りが何人も揃っていた。と、いうか、アレンさんたちのギルド、【スターライト】の面々だ。

騎士鎧《きしよろい》のアレンさんに戦士風のガルガドさん、魔法使《まほうつか》い系のジェシカさんに弓使いのベルクレアさん。あとの二人は知らないけれど、おそらく同じギルドメンバーだろう。

一人は腰《こし》にガントレットを下げて、武闘家《ぶとうか》風の衣装に身を包んだ小柄な女の子。赤い髪《かみ》を左右のシニヨンキャップでまとめている。

もう一人は眼鏡をかけた茶髪《ちゃぱつ》の青年。腰には重そうな戦棍《メイス》、背中には円形の盾《ラウンドシールド》。チェインメイルの上に白地がメインのローブを着込み、背中まで伸びた髪を一つに結んでいた。

「こっちの二人とは初対面だよね。この子がメイリンで、こっちがセイルロットだ。見ればわかるだろうけど、格闘《かくとう》系と回復系メインのプレイヤーだよ」

「メイリンだよ。よろしく！」

「セイルロットです。お噂はかねがね」

「シロです。よろしくお願いします。……で、リンカさん、何で僕は呼ばれたので？」

リンカさんと【スターライト】の面々。リンカさんが僕を呼んだことに関係があるのか？

「実は大量にAランク鉱石がいる。それをシロちゃんに頼《たの》みたい。これは【スターライト】から【月見兎】へのギルドクエスト依頼《いらい》としてお願いする。ギルドポイントは弾《はず》むから」

「え⁉　リンカさん、【スターライト】に入ったんですか？」

僕は驚いて声を上げてしまった。そりゃそうだろ、スカウトしようとしてたプレイヤーがすでにスカウトされてたんじゃさ。

しかしリンカさんは首を横に振《ふ》って、それを否定する。どうやら違《ちが》うらしい。えっと、結局どういうことだ？

首を捻《ひね》る僕にアレンさんが助け船を出した。

「大量のAランク鉱石を必要としているのは僕らなんだよ。リンカに武器を作ってもらおうと思ってね。いくつかはチケットのガチャで手に入れたプレイヤーから譲《ゆず》ってもらったりしたんだけど、やはり数が足りなくてね」

「ああ、なるほど」

「そこで、『調達屋』さんならなんとかなるんじゃないかな……ってね。どう？　無理？」

ベルクレアさんがからかうように口を挟《はさ》んでくる。いや、可能と言えば可能だけども。

「ジェシカから聞きましたが、君のソロモンスキル……【セーレの翼《つばさ》】は、おそらくこのヘルガイア全域を転移するスキル、もしくはランダムに転移するものではないかな？　転移系のスキルはレア中のレア。たぶん何らかの制限が……」

「おい、セイルロット！　他人のスキルを分析《ぶんせき》する癖《くせ》はやめろと言ってるだろ！」

興奮気味に喋《しゃべ》り出したセイルロットさんをガルガドさんが一喝《いっかつ》する。

「あ、いや……失敬。少々調子に乗りすぎたようです。すみませんね。悪い癖だとは思っているんですが、つい」

「いや、まあ。アレンさんたちにはほとんどバレてるみたいですし、ネットに書き込んだりさえしなければ、それで」

セイルロットさんはバツの悪そうな顔をして頭を掻《か》いた。やっぱりアレンさんが言っていた分析好きの人ってセイルロットさんか。

「それで……どうだろうか？　きちんとギルドポイントは払《はら》うし、それとは別にお金も払うよ」

「採ってくるのは構わないんですけどね。一人だと時間がかかるんですよ。確実にAランク鉱石が出るわけでもないので」

Aランク鉱石があるところっていうと、あのでっかい蛇《へび》のモンスターがいたところだしなあ……。あんなのから隠《かく》れながら採掘《さいくつ》ってのも……。あれ？　そういえば【分身】しながら【採掘】ってできるのか？　できるなら八倍の効率でできるわけだけど。

僕がそんなことをボンヤリと考えていると、先ほどのことがあるからかセイルロットさんがおずおずと手を挙げた。

「その……【セーレの翼】ってのは君しか転移できないのかい？」

「できません。パーティを組んで試《ため》してみたんですけど、発動したのは僕だけでした」

「そうか。ソロモンスキルならジェシカの【ナベリウスの祝福】みたいにランクアップする成長スキルじゃないかと思ったんだが……」

あれ？　ジェシカさんのソロモンスキルも解放されていくタイプなのか。っていうか、この人さらっとジェシカさんのスキル情報漏《も》らしましたけど。

ジェシカさんがセイルロットさんの耳をキリキリと引っ張ってますが。痛そうですね。

そういや【セーレの翼】の二段階めの解放条件を最近確認《かくにん》してなかったけど、いくつかは解放されたのだろうか。

ちょっと気になったのでステータスのスキル情報をタッチしてみる。あれ？

■セーレの翼　★★★

①解放条件：
・レベル4になる。
・死亡する。
・地図を持たずにポータルエリアを使用する。
◉セット中、一日に五回のみポータルエリアを使用することでランダム転移が可能。
（5／5）

②解放条件：
・七つの領国全《すべ》てに移動する。
・Aランクのモンスターを倒す。
・★★スキルを三つ所有する。
◉セット中、一日に五回のみポータルエリアを使用することでパーティランダム転移が可能。

（5／5）

③解放条件：

？？？

…………解放されてた。

ソロモンスキル【セーレの翼】が進化した。グレードアップというべきか。これって条件項目《こうもく》を見るに、けっこう前に解放されてたんじゃ……。

「……どうやら他のプレイヤーも一緒《いっしょ》に連れて転移できるようになったみたいです」

「なんだって⁉　ってことは、僕《ぼく》らも一緒に転移できるのかい⁉」

「えっと、たぶん。ただ、ランダム転移になるんじゃないかとは思うんですけど」

『ギルド』ではなく『パーティ』とあるから、一時的にアレンさんたちとパーティを組めば一緒に転移できるはずだ。

「ち、ちなみにAランク鉱石があったエリアってのはどこなんです？」

再び興奮したかのような口調でセイルロットさんが口を開いた。えっと、あそこは……。

「確か……【憤怒《ふんど》】の第五エリア。【輝《き》岩窟《がんくつ》】ってところですね」

「だ、第五エリアぁ⁉」

「ま、マジかよ……」

ベルクレアさんとガルガドさんが目を見開いている。まあ、普通は驚くわな。

「そんな先まで行けるのか……」

「行けますけど、逃《に》げ隠れが基本ですよ。モンスターとは戦っても倒せないし、運良く倒せたとしても、レベル差があると大して経験値が入らないから骨折り損のくたびれ儲《もう》けだし」

まあ、倒せたらそのモンスターの素材は手に入ると思うけどさ。かなりのハイリスクだと思う。

「一度シロ君に連れていってもらえれば、そのあとは自分たちだけでもそのランダムで跳《と》ばされたところにポータルエリアから跳べるのかしら？　それとも【セーレの翼】を持ってないとエリアの壁《かべ》は越《こ》えられないとか？」

ジェシカさんがそんな疑問を呈《てい》してくるが、僕にだってわからない。たった今解放されてたの知ったばかりだしさ。

「ち、ちょっと待ってくれ。そうなると依頼内容を変えさせてもらえないだろうか。Aランク鉱石を取って来てほしい、から、僕ら【スターライト】をそこへ連れて行ってほしい、に。……ダメかな？」

「ダメってことはないんですけど……」

アレンさんがワクワクした顔で迫《せま》ってくるが、一応、ギルド同士の依頼だからギルマスであるレンにお伺《うかが》いを立てた方がいいと思うし、それよりなにより――。

「パーティでの転移ですから、この場合、当然ながら僕がリーダーになるわけですけど」

「うん。それはそうだね」

「僕らのギルド、パーティメンバーの拡張はしてないから、僕は六人までしかパーティ組めませんよ？　アレンさんたちを連れていくといっても、一人行けない人が出ますけど」

「「「「「あ」」」」」

【スターライト】の面々が黙《だま》り込む。お互《たが》いがお互いに鋭《するど》い視線を飛ばし、まずメイリンさんがセイルロットさんの肩《かた》を叩《たた》いた。

「セイルロット、悪いけど」

「ちょっとおっ⁉　なんで私なんです⁉　ここは逃げ隠れするのに不適切なデカいガルガドが残るべきでしょう⁉」

「ああ⁉　なんで俺が！　そんなら口うるさいベルクレアを残しゃいいだろ！　連れてったら絶対見つかるぞ！」

「なんで私なのよ！　口うるさいのはあんたらがだらしないからでしょうが！　ここはギルマスのアレンが身を引いて」

「異議あり！　僕が行かないで誰《だれ》が指揮を執るんだ⁉　その役はサブマスのジェシカに譲る！」

「私っ⁉　言っとくけど、【解析《かいせき》】スキル持ってるの私だけなんだからね！　Aランク鉱石発見するのに必要でしょうが！　脳筋のメイリンを残せばいいじゃない！」

「脳筋ってなんだよ！　あたしだって【範囲採掘《はんいさいくつ》】持ってるんだから！　セイルロットが残ればいいじゃん！　どうせ戦わないなら回復役《ヒーラー》必要ないし！」

「なにおう！」

【スターライト】分裂《ぶんれつ》。この人ら本当に【怠惰《たいだ》】の領国が誇《ほこ》るトップギルドなんだろうか。

結局揉《も》めに揉めた挙句、最終的にはジャンケンといういたってシンプルな方法で決着をつけることになった。

「よっしゃあっっ！」

「なんでぇぇぇっ⁉」

ガッツポーズをとるガルガドさんと、対照的にがっくりと地面に両手と膝《ひざ》をつくセイルロットさん。

最後の一人が勝《か》ち抜《ぬ》け、留守番役が決まった。

「三回連続グーはないと思ったのに……。ガルガドの考えのなさを計算に入れるのを忘れていた……」

「んだとこの野郎《やろう》」

うずくまるセイルロットさんにガルガドさんが文句を言う。ま、なんにしろこれで決まりだな。

「とりあえずうちのギルマスに話を通すために本拠地《ギルドホーム》に来てもらえます？」

「ああ、それはそうだね。そう言えば、【月見兎《きみたち》】のギルドホームってどこだっけ？」

あれ？　アレンさんたちにまだ教えてなかったっけ。あ、リンカさんにも教えてなかったか。うーむ……まあ説明するより連れて行った方が早いな。うん。アレンさんたちなら大丈夫《だいじょうぶ》だろ。

◇　◇　◇

「こっ、これは……」

「なにこれ⁉　すごーい！」

アレンさんが目を見開き、メイリンさんがキラキラとした目でビーチを眺《なが》める。

ギルド【スターライト】のメンバー＋リンカさんの七名を【星降る島】へご招待だ。

「ど、ど、どうなってるんですか⁉　地図に表示されない……ここって『シークレットエリア』じゃないですか⁉　いったいどうやって……！」

「島まで調達しちゃったのね……。さすが『調達屋』……」

驚《おどろ》きすぎて挙動不審《きょどうふしん》になっているセイルロットさんと、呆《あき》れたような声をもらすベルクレアさん。この島を調達したのは正確には僕じゃないんだけどね。

とりあえずみんなを連れてギルドホームへと向かう。そのままリビングでくつろいでいたレンのところへ連れて行った。

アレンさんが事情を話し、【スターライト】のギルドクエスト依頼を【月見兎】が受けることになった。まあ、動くのは僕だけだけど。

「それにしても【セーレの翼】の第二条件って解放されてたんですね。知ってたら私たちも連れて行ってもらいたかったんですけど……」

「面目次第《めんぼくしだい》もない……」

普通、そういったスキルは小まめにチェックするものである。だが僕はここ最近【セーレの翼】にはまったく触《ふ》れていなかった。

正直、戦闘とかで使うわけでもないし、どっちかというと、使用スキルにセットしておくと面倒なことになるんで、ずっと控《ひか》えに置きっぱなしだったというのが本音であった。

お詫《わ》びというわけではないが、アレンさんたちの依頼を終えたらレンたちも別のエリアへ連れていってあげよう。【傲慢《ごうまん》】の領国にいる、奏汰《かなた》と遥花《はるか》にも会わせてやりたいしな。

ミウラが今日はログインしてなくて助かった。絶対に自分も行くとゴネまくっただろうし、リゼルもいたらきっと同調したに違いない。そしたらまたジャンケン大会になったかもしれぬ。

「行く前に食事を取っては？　少しでもパラメータを上げておいた方がいいと思いますが」

「あ、そうですね」

「では調理してまいりますので。失礼します」

「手伝いますわ、ウェンディさん」

ウェンディさんとシズカが厨房《ちゅうぼう》の方へと消える。この島で採れる山菜や、動物、魚などを料理すると一時的なボーナスがつくと判明してから、ウェンディさんは【料理】スキルを伸《の》ばし始めた。

【料理】スキルを持つプレイヤーの作った料理を食べるとボーナスがつく。さらにボーナスがつく食材を使うなら二重の効果だ。

その効果をアレンさんたちに教えたらまたしても驚いていた。セイルロットさんなど、すぐさま釣竿《つりざお》を僕から買って飛び出して行ったくらいだ。

まあ、あの人は留守番だから、釣りをしていても問題はないけど。

「お待たせしました」

「わ、すごい！」

「おお、こりゃ美味《うま》そうだ！」

メイリンさんとガルガドさんの目が輝《かがや》く。出てきた料理はシーフードをたっぷりと使ったパエリアと山菜のサラダだった。

大皿からそれぞれ自分の皿へと移し、みんなさっそく食べ始める。

「ちょっと待って、こんなに上がるの……!?」

ステータスウィンドウを開きながら食べていたジェシカさんが目を見開く。

「この料理は上がり幅《はば》がランダムでして、大きく上がる時は上がりますが、上がらない時はそれなりの効果しかありません。それでも普《ふ》通《つう》の食材を使ったものより遥《はる》かに上回る効果です」

ウェンディさんがレンとシズカのカップにお茶を注ぎながら説明してくれる。

ウェンディさんのスキル熟練度はまだ低いはずだ。それでもこれだけの効果が出るのはすごいと思う。もともと料理の腕前《うでまえ》は一流らしいからそれが関係してるのかな。

「私の【鍛冶】スキルの成功率も上がっている……！　普通、【料理】スキル持ちの料理でも基本値が上がるだけで、成功率の値は熟練度によるものなのに……！」

スキルステータスを見ながらリンカさんも声を上げた。一時的なものだとは思うが、リンカさんの【鍛冶】にも効果があったようだ。

確かに僕もウェンディさんの料理を食べてから【調合】するとうまくいきやすかったが、

そうか、成功率が上がってたのか。スキルのステータスまではチェックしなかったな。

「なんだっていいじゃないか、美味ければ」

「そうそう。難しいことは食べてからでいいよ」

ガルガドさんとメイリンさんは食べることに集中しているようで、まったく気にしていない。いや、少しは気にした方がいいとは思うが。この二人、あまり細かいことを気にしないタイプのようだ。

「いったいこの島はどうなって……。シロ君、よくこんなところを見つけたね。これも【セーレの翼】で？」

「いや、見つけたというか、土地を貸してもらったというか……」

「貸してもらった？　誰にだい？」

「親切なＮＰＣに、ですかね……」

パエリアを食べながら、アレンさんに曖昧《あいまい》に答える。【セーレの翼】がグレードアップしたことによって、みんなも【天社《あまつやしろ》】へと連れて行けるようになったとは思う。ミヤビさんを紹介《しょうかい》することもできるだろう。

だけど、まずミヤビさんにお伺いを立ててからの方がいいと直感で思った。あの人は騒々《そうぞう》しいのを嫌《きら》うような気がしたし、あそこは神社などがあるから、神聖な場所なのかもしれないしな。

パエリアを食べて能力値《パラメータ》を上げた僕らは、さっそく【セーレの翼】によるランダム転移に挑戦《ちょうせん》することにした。

リンカさんから以前のように『パワーピッケル』を多めにもらう。

【スターライト】のメンバーは一旦《いったん》自分たちのギルドホームへと戻って、貴重品やお金をギルドのインベントリへと預けてきた。これは最悪死に戻ることもありえるからだ。もちろん、僕も地下の金庫にお金を預けてきてある。

ギルドホームの裏庭にある、簡易ポータルエリアへとみんなが集まり、いよいよ転移を行う。

「よし、準備完了《かんりょう》だ。じゃあシロ君、頼む」

「はい」

パーティ招致《しょうち》のウィンドウを開き、僕をリーダーとしたパーティからみんなへとお誘いをかける。アレンさん、ガルガドさん、ジェシカさん、メイリンさん、ベルクレアさんが受諾《じゅだく》し、僕をリーダーとした六人パーティが出来上がった。

スキルウィンドウを開き、【セーレの翼】をセットする。

「じゃあ行きますよ」

いつもならポータルエリアの魔法陣《まほうじん》に入っただけでランダム転移が始まるのだが、僕一人だけで入っても何も起こらなかった。

続けてアレンさん、ガルガドさんとポータルエリアに入っていき、最後のベルクレアさんが足を踏《ふ》み入《い》れたその瞬間《しゅんかん》、いつものように転移が始まった。

一瞬《いっしゅん》にして背景が切《き》り替《か》わる。どこだ？　ここは？

ポータルエリアから足を踏み出《だ》せば、鬱蒼《うっそう》とした森の中。いや、森というよりはジャングルといった雰囲気《ふんいき》の場所だ。どこからか奇妙《きみょう》な鳴き声が木霊《こだま》し響《ひび》く。鳥だろうか。

「ここは……」

「【嫉妬《しっと》】の第三エリア……【コーク大密林】……！　ホントに別の領国に来たのね！」

マップを見て位置確認をしたジェシカさんが声を上げる。興奮する【スターライト】の面々とは違って、僕はいたって冷静に口を開いた。

「失敗ですね」

「失敗？　どういうことだい？」

「第三エリアってことは、それほど貴重なアイテムは採取できないと思います。しかもここは森の中。鉱石を狙《ねら》うなら岩場がポータルエリアの近くにないと……。もう一度跳《と》びましょう」

僕は再びポータルエリアの中へと戻《もど》る。【スターライト】の人たちも僕の言った意味がわかったようで、全員がポータルエリアへと戻ってきた。

再びランダム転移が始まる。一日にランダム転移できる回数は五回。その五回で当たりを引かなければならない。

周りの風景が変わった。今度は赤い岩がゴロゴロと転がるどこかの山の中腹あたり。眼下には森と湖が見え、こちら側の上の方では煙《けむり》を立ち昇《のぼ》らせている火山が見えた。

岩場がある以上、ハズレではない。ここが第三エリアより先ならば、だが。

【傲慢】の第五エリア。【ヴォルゼーノ火山：中腹】……。よしっ！」

マップを開いて確認し、僕は思わず拳《こぶし》を握《にぎ》る。当たりだ。第五エリアってことは、Aランク鉱石を手に入れた【輝岩窟】と同じエリア。間違《まちが》いなく手に入るだろう。

「すごいな……。本当に先のエリアに来てしまった」

「これってかなりのレアスキルよね……」

アレンさんとジェシカさんが目の前の湖を見下ろしながら茫然《ぼうぜん》としている。いやいや、ぼうっとしている暇《ひま》はないですって。さっさと採るもの採って帰らないと……。

次の瞬間、僕とメイリンさんがその存在に気付く。

「みんな！　岩陰《いわかげ》の方に隠れて！」

説明せずともさすがはトッププレイヤーの皆《みな》さん、メイリンさんの言葉に即座《そくざ》に従い、すぐに体勢を低くして岩場の陰《かげ》に隠れた。

しばらくすると僕らの頭上を悠々《ゆうゆう》と大きな影が横切っていく。

「…………ッ……！」

思わず声が出そうになるのをこらえる。【気配察知】で気付いたその存在が大きな翼をはためかせながら、湖の方へと飛んでいく。

ドラゴンだ。しかもレッドドラゴン。このあいだ倒した飛べないグリーンドラゴンとは比べ物にならないほどの大物。ちらっと見えたその頭、額になにか角のようなものが伸びており、それが光を反射して輝いていた。

僕らはその赤いドラゴンが湖の彼方《かなた》へと消えていくのをただ見ていることしかできなかった。

「――――ぷはっ！」

最初に息を吐《は》いたのは誰だっただろう。僕らはその場に座《すわ》り込み、大きく息を吐いた。

「とんでもないものに遭遇《そうぐう》しちまったぜ……」

「あのドラゴン、こっちに気がつかなかったのかな？」

汗《あせ》を拭《ぬぐ》いながらガルガドさんとアレンさんが顔を見合わせる。続けてジェシカさんが口を開いた。

「いえ、気が付いていたんじゃないかしら。その上で『取るに足らない存在』と判断されたから見逃《みのが》されたのよ、きっと」

ありうるな。レベル差がありすぎて、相手にするのも馬鹿《ばか》らしかったのかもしれない。まあ、ひょっとするといいドラゴンだったのかもしれないけれど。可能性は低いよな。

「それよりも見た？　あのドラゴンの額」

「なんか光ってましたけど……よく見えませんでした」

ベルクレアさんが興奮気味に話しかけてくるが、あいにくと僕にはハッキリとは見えなかったのだ。

「あ、そうか。私、【鷹《たか》の目】でハッキリと見えたんだけど、あれって剣《けん》だったよ、間違いなく」

「剣が刺《さ》さっていたってことですか？」

「いや、刺さっていたというか……アレン、ちょっと剣貸して」

「え？　ああ、ほら」

アレンさんから剣を受け取ったベルクレアさんは、それを地面へと突き刺す。

「こんな風に刺さっていたんじゃなくてさ、逆に、切っ先の方が上だったの。こんな感じ」

ベルクレアさんが剣を抜いて、柄頭《つかがしら》の方を地面へと付ける。逆……ってことは頭から剣が生えてたってこと？

ユニコーンや一角兎みたいに武器として攻撃《こうげき》に使うんだろうか。

「あのドラゴンを倒《たお》したらその剣が手に入る、とか？」

メイリンさんが冗談《じょうだん》っぽく言うが、僕は意外と的を射ていると思う。アレンさんも同じ考えなのか小さく頷《うなず》いていた。

「ありえなくはないな。竜退治をして聖剣魔剣《せいけんまけん》を得るなんてのはゲームじゃよくある話だし」

「そうね。ヤマタノオロチと神剣《しんけん》・天叢雲《あめのむらくもの》剣《つるぎ》みたいに、あの竜を退治することによって額の剣が手に入るのかもしれないわ」

アレンさんやジェシカさんの言う通り、その可能性は高いと思う。しかしあのドラゴンと僕らがやりあえるようになるまで、あとどれぐらいかかるのやら。先は遠いねえ……。

おっと、それどころじゃなかった。あのおっかないドラゴンが戻ってくる前に早いとこ採掘しないと。

僕らはパワーピッケルを持ちながら、慌《あわ》てて辺りの岩場にある採掘ポイントを探し始めた。

◇　◇　◇

「せいっ！」

メイリンさんがパワーピッケルを振り下《お》ろすと、そこを中心として周囲の採掘ポイントも一斉《いっせい》に削《けず》れ、ゴロッと大きな塊《かたまり》がいくつも地面に落ちた。一振《ひとふ》りで複数の採掘効果。これが【範囲採掘】か。いいなあ。

【採掘】から派生する上位スキルの一つだな。もう一つは穴を掘《ほ》る【掘削《くっさく》】だっけ？

「Bランク、Bランク、Cランク……あった！　Aランク鉱石よ！　メイリン、その調子で頑張《がんば》って！」

「あいさー」

【解析】スキルを持つジェシカさんが落ちた鉱石を鑑定《かんてい》していく。早いな。一つ一つ【鑑定】しなくても全部まとめてできるのか。このスキルも欲《ほ》しいな。

「しかし、なかなかの緊張感《きんちょうかん》だね。いつあのドラゴンみたいなモンスターがくるかと思うと……」

「だなぁ。負けるの承知で一戦交えてみるか？」

「よしてよ。変なトラウマ刻まれたらどうすんのよ」

アレンさん、ガルガドさん、ベルクレアさんは周囲に注意を払いながらモンスターを警《けい》戒《かい》している。このエリアに出てくる雑魚《ざこ》モンスターでも、おそらくかなりの強敵だろう。現れたらすぐさまポータルエリアに飛び込み撤退《てったい》せねばなるまい。

僕はといえば、一応【採掘】を持っているので、メイリンさんのところとは別の岩肌《いわはだ》にパワーピッケルを突《つ》き立《た》てている。が、熟練度が低いためか採掘ポイントが広く、突き立ててもなかなか鉱石が落ちない。ハッキリ言って効率が悪い。っと、やっと落ちた。

「んー、Bランクか……」

Bランクでも第三エリアにいるプレイヤーからしたら、かなりいい方なんだけどね。贅《ぜい》沢《たく》になったもんだ。

小さくため息をついた僕の耳に、ジェシカさんの叫《さけ》び声《ごえ》が聞こえてきた。

「ちょ、えええええええっ⁉　こっ、こっ、これっ⁉」

「バッ、バカッ！　見つかるだろ！　シィーッ！　シィーッ！」

アレンさんが慌てて人差し指を立て口に当てる。はっ、とした様子のジェシカさんも口に手を当てて周りをキョロキョロと窺《うかが》っていた。

いつも冷静なジェシカさんとは思えない行動だな。【夢魔族《サキュバス》】特有の悪魔《あくま》のような尻尾《しっぽ》もぴーん、と上を向いている。矢印みたいだ。

みんな黙り込んで、辺りの音に意識を向ける。…………どうやら気付かれた様子はないようだ。

「ふう……。それでどうした？」

ガルガドさんが額の汗を拭うようにしてジェシカさんに声をかける。

「Sランク……」

「は？」

「Sランク鉱石よ！　これっ、Sランク鉱石なの！」

「「「「「えええええええええっ⁉」」」」」

それを聞いた五人とも大声を張り上げてしまい、慌てて口を自分たちで塞《ふさ》いだ。

Sランク⁉　そんなとんでもないランクの鉱石まで採れるのか、ここ⁉

「えっ、Sランク⁉　ちょ、ちょっと待ってくれ、Aランクの上はAAランクだろ？　それをすっ飛ばしてSランク⁉」

アレンさんもいつもの落ち着きは何処《どこ》へやら、かなり興奮してパニくっている。

「間違いなく【怠惰】の領国プレイヤーが手に入れた、初めてのSランク鉱石よ！　まさかこんなのが見つかるなんて！」

「ここは第五エリアだから不思議じゃないかもしれないけど……。ひょっとして【ヴォルゼーノ火山：中腹】って第五エリアでもかなりの終盤《しゅうばん》エリアなのかしら……」

茫然としてベルクレアさんがジェシカさんの手にあるSランク鉱石を眺める。あんなドラゴンがいるんだ、その可能性はあるよなあ。

「Sランク鉱石かー。どうりで。パワーピッケルが折れちゃったもん。ホラ」

メイリンさんが使い物にならなくなった折れたパワーピッケルを投げ捨て、インベントリから新しいパワーピッケルを取り出す。おそらくピッケルももう一段階上のものを使った方がいいんだろうな。それこそAランク鉱石で作ったやつを。

「とっ、とにかくメイリンは掘りまくれ！　こんなチャンス逃《のが》す手はないぞ！」

「ラジャー」

ガルガドさんの言葉に従うように、メイリンさんが岩肌を登っていく。再びパワーピッケルを突き立てて、下へと数個の鉱石が落とされる。

「Aランク、Cランク、Aランク、Bランク、Aランク……さすがにそんな簡単には出ないわね」

なんてことをジェシカさんが言っておりますが、もともとAランク鉱石を採掘しに来たんですから充分《じゅうぶん》でしょうに。

僕もSランク鉱石が欲しくなった。派手に採掘を続けるメイリンさんと比べると地味にピッケルを突き立てて、採掘を続ける。

いくつかAランク鉱石は採れたけど、やっぱりSランク鉱石なんてなかなか採れないよねぇ。せめてAAランクとか……。ん？

ポータルエリアから少し離《はな》れたところに別の採掘ポイントを見つけた。変だな。採掘ポイントは広いんだけど、明らかになにか岩の中に埋《う》まっているだろ、これ。

どう見てもなにかの『柄《え》』のようなものが岩から突き出《で》ている。なにかのレバーか？

ひょっとして埋もれた武器とか？

興味を持った僕はパワーピッケルを周囲に突き立て、岩を削っていった。

かなり硬《かた》いものらしく、力加減を間違えて突き立てると一発でパワーピッケルが砕《くだ》けた。

これはSランク鉱石並みのお宝かも！

【鑑定】しようとしても岩の中から取り出してないからか、【鑑定失敗】となってしまう。

少しずつ剥離《はくり》しながら周りの岩を砕いていく。なにやらT字の形をしているけど……。

化石発掘《はっくつ》みたいになってきたな。

「っ！　みんな！　飛行モンスターがきたぞ！　こっちへ向かってくる！」

「えええええっ⁉」

　ガルガドさんが視線を向ける先、湖の方から黒い飛行物体がこちらへと向かっているのが見えた。ちょっと待ってよ！　もう少しなのに！

「く……！　【分身】！」

　僕の横に二体の僕が現れる。と同時にＨＰが四分の一になった。

「パワーピッケルでこのアイテムを採掘！」

【分身】してもインベントリの中身は共有だからそのままだ。残っていた二本のパワーピッケルを分身体がそれぞれ取り出し、僕も含《ふく》めた三人で岩に突き立てる。

「シロ⁉　お前どうなってんだ、なんで三人に⁉」

「あとで説明します！」

【分身】スキルのことを知らないガルガドさんたちが驚いているようだが、それどころじゃない。

　とにかくこれを……やった！

　ズシンと柄がついたそれは僕の足下《あしもと》に落ちた。同時に役目を果たし終えた分身体が雲散《うんさん》霧消《むしょう》する。

「早くポータルエリアへ！」

焦《あせ》ったようなアレンさんの声に、僕はそれを持ち、持ち……持ち上がらない⁉

なんて重さだ！　くそっ、ＳＴＲ（筋力）が足らないのか⁉

「重っ……！」

「なにしてるのよ！　インベントリに入れればいいでしょうが！」

「あ、そうか……」

ベルクレアさんに言われて我に返る。そうかそうか、その手があったか。言われた通りインベントリに収納。できた。なんだ、これでよかったんじゃないか。まったく、僕も馬鹿だな……。

『ゴガアアアァァァァ‼』

「っ、忘れてた！」

突然《とつぜん》の咆哮《ほうこう》に身が縮み上がる。振《ふ》り向《む》くと、さっきのレッドドラゴンとは別の黒いドラゴンがこちらへ向けて空中から炎弾を放っていたところだった。今度はブラックドラゴンかよ！

「っ、【加速】！」

間一髪《かんいっぱつ》でその場から退避《たいひ》できた僕であったが、背後で巻き起こる爆風《ばくふう》に吹《ふ》き飛《と》ばされ、みんなの入っていたポータルエリアを飛び越えてしまう。

「早く、こっちへ！」

「あいてて……くっ！」

どうやらあのブラックドラゴンは先ほどのレッドドラゴンより、心が狭《せま》いらしい。僕らを見逃してくれる気はなさそうだ。頭に剣もないしな。

再び【加速】スキルを使い、ポータルエリアへと急いで飛び込む。ブラックドラゴンが再び炎弾を放ってくる姿を視界の端《はし》に見ながら、僕らは自動的に転移した。あ、そうか。【セーレの翼《つばさ》】外してないや……。


転移が終わり、たどり着いた場所に僕らはへなへなと座り込む。あー、疲《つか》れた……。

「確かにこれは……なかなかハードだね……。肉体的にも精神的にも……」

アレンさんがぐったりとした調子でつぶやく。どうやら僕の苦労をわかってもらえたようだ。

「んで、ここはどこだ？」

ガルガドさんの声に僕もあらためて周囲を見回《みまわ》す。どこかの建物の中……かな？　白い石壁にぐるりと囲まれたかなり広い部屋に僕らは座っていた。高いところにある窓のような部分から、明るい光が差し込んでいる。

正面には大きな階段があり、その先にはこれまた大きな扉《とびら》が見えた。見た限りモンスターはいないようだけど……。

「えーっと【星の塔《とう》：一階】？　いったいどこの…………あら？」

「どうしたベルクレア？」

「あ、あの……マップ表示されないいんだけれども……。ひょっとしてここもシークレットエリア……？」

「な……っ⁉」

ベルクレアさんが引きつったような顔で僕らに視線を向ける。シークレットエリア⁉　ま、また飛び込んだってか……。

『その通りですの！』

「「「「うわあ⁉」」」」

突然放たれた大声に、僕らは腰《こし》を抜かす。見ると空中に三頭身のデモ子さんが腕《うで》を組んで仁王立《におうだ》ちしていた。

『ここはシークレットエリア、【星の塔】。六十階層からなる、自らの実力を測るための試練の塔ですの！　お宝いっぱい夢いっぱい！　だけど危険もめいっぱい！　普通なら特殊《とくしゅ》なアイテムを手に入れないと来れない場所ですの！　入り口の扉も開かずに入ってくるなんてあなたたち非常識ですの！』

なんかよくわからんがおかんむりらしい。デモ子さんの指差した方を見ると階段の上にある扉と同じくらいの扉が正反対の壁に設置してあった。たぶん、本当はあそこから塔に入ってきて、このポータルエリアで登録したり、帰ったりするのだろう。

「すみません、わざとってわけじゃないんです。どこに出るかわからなかったものでで……」

『わかってますの！　その彼《かれ》のせいですのね。非常識ですけど、不正行為《こうい》ではありません。塔に挑戦することを許可します！』

アレンさんが謝《あやま》ると、デモ子さんは偉《えら》そうに腰に手をやり、ふんぞり返った。いや、許可されてもな……。そもそもどういった塔なんだよ、ここは。

『一階層ごとにいくつかの宝箱と鍵《かぎ》が設置されているですの。鍵を見つけ、扉を開けて上へ上へとのぼっていけばいいですの。たーだーし、この塔の中で死んだら塔で手に入れたアイテムは全部消滅《しょうめつ》しますの。さらにポータルエリアは十階層ごとにしかありませんの』

「ってことは、途中《とちゅう》で力尽《ちからつ》きたら道中で手に入れたお宝アイテムも消滅するってことか」

『そうですの。自分の実力を見極《みきわ》めて、引《ひ》き際《ぎわ》を考えないと全《すべ》て無駄《むだ》になりますの。で、挑戦しますの？』


デモ子さんがそう尋《たず》ねてくるが、みんな眉《まゆ》を寄せて難色を示している。やがて小さくため息をつきながらアレンさんが口を開いた。

「挑戦したいのは山々だけど、今回は準備不足だね……。メリットよりもデメリットの方が大きい」

「そうね。さすがにこの状態ではね」

「モンスターのレベルもわからねえしな。さすがに無理だろ」

ジェシカさんとガルガドさんがアレンさんに同意する。僕《ぼく》も同じだ。

「あたしはちょっとだけ入ってみるのも面白《おもしろ》そうかなーって思うけど」

「やめときなさい。今回の目的はこれじゃないでしょう。二兎《にと》を追う者は一兎《いっと》をも得ずって言うわよ」

メイリンさんは興味があるようだが、ベルクレアさんに止められていた。確かに今回の目的とは大きく離れている。目的であったAランク鉱石はたくさん手に入ったはずだ。これ以上危険を冒《おか》す必要はない。

「悪いけど、今回は遠慮《えんりょ》しておくよ。また日を改めて挑戦させてもらう」

『そですか。ではまたのご挑戦をお待ちしていますですの』

ポンッ、という擬音《ぎおん》とともにデモ子さんが消えた。再び辺りに沈黙《ちんもく》が下りる。

「とは言ったけど、ここにもう一度来られるのかしら？」

ジェシカさんが不安を滲《にじ》ませた声を漏《も》らす。

「大丈夫なんじゃないですか？　一度ここへ来た以上、皆さんの転移リストにもここが載《の》っているんじゃないかと……」

「ああ、あるわね。【星の塔】。ならセイルロットもここに連れてくることができる……ちょっと待って。なんで今日行った【コーク大密林】や【ヴォルゼーノ火山】は登録されてないのかしら？」

「え？　そうなんですか？」

僕の転移リストには新しく【コーク大密林】や【ヴォルゼーノ火山】が追加されているが。なんで【スターライト】のみんなには【星の塔】だけしか登録されてないんだ？

やはり【セーレの翼】を持っている者がいないとエリアの壁《かべ》は越《こ》えられないのか……？

でも、ならなんでこの塔だけは例外なんだ？

考え込んでいたアレンさんが口を開く。

「たぶん……ここがシークレットエリアだから、かな？　本来は領国間を飛び回れるのは【セーレの翼】の持ち主、それとその時に組んでいるパーティメンバーだけなんだろう。だけど、シークレットエリアはどこの領国でもないから僕らにも転移できる……」

ああ、そうかもしれない。【星降る島】もシークレットエリアで、僕の判断で出入りする人を選べる。この塔もきっとそうなんだろう。その判定が『訪《おとず》れたプレイヤー全て』になっているってことか。

「とりあえずそろそろ戻らねえか？　もう充分目的は果たしたしよ」

「そうだね。一旦セイルロットのところに戻ろうか」

それには僕も賛成だ。いろいろあり過ぎて疲れてしまった。

スキルスロットから【セーレの翼】を外し、ポータルエリアへと足を踏み入れる。

全員がポータルエリアに入っても自動的に転移することもなく、行き先の転移リストが現れるだけだった。その中から本拠地《ギルドホーム》のある【星降る島】を選択《せんたく》する。

僕たちは一瞬にしてギルドホームの裏庭へと戻ってきた。

「はー……。疲れたー……」

「あっ！　お帰りなさい、シロさん！」

裏庭から直接壁に取り付けられている階段を上り、二階のバルコニーへ出るとレンが出《で》迎《むか》えてくれた。

僕らはぐったりと身体をテーブルに預け、脱力《だつりょく》するに任せる。海から吹く風が心地《ここち》良《よ》い。

「はあ……。いろいろ面白かったけど、大変だったわ……」

「そうなんですか？」

「ええ。『調達屋』の苦労が身に染《し》みてわかったわ。慣れないことはするもんじゃないわね」

レンがお茶を飲みながらベルクレアさんと話している。メイリンさんはセイルロットさんのところへ釣《つ》り道具《どうぐ》を持って行ってしまった。元気だなぁ。

リンカさんはジェシカさんが取り出したSランク鉱石に夢中になっている。目を輝かせて興奮しっぱなしだ。無理もないか。

「皆さん大変だったんですね」

「危《あや》うくシロなんかドラゴンにやられるところだったんだぜ？」

「えっ!?」

「あー、大丈夫大丈夫《だいじょうぶ》。なんとか逃《に》げられたよ。ギリギリだったけど」

驚くレンに軽く手を振る。とはいえ、出発前にウェンディさんのパエリアを食べてなかったら危なかったかもなあ……。

「そういやあの時、何を拾ってたんだい？」

あ、そういえば。すっかり忘れてた。採掘《さいくつ》した例の物を確認《かくにん》しようとインベントリから取り出す。

「うおっ⁉」

ズシィッ！　と、取り出した右手にメチャクチャな重さが加わる。あまりの重さに僕はT字型のそれを取り落とし、バルコニーの床《ゆか》を傷つけてしまった。

「ぐぐ……。重っ……！」

落ちたそれを持ち上げようとするが、まったく動かない。いくらなんでも重過ぎないか？

確かに僕はSTR（筋力）が低いけど、それにしたって……！

持つのを諦《あきら》め、【鑑定】してみる。

【unknown】Xランク

unknown

■unknown

□装備アイテム／unknown
□複数効果なし／
品質：unknown
■特殊効果《とくしゆこうか》：
unknown

はい、ダメー。unknown《わかりません》の嵐《あらし》。僕の【鑑定】じゃ装備アイテムってことしかわからない。なんだろう？　柄《グリップ》があるし、メイスかなんかかな？　重いしな。

「ガルガドさん、これ持てます？」

「あ？　こんなもん持てるに決まって……おおお⁉　なんじゃこりゃあ⁉」

ガルガドさんが柄の部分を掴《つか》んで持ち上げようとするが、床からわずか十センチほど上げただけで再び落としてしまった。

ガルガドさんは大剣使い。おそらくSTR（筋力）はこの中で一番のはずだ。その人が持てないって……。ちょっと待ってよ、こんなもの装備できんの？

「おい、ジェシカ！　ちょっとこれ【解析《かいせき》】してくれ！」

なるほど。【鑑定】スキルの上位スキルである【解析】ならわかるかもしれない。

ジェシカさんはメイスもどきに触《ふ》れ、「なにこれ!?」と言いつつも【鑑定済】にしてくれた。

【魔王の鉄鎚《ルシファーズハンマー》】　Xランク

ＡＴＫ（攻撃力《こうげきりょく》）＋０

耐久性《たいきゅうせい》　１００／１００

■太古より封印《ふういん》されし魔王の鉄鎚。

扱《あつか》えるのは特定の称号《しょうごう》を持つ者のみ。

【状態】　封印中　無登録

□装備アイテム／鎚《つち》

□複数効果なし／

品質：ＬＱ（低品質《ロークオリティ》）

■特殊効果：

様々な付与《ふよ》をランダムで与《あた》える。

金属を鍛《きた》え、進化させることができる。

違《ちが》う金属を融合《ゆうごう》することができる。

【鑑定済】

…………いやいや、魔王ってて。

僕は床に落ちているそれをしげしげと眺《なが》めた。『魔王の鉄鎚《ルシファーズハンマー》』？

確かにハンマーのように見えなくもない。が、ところどころに岩がくっ付いてたり、グリップの部分もボロボロに汚《よご》れて、錆《さ》びついた鉄筋が飛び出したコンクリートの塊にも見える。廃墟《はいきよ》とかに落ちてそうだ。

「しかし魔王ってのは……。この世界に魔王っているのか？」

「あら、いてもおかしくはないわよ。このハンマーが見つかった【傲慢《ごうまん》】を司《つかさど》る悪魔は魔王ルシファー。まさにその通りの名前だし」

僕のつぶやきにジェシカさんがさらりと答える。そうなのか。

七つの大罪にはそれを司る代表的な悪魔がいるんだそうだ。


【傲慢】を司る魔王ルシファー。

【嫉妬】を司る魔王リヴァイアサン。

【憤怒《ふんど》】を司る魔王サタン。

【暴食】を司る魔王ベルゼブブ。

【強欲《ごうよく》】を司る魔王マモン。

【色欲】を司る魔王アスモデウス。

【怠惰《たいだ》】を司る魔王ベルフェゴール。


まあ、このゲームにその魔王ってのが存在しているかどうかはわからないが、名前くらいは出てきてもおかしくはない。

そんな『魔王の鉄鎚《ルシファーズハンマー》』だが、重すぎて持てないんじゃ武器にもなりゃしないぞ。まあ、封印中だからか攻撃力0だけどさ。

そんなことをアレンさんに話すと意外な答えが返ってきた。

「いや、これは武器じゃないかもしれないよ」

「え？　でも装備アイテムって……」

「特殊効果のところを見てごらんよ。『様々な付与をランダムで与える』『金属を鍛え、進化させることができる』『違う金属を融合することができる』……。なにかを連想させないかい？」

連想？　なんとなく金属が関係しているような感じはするけど。付与を与え、金属を鍛えて、融合させる……。あ。

「そう。おそらくこれは武器として使うものじゃない。鍛冶師《かじし》が使うハンマー……火造り鎚なんじゃないかな」

なるほど。鍛冶師用のハンマーなのか。と、なると、ここに書かれている『扱えるのは特定の称号を持つ者のみ』ってのは……。

僕は振り向いて、背後にいたリンカさんに視線を向けた。

「……リンカさん、これ、持ってもらえますか？」

口は開かずに、リンカさんはただコクリと頷いただけだった。

一時的に所有権を貸し出し、リンカさんにも装備できるようにする。床に転がる『魔王の鉄鎚《ルシファーズハンマー》』をリンカさんが手に取った。

その刹那《せつな》、ハンマーからまばゆいばかりの輝《かがや》きが放たれ、まとわりついていた石片《せきへん》がボロボロと剥《は》がれていく。

剥がれ落《お》ちた下から出てきたのは黄金と漆黒《しっこく》に輝く美しい翼のような装飾《そうしょく》が施《ほどこ》された、長さ五十センチほどのハンマーであった。さっきのボロボロの姿とは似ても似つかない。

そしてそのハンマーをリンカさんはなんでもないことのように頭上にかざした。すご……。ガルガドさんでも持てなかったのに……。

「ちょ、そのハンマー、ステータスが変化してるわよ⁉」

「え⁉」

【解析】したのだろう、ジェシカさんがハンマーに触れて、再び【鑑定済】にしてくれた。

【魔王の鉄鎚《ルシファーズハンマー》】　Xランク

ＡＴＫ（攻撃力）＋０
（レベルと鍛冶熟練度に依存《いそん》）
耐久性　１００００／１００００

■太古より封印されし魔王の鉄鎚。
扱えるのは特定の称号を持つ者のみ。
【状態】【新参鍛冶師】封印解除　無登録

□装備アイテム／魔神鎚《まじんつち》
□複数効果なし／

品質：Ｆ（最高品質《フローレス》）
■特殊効果：
様々な付与をランダムで与える。
金属を鍛え、進化させることができる。
違う金属を融合することができる。

【鑑定済】

ちょ……！　耐久性1000ってなに⁉　ほとんど壊《こわ》れないんじゃ……。それに攻撃力もレベルと鍛冶熟練度に依存って……。基本レベルと鍛冶熟練度が上がれば上昇《じょうしょう》していくってこと？　成長する武器なのか？『魔神鎚』って書いてあるしなぁ……。

明らかにオーバースペックのハンマーだ。

Sランク鉱石を探していて、とんでもないものを見つけてしまったぁ。どうしよう。

頭の中で泥棒《どろぼう》アニメの警部が叫んでいるが、本当にどうしたもんか。

「シロ君……これ、どうするんだい？」

「どうしましょうかね……。僕が持っていても使えないし。かと言って売るというのも……」

これだけのアイテムだ。半端《はんぱ》な金額じゃ売れないし、二度と手に入らないアイテムって可能性が高い。とはいえ、インベントリで腐《くさ》らせるのもなぁ。

「シロ君が使えないということはないと思うけど。今からでも【鍛冶】スキルを取って、熟練度を上げて称号を手に入れれば、使用条件を満たすんじゃないかしら？」

とは、ジェシカさんのお言葉。確かにそうかもしれないけど。【鍛冶】スキルって、STR（筋力）とかVIT（耐久力《たいきゅうりょく》）、DEX（器用度）なんかに左右されるんだよね。軒並《のきな》み平均以下なんですけど……。称号取るのに時間がかかりそうだよ……？

それに余計な方向も伸《の》ばすと自分のプレイバランスが崩《くず》れそうでさあ。まんべんなくスキルや能力値を伸ばしたって、特化したプレイヤーには敵《かな》わないわけで。

「シロちゃん。私にコレ売って」

リンカさんがズバンと要望のみを発言する。うわあ、ど真ん中ストレート。

や、あの、そう言われてもですね。価値がつけられないというか。

まあ【鍛冶】スキルを持つ身としては、喉《のど》から手が出るほど欲しいってのはわかるけど。

「ギルマス。さっきの提案を受ける。だからギルマスもシロちゃんを説得して」

「え？　え？　提案ってあれですか？」

ぐりんと振り向き、リンカさんがレンに声をかける。

「なんのこと？」

「さっきリンカさんとお留守番していたとき、【月見兎】に勧誘《かんゆう》したんですよ。【星降る島】を気に入ってたみたいだし、『魔焔鉱炉《まえんこうろ》』を手に入れるんで、どうですか？　って。そのときは『考えとく』って言われましたけど」

「受ける方向に傾《かたむ》いてた。『魔焔鉱炉《まえんこうろ》』は魅力《みりょく》だし。でもこれに比べたら月とスッポン、鯨《くじら》と鰯《いわし》。【月見兎】に入ってみんなの武器も作るから、シロちゃんコレ売って」

ああ、そういうことか。むう、どうするか。確かにリンカさんがギルドに入ってこのハンマーを振るってくれるなら、かなりありがたい。使えない僕が所持しているよりよほど有益だ。

「しかし、売るといってもいくらでとかがなあ……。判断できないよな」

「全財産渡《わた》してもいい」

「いやいやいやいや」

さすがにそれは。だけど価値がつけにくいというのは本当だ。ぶっちゃけ僕がいいと言ったら1Gでもいいわけで。さすがに1Gでは渡せないけど。

「であれば売らず、所有権はシロ様のままにしておいて、ギルド共有武器として登録すればいいのでは？【月見兎】のギルドメンバーなら誰《だれ》でも使えるという形にすれば問題ないかと」

「「あ」」

ウェンディさんの言葉に間抜《まぬ》けな声が僕とリンカさんから漏れた。そうかそうか、その手があったか。それならば所有権は僕のままで、ギルドに加入さえすればリンカさんが自由に『魔王の鉄鎚《ルシファーズハンマー》』を振るうことができるわけだ。

「それでいいですか？」

「問題ない。このハンマーがいつでも使えるなら所有権とかは気にしない」

であれば、と僕は一旦《いったん》『魔王の鉄鎚《ルシファーズハンマー》』をインベントリにしまい、そこからギルド共有装備アイテムのウィンドウを開いて『魔王の鉄鎚《ルシファーズハンマー》』を登録した。

リンカさんもレンからギルド加入の申請《しんせい》を受けて受諾《じゅだく》したようだ。共有インベントリから取り出された『魔王の鉄鎚《ルシファーズハンマー》』が再びリンカさんの手に現れる。

「うふふふふふふふふふふふ……」

少し怖《こわ》い笑みを浮《う》かべながらリンカさんが『魔王の鉄鎚《ルシファーズハンマー》』を撫《な》でる。次の瞬間《しゅんかん》、五十センチほどのハンマーが、二十センチほどの小ハンマーに姿を変えた。おお!?　ヘッド部分も形が違う？

「ある程度大きさと形状を変えられる。大剣もナイフもこれ一本で全て間に合うよ。まさにキング・オブ・ハンマー」

キングはキングでも魔王だけどな。

「早く打ちたい。ギルマス、『魔焔鉱炉《まえんこうろ》』を。アレンたちの武器で試《ため》し打ちする」

「えっ？　あ、はい！」

「試し打ちって……なにげに酷《ひど》いこと言ってないかい、リンカ……。まあ、作ってもらえるのはありがたいけど」

そわそわしているリンカさんにアレンさんたちが苦笑《くしょう》している。

レンはカタログを開き、『魔焔鉱炉《まえんこうろ》』を選んでいるようだ。

「ええっと、場所は工房《こうぼう》でいいのかな……」

「いえ、工房とは別のところに設置した方がいいですわ。レンさんの縫製《ほうせい》室の近くに火の気はまずいです。とりあえず裏庭に設置して、後日ピスケさんに第二工房を建ててもらいましょう」

シズカがそう提案するが、僕の調合室も火を使うんだけどね。まあ、鍛冶場のような強力な火ではないけれども。

二階のバルコニーであるここから裏庭が見える。そこの片隅《かたすみ》に大きな魔法陣《まほうじん》が浮かび、かまくらのような半ドーム状の真っ黒いものが現れた。てっぺんに小さな魔法陣が刻まれているのが見える。あれが『魔焔鉱炉《まえんこうろ》』か。

『魔王の鉄鎚《ルシファーズハンマー》』を携《たずさ》えてリンカさんがバルコニー横の階段を駆《か》け下《お》りていく。炉に火魔法を放ち、インベントリから鍛冶道具を取り出して芝生《しばふ》の上にズラリと並べた。

「ジェシカ、Aランク鉱石！」

「え、ああ、はい！」

鬼気迫《ききせま》るリンカさんの声に、慌《あわ》ててジェシカさんが階段を下りていく。

そこからは僕らの存在を忘れたかのように、リンカさんはハンマーを振り続けた。『魔《ま》焔鉱炉《えんこうろ》』の効果なのか、『魔王の鉄鎚《ルシファーズハンマー》』の効果なのかわからないが、焼けた金属に金鎚《かなづち》が当たるたびに星が弾けて消える。火の粉ではない。五角形の星形をしたエフェクトが飛ぶのだ。

時折り、ハンマーの形状を変化させ、ウィンドウ画面で調整しながら叩《たた》いていく。

やがてそれはだんだんと一本の剣となり、僕らの前に姿を現した。

まだ握《にぎ》りの部分が剥《む》き出《だ》しだが、刃渡《はわた》り六十センチほどの片手剣だ。白銀に輝くその刀身は吸い込まれそうな燦《きらめ》きを宿していた。

「初めてにしてはうまくいった。『流星剣・メテオラ』」

満足そうに完成したばかりのそれをリンカさんは裏庭の芝生の上に置いた。

すでにリンカさんの手によって【鑑定済】にされているその剣は、僕たちにもそのステータスが見れるようになっている。

【流星剣・メテオラ】　Xランク

ATK（攻撃力）＋178

耐久性　45／45

■流れ落ちる星の力を宿した両刃《りょうば》の片手剣。

□装備アイテム／片手剣

□複数効果なし／

品質：F（最高品質《フローレス》）

■特殊効果：

敵対象一体に【メテオ】の効果。

一日三回。威力《いりょく》は剣の熟練度に依存する。

同対象に二度撃《う》つことはできない。

【鑑定済】

「はあ⁉」

僕は思わずすっとんきょうな声を上げてしまったが、他《ほか》のみんなが気にした様子はなかった。

なぜならみんなも同じように驚《おどろ》いてしまっているからである。絶句したか、声を上げたかの違いだけだ。

「ちょ……【メテオ】の効果って、あの【メテオ】？」

「おそらくその【メテオ】でしょう。まだ見つかっていない魔法スキル、【時空魔法】に属していると噂《うわさ》の……」

ジェシカさんとウェンディさんが、芝生に置かれた流星剣メテオラから視線を外さずに話していた。

ゲームに詳《くわ》しくない僕だってわかる。【メテオ】ってのはアレだ。隕石《いんせき》が敵に向けて落ちてくるやつ。喫茶店《きっさてん》『ミーティア』の店長の名前じゃない。

この剣の場合、敵一体にとか一日三回とか制限があるから【メテオ（小）】といったところだろう。

これは『様々な付与をランダムで与える』という『魔王の鉄鎚《ルシファーズハンマー》』の能力によるものなのだろうか。

アレンさんが流星剣メテオラを手に取る。

「……ちょっと試してみたいんだけど、海に向けて発動してもいいかな？」

「いやいや。津波《つなみ》とか起きたら怖いし。それに敵を対象としないと発動しないんじゃないですか？」

「それもそうか。じゃあガルガド。【ＰｖＰ】しないか？」

「この状況《じょうきょう》でするわけねぇだろ！」

【ＰｖＰ】は冗談《じょうだん》だろうが、早く使ってみたいのは本当だろう。アレンさんがウズウズしているのがよくわかる。

「うふふふふふふふふ……。『魔王の鉄鎚《ルシファーズハンマー》』。これさえあれば……」

恍惚《こうこつ》とした笑《え》みを浮かべているリンカさんからみんな一歩下がった。さすがにちょっとアレは引く。

僕はひょっとして、まずい人にまずいアイテムを任せてしまったのでは……と少し後悔《こうかい》した。

◇　◇　◇

【月見兎《うさぎ》】のギルドメンバーとなったリンカさんは、それからずっと『魔焔鉱炉《まえんこうろ》』の前に陣取《じんど》り、ログイン時間いっぱいまで『魔王の鉄鎚《ルシファーズハンマー》』を振《ふ》るい続けた。

ちょっと……いや、かなりハイな様子でリンカさんはアレンさんたち【スターライト】の武器防具を次々と生産していった。楽しくて仕方がないといった雰囲気《ふんいき》の彼女《かのじょ》を、止められる者は誰もいなかったのである。

作った武器や防具はどれもこれも何かしらの特殊効果が付与されており、あらためて『魔王の鉄鎚《ルシファーズハンマー》』の規格外さを思い知らされた。付与される効果は全くのランダムであるので、中には微妙《びみょう》な効果の付いたアイテムもあったが。【幸運度＋1】とかね。

そんな感じで数日をかけ、ぶっ続けで【スターライト】の装備をリンカさんは作り続けている。ＶＲゲームがログイン時間を制限しているわけがよくわかった。

「ところであのSランク鉱石はどうするんですか？」

【星降る島】の桟橋《さんばし》でアレンさんと釣りをしながら、僕は気になっていたことを切り出した。

砂浜《すなはま》ではガルガドさんとミウラ、シズカとメイリンさんが【PvP】をしている。完成した武器や防具の性能を試しているんだろう。

「うーん、Sランク鉱石といっても一つだけだからねぇ。武器を作るにしたって用途《ようと》は限られてくる。短剣《たんけん》とか、槍《やり》の穂先《ほさき》とか。リンカはAランク鉱石と融合させて、新たな金属で武器を作るのもアリと言っていたけど」

『魔王の鉄鎚《ルシファーズハンマー》』の効果を使って、か。AランクとSランクの鉱石を融合させた、ハイブリッド的な物ができるかもしれないな。

「もう一度あそこに行くことはできるのかな？」

「僕一人なら行けますけど。パーティで転移ってなると、ランダムですからねぇ……」

Sランク鉱石だけじゃなく、『魔王の鉄鎚《ルシファーズハンマー》』も発見した場所だ。もっとすごいお宝が眠《ねむ》っていても不思議はない。……が、ドラゴンの巣みたいな場所だしなぁ……。何回も何回も死に戻《もど》るのは嫌《いや》だ。トラウマになる。

「結局今のところは保留かな。『オークション』に出品して大金を、って手もあるけどねぇ」

「『オークション』？」

「あれ？　知らない？　湾岸《わんがん》都市フレデリカのオークションハウスで、貴重なアイテムやオリジナル物のアイテムなんかを競《せ》り落とせるんだよ。僕らがリンカに頼《たの》んだAランク鉱石のいくつかはそこで競り落としたものなんだ」

ほほう。そんな場所が。これはひと稼《かせ》ぎできそうな予感？

そんな僕の考えを読んだのか、アレンさんは苦笑しながら続きを説明してくれる。

「残念ながら出品者はプレイヤーネーム等情報開示しないといけないから、シロ君向けではないと思うよ。例えばあの『回復飴《あめ》』を出品したら、たちまちどこで見つけた、どうやって作った、と聞きにくる輩《やから》が溢《あふ》れるだろうね」

うげ。それは勘弁《かんべん》してほしいな。チケットガチャで手に入れました、と嘘《うそ》を言ってもいいんだが、あとでそれが嘘とわかったら、何を言われるかわかったもんじゃない。

「とりあえずはリンカが作ってくれた武器で第三エリアのボスを探すことにするよ」

「あれ？　【星の塔《とう》】は攻略《こうりゃく》しないんですか？」

「あっちは別に逃げないからね。シークレットエリアだから他のプレイヤーはそう簡単に辿《たど》りつけないだろうし、アイテムも早い者勝ちってわけじゃないみたいだし」

まあ、確かに。今のところあそこに行けるのはアレンさんの【スターライト】と、僕ら

【月見兎】だけだ。

【星の塔】の宝箱は、毎日入《い》れ替《か》わるそうなので、貴重なアイテムを先に取られる、ということもないようだし、僕らもそうするかな。

「第三エリアのボスってどこにいるんですかね？」

「さあねえ。マップを見ると、【怠惰】の領国で、第三エリアは第五エリアと並んで広いからね。ただ、やっぱり海のモンスターだと思うんだけどなあ」

「となると船が必要ですか」

「や、船は小型だけど手に入れてあるんだよ。【操船】スキルを誰も持ってないから船員を雇《やと》う必要があるけどね。こないだ危なく沈没《ちんぼつ》しかけたけど……。Sランク鉱石を売って大きな船を、って話も出てる」

うーん、でも【スターライト】は少人数のギルドだから、そんなに大きい船はいらない気もするな。

「確かにね。【エルドラド】なんかは大船団を作ってボスを探すとかいう噂があるよ」

【エルドラド】？　ああ、【怠惰】の領国で一番の大所帯ギルドか。確かギルドメンバーが二百人以上いるとか。第一、第二エリアと【スターライト】にエリアボスの初討伐《はっとうばつ》をされたんで、第三エリアこそは、と意気込んでいるとかリゼルから聞いたな。

「もうその人たちがボスを見つけてくれるんじゃないですかね？」

「確かに誰かが見つけるまで動かないってのも一つの戦略ではあるけどね。僕《ぼく》らの主義じゃないかなあ。まだ第三エリアを探し切ってないし、どこかになにかのヒントが……おっ、来た！」

アレンさんが釣竿を引いて立ち上がる。虹色《にじいろ》に輝く鮎《あゆ》のような魚が数匹《すうひき》釣れた。

【セブンフィッシュ】 魚類
■特別な場所にしか棲息《せいそく》しない魚。
肉は白身。七つの味を持つ。

食べるとランダムで能力値が一時的に10％上昇。


「七つの味ってのはハズレもあるのかな……？」

「さあ……」

僕が【鑑定】した結果を聞いて、微妙な顔になりつつもインベントリへ魚をしまうアレンさん。【星降る島】の周りにいる魚は別に僕らのものというわけではないから、釣った人の物だ。

さっきのオークションでここらの魚も売ったらいい値段で売れそうだよなあ。どこで釣った？　とか聞かれるんだろうけど。

ひゅっ、とアレンさんが餌《えさ》をつけて釣《つ》り針《ばり》を海へと再び投げ入れる。

「シロ君のとこは第三エリア攻略に向かうのかい？」

「うちはまだ半分も回ってないですからねえ。リンカさんに武器とか造ってもらったら、今度は【グラスベン】の南の方を回ってみようと思いますけど」

「中央エリアか……。となると【巨人《きょじん》の森】かな」

「はい。そのあたりをちょっと回ってみようかと」

第三エリアの真ん中、中央エリアと呼ばれるところは、北から山岳《さんがく》地帯、草原、森林、沼地《ぬまち》となっている。

このうちの草原地帯がこの間攻防戦《こうぼうせん》があった【グラスベン】のある【ラーン大草原】だ。アレンさんの言う【巨人の森】はその南にある。

「あそこは僕らもあまり探索《たんさく》はしなかったな。その名の通り、とにかく巨人系のモンスターが多くてね。割に合わないんだ。武器や防具の耐久性もガンガン落ちるしさ。何個盾《たて》をダメにしたことか」

「巨人系と言うとサイクロプスとか？」

「他にもトロール、エレメントジャイアント、ミノタウルス……ウッドゴーレムなんてのもいたね。総じて動きは鈍《にぶ》いから、シロ君には相性《あいしょう》のいい敵かもしれないな」

確かに。ストーンゴーレムみたいに硬《かた》くないのならいくらでもやりようはある。ただ、HPが多いから倒《たお》すのに時間がかかりそうなのと、集団で現れると厄介《やっかい》かなあ。

そんなことを考えているとぐぐっと竿《さお》が引かれた。おっ？

立ち上がり、えいやっ、と釣り上《あ》げてみると。

【防雷の長靴《ながぐつ》（右足）】　Gランク

DEF（防御力《ぼうぎょりょく》）＋1
AGI（敏捷度《びんしょうど》）＋1
耐久性　20／20

■電撃《でんげき》のトラップ床を平気で歩ける靴《くつ》。

【状態】爪先《つまさき》破損

□装備アイテム／靴

□複数効果なし／

品質：ＢＱ（粗悪品《バツドクオリティ》）

「…………ここの海は装備アイテムまで釣《つ》れるのかい？」

アレンさんが呆《あき》れたようにぶら下がる長靴を見ながらつぶやく。いや、装備アイテムっていうか、爪先は穴が空いてるし、片足だけだし。というか、ぐぐっ、て引いたのって誰っ？

とりあえず誰かが左足も釣るかもしれないからと、ギルド共有インベントリに収納してはおくけどさ。

◇　◇　◇

「よっ！」

僕が懐《ふところ》に飛び込み、放った一撃《いちげき》をアレンさんが真紅《しんく》の盾で受け止める。

次の瞬間、盾から薔薇《ばら》の花びらが溢れ出して宙を舞《ま》い、僕の視界を遮《さえぎ》る。くう、邪魔《じゃま》だな！　しかも香《かお》りまであるのか！

「はっ！」

アレンさんが薔薇の花びらを貫《つらぬ》いて、鋭《するど》い突きを繰《く》り出してくる。危なっ！

紙一重《かみひとえ》でそれをジャンプして躱《かわ》し、砂浜へと着地する。

「ふざけた効果かと思ったけど、意外と使えるね」

「ですね。すんごい邪魔です、その花びら。アレンさんの方からは透明《とうめい》の花びらに見えるみたいですけど、こっちは普通《ふつう》の赤い花びらにしか見えません。視界が遮られます」

アレンさんは赤い薔薇の意匠《いしょう》が彫《ほ》られた新しい盾を眺めた。

【ローズシールド（赤）】　Xランク

DEF（防御力）＋130
耐久性　60／60

■薔薇の意匠が施された大型盾。

□装備アイテム／大盾
□複数効果なし／
品質：F（最高品質《フローレス》）
■特殊効果《とくしゅこうか》：
衝撃《しょうげき》を受けると薔薇の花びらが散る視覚効果。
（効果無効に切替《きりかえ》可能）

【鑑定済】

『魔王の鉄鎚《ルシファーズハンマー》』で付与された特殊効果を見た時はハズレだと思ったけど、なかなかどうして。対人戦なんかにはかなり有効なんじゃないだろうか。

「いや、まあ……。使えるし、性能も申し分ないんだけど……」

そう言ってアレンさんが手にした剣で自分の盾をガンガン叩くたびに薔薇の花びらが舞い、あたりに芳《かぐわ》しい香りが立ち込める。

「派手ですね」

「だよねぇ……」

「【薔薇の騎士《きし》】とか、そういう称号《しょうごう》を獲得《かくとく》しそうですよね」

「やめてくれ。ホントに獲得しそうだから……」

称号に関しては通り名というか、そういったものも付くことがある。僕も【忍者《にんじゃ》】とか【調達屋】とかを獲得したりしないかと戦々恐々《せんせんきょうきょう》としているからアレンさんの気持ちがわかるな。

まあ獲得しても表示しなきゃいいだけの話だけど。

「やっぱり普段《ふだん》はＯＦＦにしておくか……。目立ち過ぎるしなあ……」

「【流星剣・メテオラ】の方は試したんですか？」

「ん？　ああ、【ラーン大草原】の方に行って試してみたよ。とんでもない威力だった。落ちてくるのはバスケットボールくらいの隕石なんだけど、モンスターを一撃で倒したよ。ただ、攻撃《こうげき》が始まるまで若干《じゃっかん》のタイムラグがあるけどね」

そこらへんは魔法スキルも詠唱《えいしょう》時間ってものがあるし、仕方ないんじゃないかな。

「でもそれくらいの大きさだと避《よ》けられたりしないですか？」

「いや、隕石はけっこうな速さだし、ある程度の追尾《ついび》機能もあるみたいだ。問題があるとすれば、敵味方問わずなんで、ターゲットにしたモンスターが味方のところに近づくと巻《ま》き添《ぞ》えになることかな。まあ、距離《きょり》を取って初撃でかませばいいだけの話だけど」

しょっぱなに【メテオ】をかましてから攻撃に入る、ってことか。それが一番有効な使い方かな。

「あとは建物内や洞窟《どうくつ》などでは使えないってことかな。それを差し引いてもこれはすごい剣だよ」

やっぱりとんでもないな、『魔王の鉄鎚《ルシファーズハンマー》』……。同じレベルのアイテムが他の六領国にもあるんだろうか。おそらくは第五エリア以降なんだろうけど……。

というか、【傲慢《ごうまん》】のアイテムを【怠惰《たいだ》】に持ってきてしまってもよかったのだろうか。『DWO《デモンズ》』には、一人のプレイヤーしか手に入れられない、一個だけのユニークアイテムやユニークスキルなんてものは存在しないらしい。

一応、それっぽいのが『Xランク』だけど、これは『唯一無二《ゆいいつむに》のもの』ということではなくて、『ランク対象外』ってだけだからちょっと違《ちが》う。極端《きょくたん》な話、Sランク以上の剣でも、使えないゴミのようなオリジナルの剣でも『Xランク』となり得るわけで。

それを信じるなら他の『魔王の鉄鎚《ルシファーズハンマー》』もまだ【傲慢】の領国に眠っているはずだ。

それにマップを見る限り、第四エリアに入れば他の領国とも行き来できるっぽいし、【怠惰】に流れてもおかしくない……と思う。早すぎるとは思うけど。

ズルして手に入れたわけじゃないし、ま、いいか。

「さて、次はシロ君のスキルを見せてもらおうか。あの分身みたいなスキルはなんだったんだい？」

ローズシールドを構えてアレンさんがそう尋《たず》ねてくる。『魔王の鉄鎚《ルシファーズハンマー》』を手に入れた時のことを言っているのだろう。分身みたいなっていうか、まんま【分身】ってスキルですけど。

ちょうどいい。アレンさんに【分身】の練習相手になってもらおう。トッププレイヤーにどれだけ通用するか試すのも悪くない。
僕はほくそ笑みながらスキルスロットに【分身】をセットした。

――――――うがー、負けたっ！
盾から衝撃波《しょうげきは》みたいなものが飛んできたぞ⁉　なんだあれ⁉
トッププレイヤーへの道のりは長い……。
敗北は薔薇の香り。

◇　◇　◇

「【加速】」

『ウガッ⁉』

八人に【分身】した僕が、一斉《いっせい》にサイクロプスへと襲《おそ》いかかった。サイクロプスは手にした太い棍棒《こんぼう》を地面へと向けて振り下ろすが、超《ちょう》スピードで動いている僕にはその動きがゆっくりに見える。当然、それを躱すことはわけない。

サイクロプスの足首を、太腿《ふともも》を、腕《うで》を、肩《かた》を、胸を、首を、頭を、目を、それぞれ手にした武器で切《き》り裂《さ》いていく。

『ウガガッ！』

「【アクセルエッジ】」

一気に戦技を叩き込む。左右交互《こうご》の四連撃。

【分身】した八人のうち、胸を攻撃した一人のところからパキパキパキッ、と氷が発生し、あっという間にサイクロプスを覆《おお》い尽《つ》くしていく。

やがて完全に氷はサイクロプスの巨体《きょたい》を包み込み、単眼の巨人は氷像と化した。

「リゼル！」

「【ファイアボール】！」

大きな火の玉が氷漬《づ》けになったサイクロプスに激突《げきとつ》し、氷像になった敵を粉々に砕《くだ》いた。

バラバラになった氷塊《ひょうかい》が光の粒《つぶ》になって消える。

「ふう」

【分身】を解除する。インベントリからすぐにハイポーションを取り出し、一気に飲み干した。

【分身】の弱点は敵からの攻撃がノーダメージだったとしても、分身の際に減ったＨＰは戻らないから回復が必要ってことだよなあ。

二人なら二分の一、三人なら四分の一、四人なら八分の一と一人増えるごとに半分になり、単純に考えて、八人に分身すればＨＰは一二八分の一だ。これは【分身】を解除しても戻らない。

【分身】を解除した直後に襲われたらアウトである。なので、すぐさまＨＰを回復しておく必要があるのだ。攻撃力《こうげきりょく》が八倍になるのは嬉《うれ》しいけど、その度にハイポーション消費ってのは効率がいいのか悪いのか。

「やったね。今のはかなり楽に倒せたんじゃない？」

「運良く氷結効果が発動したからね」

僕は手にした新しい武器を眺《なが》める。リンカさんが【魔王の鉄鎚《ルシファーズハンマー》】で作ってくれた新しい武器だ。

【双氷剣《そうひょうけん》・氷花】　Xランク

ATK（攻撃力）＋103
耐久性《たいきゅうせい》　42／42

■氷の力を宿した片刃《かたは》の短剣。

□装備アイテム／短剣
□複数効果あり／二本まで

品質：F（最高品質《フローレス》）
■特殊効果：
15％の確率で敵を一定時間氷結。

【鑑定済】

【双氷剣・雪花】 Xランク

ATK（攻撃力）＋103

耐久性 42／42

■氷の力を宿した片刃の短剣。

□装備アイテム／短剣

□複数効果あり／二本まで

品質：F（最高品質《フローレス》）

■特殊効果：

15％の確率で敵を一定時間氷結。

【鑑定済】

【双氷剣・氷花】と【双氷剣・雪花】。雷、炎《ほのお》、ときて、今度は氷属性の剣だ。なにげに発動確率が前の双焔剣《そうえんけん》より高い。

手にしっくりくる。今まで使っていた双剣《そうけん》と同じように扱《あつか》えるな。攻撃力も高いし、ありがたい。

「あーん、【鬼眼巨人《きがんきょじん》の骨】と【鬼眼巨人の爪《つめ》】かー。【巨眼球】がよかったのになぁ」

サイクロプスにトドメを刺《さ》したリゼルがボヤく。巨人系の素材はあまり使いどころがないとされている。大剣とか大斧《おおおの》とかには使われるけれど、骨などを使うのであまり見栄《みば》えが良くないから不人気なのだ。いわゆるドクロ系？

好んで装備するプレイヤーもいるけど、やっぱり少数だ。当然引き取り額も安くなる。

それに比べると【巨眼球】は硬質化《こうしつか》したガラスのようなアイテムで、武器の素材やインテリアなどに多く使われる。もちろん目玉をそのまま飾《かざ》るわけじゃないのでご安心を。

僕の方も【鬼眼巨人の骨】と【鬼眼巨人の角】だな。まあ、角はまだ売れる方か。

金儲《かねもう》けを考えると、【巨人の森】はあまりおいしくないかな。レベルや熟練度上げにはけっこういいけど。

僕とリゼルは【怠惰】第三エリアの中央部にある【巨人の森】にやってきていた。新武器の使《つか》い心地《ごこち》を試《ため》すためにだ。もちろん申し分ない結果だったわけだけど。

「そろそろ帰ろうか。レンたちも待ってるし」

「え〜。【巨眼球】が出るまで粘《ねば》らない？」

「いやいや。さすがに二人じゃ、複数出てきたらキツいだろ？」

「そこはホラ、シロ君の【分身】で」

「毎回毎回ハイポーションを使ってられるかっての」

効率が悪すぎるわ。MPだって消費するんだぞ。そう何連戦もできるか。マナポーションまで必要になるわ。

「とにかく戻るぞ。ここよりもいい狩場《かりば》に行けるかもしれないんだからさ」

「あ、そうか」

納得《なっとく》したリゼルを連れて、【巨人の森】のポータルエリアを通り、【星降る島】へ帰還《きかん》した。

これから僕らは【セーレの翼《つばさ》】を使って別エリアへと跳《と》ぶ。アレンさんたちとパーティを組んでのランダムジャンプは確認《かくにん》済みなので、今度はみんなと跳んでみようというわけだ。

待ち構えていたレンたちを連れて、再び裏庭のポータルエリアへと向かった。

ちなみにリンカさんは今回遠慮《えんりょ》するとのこと。他人の装備ばかりで、自分の装備を作るのを忘れていたとか。

ひょっとしてだけど、パーティ制限で一人あぶれるのをわかっていて遠慮してくれたのかもしれない。早いとこギルドポイントを貯《た》めて七人パーティを解放しないとなあ。アレンさんの【スターライト】から、この間ギルドポイントをもらったのでもうちょっとなんだけど。

「じゃあみんな、行くよー」

「はい！」

「よろしくお願いします」

「うん！」

「楽しみですわ」

「早くー」

僕が【セーレの翼】をセットしてポータルエリアに飛び込むと、いつものようにランダムジャンプが始まる。

一瞬《いっしゅん》にして見たこともない別エリアへと転移が完了《かんりょう》した。

どうやら何かの遺跡《いせき》のような場所だ。森の中かな？　崩《くず》れかけた石造りの壁《かべ》や、蔦《つた》が蔓延《はびこ》った巨像《きょぞう》なんかが視界に飛び込んでくる。

「ここは……」

【フォラム遺跡】……【傲慢】の第二エリアだね。僕らでも充分《じゅうぶん》戦えると思う」

違う領国と言ったたって、同じ第二エリアならそうモンスターの強さは変わらないと思う。でなきゃズルいしな。

「みんなの転移リストにここって登録された？」

「いえ。ありませんね。やはりこれは【セーレの翼】がなければ来れないということでしょうか」

ウェンディさんの言う通りかもしれない。【スターライト】と転移したときもそうだったし。ギルドメンバーなら、とも思ったんだけど。

よくよく考えてみれば、他のみんなも別領国のエリアに跳べるようになったら、【セーレの翼】の価値ってなくなるもんなあ。

「それでどうする？　ここでひと狩りいっとく？」

ミウラが遺跡の奥《おく》をちらっと窺《うかが》いながら尋ねてくる。僕としてはそれでもかまわないいんだけど……あ。

「ちょっと待ってて。ガイドを呼ぼう」

「ガイド？」

キョトンとしたみんなをよそに、僕はチャットリストからあるプレイヤーの名前を引っ張り出した。

◇　◇　◇

「リーゼ!? やだ、可愛《かわい》い！」

「遥花《はるか》!? そっちもかっこいい！」

手を取り合って二人ともきゃっきゃとジャンプしている。初めて見るお互《たが》いのアバターを褒《ほ》めあっているが、なんだろ、あれ。

「まさかリーゼもいるとは思わなかったな」

「本名言うなよ。リゼルだから」

僕の横で腕組《うでぐ》みしながら二人を眺める【獣人族《セリアンスロープ》】の大剣使い、『ソウ』こと霧宮奏汰《きりみやかなた》。はしゃいでいるのはその妹で同じ【獣人族《セリアンスロープ》】の魔獣使い、『ハル』こと霧宮遥花《きりみやはるか》。

ここが【傲慢】のエリアなら詳《くわ》しいだろうと二人を呼んだのだ。みんなに紹介《しょうかい》もしたかったし。

「紹介するよ。こっちがソウで、こっちがハル。僕とリゼルの同級生だ……ってみんな聞いてる？」

せっかく紹介したのにまともに聞いているのはウェンディさんだけだった。他《ほか》のお嬢様《じょうさま》三人はハルの連れてきた狼《おおかみ》たちに夢中になっている。

「かわいいです～」

「こら、やめろったら。くすぐったい！」

「うふふ、おりこうさんね」

レン、ミウラ、シズカが六匹《ぴき》の狼たちと戯《たわむ》れている。そのうち二匹は子狼だ。わふわふと三人を取り囲み、じゃれあっている。

「っていうか、増えた？」

「うん、ブラックウルフにホワイトウルフ、グレイウルフにレッドウルフとグリーンウルフ、そしてシルバーウルフだよ！」

自慢気《じまんげ》にハルが語る。黒、白、灰、赤、緑、銀、とよくもまあ揃《そろ》えたもんだ。六匹テイムするのも大変だろうに。

シルバーウルフとレッドウルフは初めて見たな。どっちもまだ子狼だが。グレイウルフは前に会ったとき、子狼だったのになあ。成長するんだな。

「ハルのやつは特化型のスキル持ちだからな。戦闘《せんとう》になると【召喚術《しょうかん》】で呼び出したのも加えて、全部で十四匹の狼を操《あやつ》るぞ」

「十四匹⁉　ずいぶん多いな！」

ってことはこの六匹以外に八匹の狼を召喚するのか！

普通ならレベルの低い狼を召喚したってそれほど役には立たない。しかし全《すべ》ての狼を強化するというハルの持つスキル、【群狼《ぐんろう》】は、その名の通り、数が多くなればなるほどさらに強化されるという特性を持っていた。さすが三ツ星スキル、とんでもないな……。

「【群狼】ですか。【群羊《ぐんよう》】や【群馬《ぐんば》】というスキルはサイトで見たことがありますが……」

「たぶん同じ系統のスキルだと思うよ。でもあたしの場合、自分も強化されるワーウルフだからね！」

ウェンディさんにも自慢気に話すハル。確かに【群狼】のスキルを持っていても、

【魔人族《デモンズ》】や【鬼神族《オーガ》】だったらそれほど活用できないかもしれない。ワーウルフであったハルが【群狼】を手に入れたからこその強さなんだろう。

銀色の子狼と戯れていたレンがハルに尋ねる。

「この子たちって名前あるんですか？」

「あるよー。その子がギンで、こっちがクロ、で、グレ、アカ、ミド、シロ」

ちょっとは捻《ひね》れよ。そのままじゃないか……ん？

「シロ、お手！」

「シロ、おすわり！」

「シロ、伏《ふ》せ、ですわ！」

「……ちょっと待て」

うちのお嬢様三人の命令を律儀《りちぎ》にこなす僕と同じ名前のホワイトウルフ。尻尾《しっぽ》なんかブンブン振《ふ》って嬉しそうに。なんだこのモヤッと感。狼の飼い主《テイマー》をジロッと睨《にら》む。

「おいコラ、どういうことだ？」

「あはは……。偶然《ぐうぜん》の一致《いっち》だよ！　狙《ねら》ってつけるわけないでしょ！」

いやまあ、そうだろうけど。ぬう。なんか釈然《しゃくぜん》としないな。『シロ』『シロ』とホワイトウルフが呼ばれるたびに注意が向いてしまう。カクテルパーティー効果か。

憮然《ぶぜん》としている僕にソウが話しかけてきた。

「それよりもさ、せっかく『DWO《デモンズ》』で会えたんだから【PvP】しないか、シロ」

「お、やりますか？」

虎《とら》の【獣人族《セリアンスロープ》】、ワータイガーであるソウが大剣を肩に担《かつ》いで、不敵な笑《え》みを浮《う》かべる。

面白《おもしろ》い。その挑戦《ちょうせん》受けて立つ。

【分身】と【加速】で驚《おどろ》かせてやるか。

ソウからの【PvP】参加申請《しんせい》を受諾《じゅだく》する。ポンッと三頭身のデモ子さんが現れ、試合開始を告げた。

「最初から全開でいくぜ？」

咆哮《ほうこう》とともにソウの身体がひとまわり大きくなり、獣化していく。【獣人族《セリアンスロープ》】の特性、【獣化】スキルだ。虎だ。彼《かれ》は虎になるのだ。

なかなかカッコいいな。僕も兎《うさぎ》の【獣人族《セリアンスロープ》】とかにしようと思ったけど、兎顔があまりかっこよくないと考え直したんだっけ。

「虎と兎……。はっ！　タイガー＆バニ……」

なんかつぶやこうとしたハルの口をウェンディさんが塞《ふさ》ぐ。いろいろナイスです。

完全に虎の頭に獣化したソウが軽々と大剣を振り回《まわ》す。ワータイガーはSTR（筋力）

強化だっけか？

「じゃあこっちも最初から全力でいかせてもらうかな、っと！」

一気に最大八人へと【分身】する。ソウとハルの目が見開かれ、顎《あご》が落ちた。

「ちょ、おまっ……！　なんだそれ⁉」

「いくぞー」

虎顔でアタフタしているソウ目掛《めが》けて、僕は【加速】スキルを発動させた。

DWO:03:06　真夏の夜の夢

【Real World】

「ったくよぉ、あんなスキル、チートだろうが」

「人聞きの悪いこと言うな。ちゃんと真っ当に手に入れたスキルだっての」

教室で弁当を食べながら霧宮《きりみや》兄がボヤく。昨日の【PvP】のことを言っているのだ。

まあ、八人に【分身】した上に、【加速】という、初見ではほとんど対策できない攻撃だったけどな。おまけに動きが遅《おそ》い大剣持ちが相手だ。もちろん僕の圧勝だった。

「ふふん。そのはっくんを倒したあたしがこの中では最強ってわけだね！　えっへん！」

「く……。相性の問題だろ、あれは……」

胸を張る霧宮妹。何回もウザいぞ、この。

ソウこと奏汰《かなた》を倒した僕《ぼく》に、次はあたし！　とばかりにハルこと遥花《はるか》が【ＰｖＰ】を挑《いど》んできたのだ。

結果は僕の惨敗《ざんぱい》。わずか数分で負けましたよ、ええ。

仕方ないだろ。いかに【加速】とか持ってたって、分身の一人に十四匹の狼で同時攻撃されちゃさ……。ＨＰが一二八分の一になってる上に共有してんだぞ。分身体に狼の爪が掠《かす》っただけで負けたよ。情けない……。

相性が最悪だったとしか言いようがない。ワーウルフを含《ふく》め、狼系はＡＧＩ（敏捷度）がメインのやつらだからなぁ。これが熊《くま》とか蛇《へび》ならなんとかなったんだけど。

【分身】を使ったのも失敗だったかも。元のＨＰで耐《た》えながら、【加速】で避《よ》けつつ狼たちを一匹ずつ仕留めて、遥花だけになったら【分身】で片付ければよかった。作戦ミスだな。

一撃だけはダメージを防ぐアクセサリーとか装備した方がいいかもしれん。今度トーラスさんの店に行ったら探してみよう。

「それよりさ、明後日《あさって》から夏休みだけど、白兎《はくと》はなんか予定あるんだっけ？」

「ん？　一応僕は島に帰省するつもりだけど」

「神代島《かみしろ》……だっけ？」

「そう」

伯父《おじ》さんがいる僕が育った島だ。なんにもないところだけど。あ、猫《ねこ》だけは山ほどいるな。

「夏休み中行きっぱなしなのか？」

「うんにゃ。お盆《ぼん》前に三日くらい。父さんが休み取れなくてさ」

「単身赴任《ふにん》は大変だな」

ホントにな。一人息子《むすこ》を放《ほ》ったらかしにしてさ。よくグレないものだと我ながら感心するよ。

「リーゼは？　一旦《いったん》国に帰るの？」

遥花が僕の隣《となり》、正面に座《すわ》るリーゼに声をかける。

「ううん。帰らないよ。私の国って交通の不便なところにあるから帰るの大変なんだよ。空港もないし」

「じゃあはっくんが帰省する前にさ、みんなで海に行かない？」

「海？」

自分的には海に囲まれたところに帰省するんですが。いやまあ、反対ではないけれど。

「海かあ。私、海に行ったことないや」

「えっ、そうなの？」

リーゼの言葉にちょっと驚く。でも中欧《ちゅうおう》あたりならそれもあるか。日本人だって、海に行ったことがないという人も県によってはいるはずだ。ちょっとかわいそうだな。

「じゃあ、なおさら行こうよ！　そうだ、昨日の子らも誘《さそ》ったら？　リアルでの知り合いなんでしょう？」

「え。レンシアたちか？」

グッドアイデア！　とばかりに手を叩《たた》く遥花だが、僕はむむ、と首を捻《ひね》る。というか、リーゼも同じパーティ仲間でありながら知らないんだけど、レンシアって『DWO《デモンズ》』を作ったレンフィル・コーポレーションの社長令嬢《れいじょう》なんですけど……。

その上、ミウラもシズカも同じお嬢様学校に通う、言ってみればセレブだ。そんなセレブなお嬢様たちが庶民《しょみん》の海水浴場へと行くかかっていうと……。

「うーん……。あの子ら、来るかなぁ……」

「いいじゃんいいじゃん、とりあえず誘ってみたら。ダメなら四人で遊べばいいんだし。よし、けってーい！　明日、終業式終わったらリーゼの水着買いに行こう！」

「強引《ごういん》だなぁ……」

まあ、リーゼも喜んでいるみたいだし、僕としても海に行くのはやぶさかではないが。

とりあえずウェンディさんに連絡《れんらく》してみるか。

レンシアの電話番号は知っているんだけど、かけるとまずウェンディさんが出るんだよね……。レンシアのスマホもウェンディさんが持ち歩いているんだろうか。

そんなことを考えながら僕は再び弁当へと箸《はし》を伸《の》ばした。

◇　◇　◇

『それでしたら、お嬢様のプライベートビーチへいらっしゃればよろしいかと。ちょうどこちらもその予定がありましたので』

「は？」

帰ってから昼間の海水浴の話をウェンディさんに連絡したところ、とんでもない答えが返ってきた。

プライベートビーチってなんですのん……？

聞けばミウラやシズカと一緒《いっしょ》に毎年行ってるんだとか。正確にはプライベートビーチのある島の別荘《べっそう》に行くってことらしいが、その時点でいろいろとおかしい。

「えーっと、そんなところに僕らが行ってもいいんですかね……？」

『構いません。お嬢様たちも喜ぶかと。旦那様《だんなさま》には私の方から伝えておきます。では三日後の早朝に白兎様のご自宅にお迎《むか》えに参りますので』

「アア、ハイ……」

通話が切れたスマホを持ちながら、なんかとんでもないことになったのでは？　と、冷《ひや》汗《あせ》が頬を伝う。

いや、悪いことじゃないんだけど……。

◇　◇　◇

「おい、白兎……ありゃなんだ……？」

「リムジンってやつじゃない……？　僕も初めて見るけどさ……」

早朝、僕の家の前で止まった全長が七、八メートルはあろうかという真っ白いリムジンを見て、僕と奏汰、それに遥花が絶句する。リーゼは『おー』と感心はしていたが、僕らほど驚いてはいないようだ。セレブめ。

ガチャリとリムジンのドアが開き、中から小さな女の子が飛び出してきた。金髪碧眼《きんぱつへきがん》、ゴシック調の黒い服を着て、まるで人形のように綺麗《きれい》な女の子だ。

燦《きらめ》くツインテールをなびかせながら、真っ直《ます》ぐに女の子は僕の胸（正確にはお腹《なか》）へと飛び込んだ。

「白兎さン！」

「やあ、レンシア。こんにちは」

「ハイ！　こんにちは、でス！」

『DWO《デモンズ》』では翻訳《ほんやく》機能があるから全然違和感《いわかん》なく聞こえていたが、電話やリアルだとやっぱりレンシアの日本語はどこかたどたどしい。だけど初めてあったころに比べたらものすごくうまくなっている。

わずか数ヶ月《すうかげつ》でここまで上達するとは、やっぱり子供はこういった学習能力が高いんだなあ。

「お嬢様。淑女《しゅくじょ》たるもの、往来でのハグは時と場合をお選びなさいませ」

リムジンから続いて現れたのは長身のメイドさんだった。『DWO《デモンズ》』では赤毛だったショートカットが黒髪《くろかみ》になっているが、間違《まちが》いなくウェンディさんの面影《おもかげ》がある。

「えっと、ウェンディさん、じゃなくて……」

「レンシアお嬢様の御付《おつ》きをしております、上原風花《うえはらふうか》と申します。以後、お見知り置きを」

深々と頭を下げるウェンディさん、もとい風花さん。その後ろから今度は二人の少女が降りてきた。

一人は活発そうな青と白のボーダーシャツに、紺《こん》のハーフパンツといったマリンルックの少女で、ショートカットの癖《くせ》っ毛が猫を連想させる。元気いっぱいのその姿は間違いなくミウラだ。

かたやもう一人の少女は真逆の雰囲気《ふんいき》である。白い襟《えり》とフリルのついた清楚《せいそ》な紺のワンピースを着込み、前髪《まえがみ》が切り揃えられた長い黒髪には白のカチューシャ。いかにもお嬢様スタイル。こっちがシズカだろう。

逆だったら面白いが、顔つきを見ればどっちがどっちか一目瞭然《いちもくりょうぜん》だ。『DWO《デモンズ》』における顔の修整率ってのは意外と高くないって聞くけど、信憑性《しんぴょうせい》が出てきたなぁ。

人間誰《だれ》しも顔にコンプレックスは持っているけれど、それは部分的なもので、『もうちょっと鼻が高かったら』とか、『あと少し顎が丸かったら』とか、直したいのは一部だったりする。

だから全部のパーツをいじらない限り、面影が消えることはないし、意外と超絶《ちょうぜつ》美形・美人にするのに抵抗《ていこう》を感じる人も多い。知り合いとゲームを始める人たちは特に。

ミウラとシズカもあまりいじっていないらしい。髪《かみ》と瞳《ひとみ》の色くらいだな。

「わー！　シロ兄ちゃん、まんまだねぇ！」

「ええ、本当に」

「お前たちに言われるとなんか理不尽《りふじん》さを感じるな」

それはお互い様《さま》だろうに。

「まあ、いいや。僕は因幡《いなば》白兎。ま、シロでもいいけどね」

「蘭堂美雨《らんどうみう》。美雨でいいよ」

「静宮雫《しずみやしずく》と申します。よしなに」

他のメンツとも自己紹介を終えると、さっそく出発することになった。

ちなみに僕の家の前、正確に言うと僕の家とお隣さんのリーゼの伯父さんちの前にでかいリムジンが三台止まっている。

なんでこんなに？　と疑問を口にするとボディガードの方（全員女性）もいらっしゃる

とかで……。

「ではお嬢様たちとリーゼさん、遥花さんは前の車へ、白兎さん、奏汰さんは真ん中の車へお願いします」

男性、女性と分かれて乗り込むようだ。まあその方が気を使わなくていいか……。

「おい白兎……なんだこのシート、すごい座り心地がいいんだが」

「贅沢《ぜいたく》だねえ……」

『では出発します』

内部スピーカーから風花さんの声がして、ゆっくりと滑《すべ》り出《だ》すようにリムジンが走り出した。

◇　◇　◇

それから高速道路をひた走り、すぐさま空港からひとっ飛び。その次は大型クルーザーに乗り込んだと思ったら、あっという間に僕らは島の人になっていた。

どれもこれも居心地《いごこち》のいい空間だったから、時間が経《た》つのが早かった気がする。

「っていうか……これが別荘……？」

どう見ても大豪邸としか見えない邸宅《ていたく》に僕と霧宮兄妹《きょうだい》はあんぐりと口を開けていた。リーゼはまたもや『おー』と感心するだけで、平然としている。セレブめ。

というか、彼女《かのじょ》は大邸宅より初めて見る海の方が気になるようだ。

早くに出たので時間はまだ昼をちょっと過ぎたばかり。充分《じゅうぶん》に今からでも泳げる。

「じゃあさっそく着替えテ海で遊びましょう！」

レンシアたちも遊ぶ気満々のようだ。日焼けとかを気にしない僕と奏汰は当てがわれた個室でさっさと水着に着替え、女性陣《じょせいじん》よりも先に海へと向かった。

すでにビーチではメイドさんたちがパラソルやビーチチェアを設置して、万全《ばんぜん》の用意を整えていた。

「おおー！　なかなかのオーシャンビューだな！」

奏汰が眩《まぶ》しい陽射《ひざ》しに目を細めながら、目の前に広がる光景に騒《さわ》いでいた。

確かに白い砂浜《すなはま》にエメラルドグリーンの海は、本当に日本かと疑いたくなる。

「っしゃーっ！　泳ぐぜー！」

準備運動もせずに奏汰が走り出し、海へと飛び込んだ。速っ。

海を舐《な》めたら痛い目を見るぞ。島の生活でそれを知っている僕は、念入りに手足をほぐしてから入ることにする。

指の関節まで丁寧《ていねい》にほぐしていると、ビーチへぞろぞろと女性陣がやってきた。

「お待たせ～」

大きなビーチボールを持って遥花が声をかけてくる。

遥花はオレンジを基調としたチューブトップのビキニ。そしてその横にいるリーゼは白いホルターネックにフリルの付いたスカートタイプの水着だった。その上にパーカー、手には浮《う》き輪《わ》を持っている。

「あれ、奏汰兄ちゃんはもう泳いでんの？」

「準備運動もしないでな。みんなはちゃんとした方がいいぞ」

続いてやってきたのは風花さんに連れられたお嬢様三人組。

レンシアは白いスカートタイプのワンピース、美雨は青地のホルターネックワンピースに、白の水玉模様、雫はパステルグリーンのシンプルなワンピース姿だった。

普通《ふつう》の水着に見えるがおそらくどこぞのブランド物で、想像もつかないくらい高いに違《ちが》いない……胸部標高は年相応に低かったが。

彼女たちを連れた風花さんは、黒のビキニにパレオを巻いた姿だった。さすがにオトナ、三人とは比べ物にならないものをお持ちだ。

「白兎さン、こ、これ、どうですカ？」

レンシアがくるりと回転してもじもじと尋《たず》ねてくる。ん？　『これ』とは？

「水着を……いえお嬢様を褒めなさい……」

忍者《にんじゃ》のごとく僕の背後に回った風花さんが、かすかに聞こえる声でそう言った。いつの間に……！

「白兎さン？」

「あ、いや。可愛いね。似合ってるよ」

「えへへ。よかっタ」

はにかみながらレンシアが笑顔《えがお》を見せる。ああ、そういうことか……。

「はっくん、あたしのは〜？」

「はいはい、似合ってる似合ってる」

「雑だ！」

ニヤつく遥花を軽くあしらう。だってお前、ちゃんと褒めたら褒めたでつけあがって調子に乗るだろ。

「よーし、泳ぐぞー！」

「あっ、待って下さいまし」

いつの間にか大きなシャチのフロートを抱《かか》えた美雨が海へ向かって走り出した。それに続いて雫も砂浜を走り出す。元気だなあ。

「あ！　美雨ちゃん、準備運動しなきゃダメー！」

レンシア、それに風花さんも美雨たちを追いかけて走り出した。

海の方を見ると、奏汰がポツンと遠くに見える。どこまで泳いでんだ、あいつ。遠浅とはいえ泳ぎ過ぎだろ。

軽い準備運動をこなした遥花とリーゼに僕は声をかけた。

「じゃあ僕らも泳ぐか」

「そう言えばリーゼって、泳げるの？　初めて海に来たんでしょう？」

「泳げることは泳げるよ。家にプールはあったし。こういったところで泳いだことはないけど」

自宅にプール……。なら大丈夫《だいじょうぶ》か。この海は波も高くないし、遠浅らしいから。

一応、砂浜にいたメイドさんたちに浮き輪を借りて、僕らも海へと向けて歩き始めた。

◇　◇　◇

海で夕方まで泳いだ後は砂浜でバーベキューをし、その後はみんなで花火を楽しんだ。星明かりに照らされる夜の海はとても幻想的《げんそうてき》で、来てよかったと心から思ったよ。

花火を終えたら別荘のプレイルームでゲーム大会。ここは遥花や奏汰、リーゼの独壇《どくだん》場《じょう》だった。さすがに分別はあるのか、レンシアたちに対して本気になることはなかったが、そのかわり矛先《ほこさき》は全て僕へと向けられてボコボコにされた。お前ら覚えてろよ。

VRドライブも人数分あったのだが、領国の違う遥花や奏汰もいるので、『DWO《デモンズ》』で遊ぶのはやめておいた。やっぱりみんなと遊びたいしね。

小学生組が夜更《よふ》かしするのもあまり良くないので、早めに僕らもそれぞれ当てがわれた部屋へと戻《もど》る。

広いゲストルームの大きなベッドに横になったが、なかなか寝付《ねつ》けなかった。布団《ふとん》なのかマットレスなのかわからないが、柔《やわ》らか過ぎる。沈《しず》み込む感覚がなんとも寝づらい。

それでもなんとか寝ようと目を瞑《つぶ》り、ゴロンゴロンと馴染《なじ》まないベッドの上で転がっていたが、そのうちうとうとと眠《ねむ》っていたらしい。

だが、起きて時計を確認すると、二時間くらいしか経ってなかった。

おまけに中途半端《ちゅうとはんぱ》に寝たからか、目がパッチリと冴《さ》えてしまっている。

なんとか寝ようとするのだが、部屋の中にある柱時計の秒針が、カチ、カチ、カチ……と妙《みょう》に耳につく。

「ダメだ。寝れん……」

寝るのは一旦諦《いったんあきら》めて、ちょっと外へ散歩に行くことにした。サンダルを履《は》いて目の前の砂浜へと向かう。

見えるのは闇夜《やみよ》に浮かぶ海。聞こえてくるのは潮騒《しおさい》のみ。

空には満天の星。なかなかロマンチックな空間だね。男一人だってのが侘《わび》しいが。

砂浜に落ちていた大きな流木に腰掛《こしか》けてぼーっと海を眺《なが》める。別になにかを考えてたりはしない。こうしていれば眠くなるかなと思っただけだ。

目を瞑り、寄せては返す波の音を聞いていると……あれ？　波の音が……消えた？

目を開くとやはり波の音が聞こえない。流木から立ち上がると、ギッ、という軋《きし》む音がしたので耳がおかしくなったわけではなさそうだ。

「ちょっと待て。海が……止まってる？」

まるで動画を静止させたかのように海が止まっているのだ。そんな馬鹿《ばか》な。なんだこれ……？

「いったいなにが……！　ッ⁉」

僕が固まっていると、突然《とつぜん》上空から赤いボーリングの球のようなものが砂浜に勢いよく落ちてきて、周囲に砂をばら撒《ま》いた。

驚いた僕が尻餅《しりもち》をついていると、その球がゆっくりと空中へと浮かび上《あ》がり、周りの砂を取り込み始めた。

まるで磁石に引き寄せられる砂鉄のように、球の周りに砂がどんどんと付着していき、やがてそれはひとつの姿を形成する。

長く太い腕《うで》に短く太い足。ディフォルメされたゴリラのようにアンバランスではあったが、間違いなく人型の姿を形成していた。高さは三メートルほどもある。

目も口もない、砂でできた巨人《きょじん》だ。

「はは……。なんだこれ……」

乾《かわ》いた笑いしか出てこない。サンドゴーレムってか。タチの悪い冗談《じょうだん》だ。

さらにタチの悪いことに、そのゴーレムは大きな腕を振りかぶり、僕へと突き下ろしてきた。

「わわわっ⁉」

サンダルが脱《ぬ》げるのも構わず、僕はそれを横っ飛びで躱《かわ》す。打ち下ろされた拳《こぶし》は、ドゴン！　と砂浜なのに鈍《にぶ》い音を立てて突《つ》き刺《さ》さった。

冗談じゃない。今のが当たっていたらペシャンコになってたぞ！

こいつはいったいなんだ⁉　レンフィル・コーポレーションの新開発ロボットとか？　土木用のロボットなら工事現場とかで見たことがあるけど、こんなのは聞いたこともない。

「っとぉ⁉」

再び振り下《お》ろされるハンマーのような拳を避ける。動きはそれほど速くないのでなんとか避けられるが、こいつはなんで僕を狙ってるんだ⁉

そんな疑問を持ちながら動いていたからか、三回目の攻撃《こうげき》を躱した時、砂に足を取られて捻ってしまい、そのまま倒《たお》れてしまった。

ヤバい！　と思った時にはサンドゴーレムの大きな足が、僕を踏《ふ》み潰《つぶ》そうと目の前に迫《せま》っていた。

万事休《ばんじきゅう》すかと覚悟《かくご》を決めたそのとき、誰かがそのサンドゴーレムの頭部に横から飛《と》び蹴《げ》りを食《く》らわせるのが見えた。

よろめいたゴーレムがそのまま真横に倒れる。くるんと空中で一回転したその襲撃者《しゅうげきしゃ》は、軽い身のこなしで砂浜に着地した。

「な……！」

またしても僕は驚く。僕の窮地《きゅうち》を救ってくれた人物は、全身黒いラバースーツのようなものを身につけ、頭部にはヘルメットのようなものを被《かぶ》っていたのだ。正直に言って、どこの変身ヒーローか、何ライダーかと突っ込みたくなる姿だった。

実際、なにかの撮影《さつえい》かとカメラを探して辺りを見回したほどだ。

『……iurawonimuhsuzarawakia.akoborasoyconiemuodirahay.nuf』

聞き取れない言語がヘルメットから漏《も》れる。外国人なのか？

座り込む僕など眼中にないように、変身ヒーローはサンドゴーレムに攻撃を仕掛《しか》ける。

今更《いまさら》ながらに気がついたが、目の前の人物は女性だ。それは身体にピタリと合ったスーツのフォルムからわかる。胸に詰《つ》め物《もの》でもしていない限りは……いや、女性でも詰め物をしている場合もあるけど。となると、変身ヒーローではなく変身ヒロインと呼んだ方がいいのだろうか。

僕の逡巡《しゅんじゅん》など一向に気にすることなく、仮面のヒーローはサンドゴーレムの攻撃を見事に避け続けていた。

『akiiomeduodaam ?akonomihcomonnijok.anadoborasoyconupiatiuruf』

仮面ヒーローがサンドゴーレムから距離《きょり》を取り、スッ、と右手を翳《かざ》した。そのまま仮面ヒーローは一瞬《いっしゅん》でサンドゴーレムの懐《ふところ》へと飛び込む。

『adirawoederok』

仮面ヒーローの掌底がサンドゴーレムの胸を叩きつけ、パァンッ！　と乾《かわ》いたような音が夜空に響《ひび》き渡《わた》る。サンドゴーレムの背中から、最初に落ちてきたボーリングの球のようなものが勢いよく飛び出した。

砂浜にドスッ！　とそれが落ちると、あっという間に色を失い、ピキリッと亀裂《きれつ》が入る。その瞬間《しゅんかん》、サンドゴーレムは形を失い、重力に引かれてその場に砂の山を作った。倒した……のか？

仮面ヒーローがこちらを向く。僕は感謝するべきなのか、逃《に》げるべきなのか、判断に困っていた。この状況《じょうきょう》、どう考えたってまともじゃない。

仮面ヒーローはフルフェイスヘルメットの耳元をなにやら人差し指と中指でピッピッと押《お》して、次に喉《のど》の部分をカチカチと押していた。なにをしているんだろう？

『――a、A、ア、あ、あー。うん、これでいいか』

「日本語？」

突然、仮面のヒーローは流暢《りゅうちょう》な日本語で話し出した。

『やあ、大丈夫《だいじょうぶ》だったかな。ちょっと発見が遅《おく》れたから危なかったね』

「いや、はあ……。ありがとうございます……？」

『しかしこんな時間に人がいるなんて思わなかったな。面倒《めんどう》だが、ま、仕方ない』

声は女性のような男性のような判別のつきにくい声だった。変身ヒーローは腰《こし》のポーチのようなものから金魚すくいで使う『ポイ』のようなものを取り出して、それを僕へと向ける。

次の瞬間、眩《まばゆ》いばかりの光が『ポイ』から放たれ、僕の視覚を奪《うば》った。

真っ白になった視覚がだんだん戻ってくると、金縛《かなしば》りにあったように自分の身体が動かなくなっていることに気づいた。

僕はなんて馬鹿なんだ。こんな怪《あや》しい人物を目の前にして逃げもせずに……！

変身ヒーローがゆっくりと僕の前まで歩いてくる。

『ま、座りたまえ。あれ？　君は……。はは、奇妙《きみよう》な偶然もあるもんだな』

なんだ？　まるで僕を知っているかのような声に疑問が浮かんだが、そんな思考とは関係なく、その言葉に身体が従ってしまう。僕はゆっくりと砂浜に座り込んでしまった。

『君は夜中にこの砂浜に来て、ここでウトウトと寝てしまった。さっき見たことも全部忘れる。いいかい？　君はなにも見ていないし、なにも聞いてはいない。君は朝まで……は風邪《かぜ》をひくか。今から一時間で目覚めるが、起きたら全《すべ》てを忘れている。そうしたらそのまま部屋に戻り、眠りたまえ』
僕はその言葉に逆らえず、だんだんとまぶたが重くなっていった。これってアレか、催眠術《さいみんじゅつ》的な記憶《きおく》操作……。まあ、ヤバいものを見たかもって気はしてたけど……。殺される、より、はマシ……かな……。
『おやすみ、シロ君』
意識が落ちる直前に、そんな声を聞いた……。

◇　◇　◇

「はっ！」

朦朧《もうろう》とした意識が甦《よみがえ》る。闇夜に浮かぶ海が、潮騒を運んできた。どうやら寝てしまっていたらしい。

立ち上がる。砂浜には誰もいない。満天の降るような星が瞬《またた》いている。

「僕は……眠れなくてここにきて……そして……」

――――覚えている。覚えているぞ。

ボーリングのような球も、砂でできたゴーレムも、仮面のヒーローも……僕は覚えている。

なぜかわからないが、あのヘルメット女の催眠術は僕には効かなかったらしい。

砂浜には戦ったような痕跡《こんせき》はひとつもなかった。だけどあれは実際にあったことだ。絶対に夢なんかじゃないと、ゴーレムを避けていた時に捻った足首の痛みが僕に告げる。

しかし、あれが現実にあったことだとして、僕になにができるというのだろう。

誰かに話したところで鼻で笑われるのがオチだ。誰も信じてくれないだろう。それどころか頭がおかしくなったかと心配されるかもしれない。

「証拠《しょうこ》的なものはなにもないもんなぁ……」

……………黙《だま》っとくか。なんらかの思惑《おもわく》はあったにしろ、彼女は僕を助けてくれたんだし。

パニックになりそうな頭を無理矢理《むりやり》に納得《なっとく》させて、なんとか気持ちを落ち着かせる。

そう結論付けると僕は踵《きびす》を返し、別荘へ向けて歩き始めた。向こうも幸せ、僕も幸せならそれでいいだろ。謎《なぞ》はいろいろと残るけど……。

『おやすみ、シロ君』

彼女は僕を『シロ』と呼んだ。それはつまり、彼女も『DWO《デモンズ》』のプレイヤーであるかもしれないということ。

僕の知り合い……いや、そうとも限らないか。自分で言うのもなんだが、僕はそれなりに目立っている。向こうが一方的に知っているだけという可能性も高い。

むむむ……待てよ。『DWO《デモンズ》』ではネカマプレイができないから少なくとも女性ってことだよな。そうなるとだいぶ絞《しぼ》られるか？

「………ま、考えてもどうしようもないか」

向こうが答えてくれない限りわからないわけだし。素直《すなお》に答えるはずがないし。

ハァ……もういいや。寝よ寝よ。


「ふあぁ……」

「眠そうだね、白兎君？」

朝食の席で隣に座ったリーゼが声をかけてきた。あまりに何度もあくびをするので、見かねたのかもしれない。

「いや、昨日なかなか寝付けなくて……。ほらベッドがふかふかだったろ。なんか、ね」

「そお？　普通だったと思うけど？」

おのれ、セレブめ。庶民感覚が通じん。同じ庶民代表の霧宮兄妹を見ると、朝から元気に朝食をかきこんでいた。くっ……こいつらグッスリと寝やがったな。さすが神経が図太い。

「………………」

「……なに？」

リーゼがじっ、と僕を見ている。ん？　寝癖《ねぐせ》でもついてるか？

「ううん。なんでも。今日は船で沖《おき》に行くんだって。楽しみだねー」

「あのでっかい船でか……」

この島に来るときに乗った大型クルーザーとやらは、ヘリポートまである冗談みたいな船だった。おっとクルーザーじゃなくて、メガヨットとかだっけ？　風花さんが説明してくれたが、よく覚えていない。

それから二日ほどレンシアの島で遊んで僕らは帰路に就いた。いろいろあったけど楽しかったな。

家に帰ると今度は父さんと一緒に伯父さんたちのいる島に帰省することになった。帰省のはずなのに、散々伯父さんや門下生の人たちにシゴかれて、まったく気が休まらなかったが。それでもちゃんと母さんの墓参りをして、無事にやっていることを報告した。

夏休みに入ってからまともに『DWO《デモンズ》』にログインしてないな……。砂浜でのアレがあったから、ちょっと足が遠のいてしまったのは否《いな》めないが。

まあ、まだ夏休みは始まったばかりだ。これから遊び倒していけばいいか。

・・・

「フン、倒されたか」

「やつらも馬鹿ではありませぬ。まあその上でいろいろとサンプルを手に入れられればよかったのですが」

「で、どう見る？」

「やはり再考の余地があると思いますな」

「然《しか》り。我らと肩《かた》を並べるには未熟すぎる。今少しの時が必要かと思われるな」

「【連合】はなんと？」

「未熟な者を導くのが我らの役目と。いつまでも揺《ゆ》りかごに揺られていては独り立ちはできぬ、とも」

「言葉だけならなんとでも言えますな。では我らが試練を与《あた》え、彼《か》の者らを試《ため》しても文句はないというわけですな」

「然り。それ次第《しだい》では上も考え直さざるをえまい。して、準備は？」

「着々と。『あちら側』ならば【連合】も文句は言えませぬ」

「あくまでも規則《ルール》に則《のっと》らねばならんぞ。『[redacted]』に敵視されてはなんにもならぬ」

「わかっております。まずは小手調べ。ちょいとつつけば馬脚《ばきゃく》を露《あらわ》しましょう」

「うむ。期待しておる」

「おまかせあれ」

・・・

DWO:03:07 INTERLUDE

【Game World】

「できました！」

レンが完成した物を高々と掲《かか》げ、悦《えつ》に入《い》る。

ここは【星降る島《ギルドホーム》】レン専用の裁縫工房《さいほうこうぼう》である。工房の中には所狭《ところせま》しとハンガーやトルソーが立ち並び、裁断された布などが無造作に大きな仕立て台の上に置かれていた。

レンのメイドでもあり、仲間でもあるウェンディがそれらをきちんと片付けていた。そのおかげで工房内は綺麗に整理《せいり》整頓《せいとん》されている。

「完成しましたか。おめでとうございます。お嬢様《じょうさま》」

「全員分は大変でしたけど、頑張《がんば》りました！」

満足そうに微笑《ほほえ》むレンの横にかけられているハンガーに並ぶのは、色とりどりの水着であった。女性用だけではなく、男性用のトランクスタイプのものもある。

『DWO《デモンズ》』において、服のサイズというものはない。装備した者に合わせてアジャストされるからだ。

もちろん、アジャスト機能を取《と》っ払《ぱら》い、ぶかぶかした服やピチピチした服を作ることも可能ではある。故《ゆえ》に、服の良《よ》し悪《あ》しはデザインと素材、そしてパラメータが全てであった。

レンはソロモンスキル【ヴァプラの加護】を持っているため、様々な付与《ふよ》が付きやすい。

これらの水着にもいくつか付与がついた物があった。

「水着がないと海で泳げませんからね」

「普通の服でも泳げないことはありませんが、泳ぎを楽しむならやはり必要でしょうね」

『DWO《デモンズ》』内においての最低装備は下着である。これらは他《ほか》の装備と同じく着替えることが可能だが、脱ぐことはできない。つまり全裸《ぜんら》にはなれないということだ。

そして下着のみの姿では屋外に出ることはできない。公序良俗《こうじょりょうぞく》に反するからである。保護者ありなら子供でも遊べる『DWO《デモンズ》』なので、そこら辺は割と厳しい。

ちなみにこのシステムを逆手にとり、下着に全裸のテクスチャを貼《は》って、屋内でストリップ小屋のようなものを営んでいたプレイヤーは即《そく》アカウントを削除《さくじょ》された。

これが普通の水着であれば、ファッションショー扱《あつか》いでギリギリセーフだったのかもしれないが。

「せっかく孤島《ことう》にいるんですから、やっぱり泳ぎたいですもん。別荘《べっそう》に行ったときみたいにみんなで遊びたいですし」

「それにしてもお嬢様。数がだいぶ多いような気がするのですが……」

ウェンディがレンの横に並ぶ水着に視線を向ける。どう考えても【月見兎《つきみうさぎ》】のギルドメンバーの数より多い水着がハンガーにかけられていた。

「そっちのは【スターライト】の皆《みな》さんやトーラスさんやピスケさんたちのぶんです。遅《おそ》くなりましたけど、リンカさんの【月見兎】加入パーティーを浜辺《はまべ》でやったらどうかと思って」

「なるほど。浜辺でならば、またバーベキューをしましょうか。そちらの方はお任せ下さい」

バーベキューセットなら【鍛冶《かじ》】スキル持ちのプレイヤーが作っていたりする。手に入れるのは難しくはない。

シークレットエリアであるここ、【星降る島】には食材は山ほどある。裏手の山には山菜や茸《きのこ》、山鳥や猪《いのしし》などの野生動物がおり、海は魚介類《ぎょかいるい》の宝庫であった。

野菜や果物が少ないのが難点であったが、ウェンディはギルドホームの裏庭ですでに家庭菜園を始めていた。

農業系のスキルは【農耕】【園芸】【栽培《さいばい》】と多岐《たき》にわたるが、なければ作物を育てられないというわけではない。

効率をよくし、手間暇《てまひま》をかけずに楽にできるようになるのがスキルであり、逆に言えば現実と同じ手間暇をかければ、きちんと育てることができるのだ。

『DWO《デモンズ》』ではこういった農作物の成長は季節問わずでしかも速い。すでにギルドホーム裏の畑には、タマネギやピーマン、ナスにカボチャなど、バーベキューに欠かせない野菜たちが実っていた。

「じゃあみんなに一斉《いっせい》メールで送りましょう。明後日の日曜日でいいですよね？」

「よろしいのではないかと」

「それじゃ送信、と」

こうして【月見兎】主催《しゅさい》のバーベキューパーティーの招待状が送られた。

◇　◇　◇

「ひゃっほーっ！」

トーラスさんが切り立った天然の飛び込み台から海へと飛び込む。テンション高いなぁ。

向こうではアレンさんとガルガドさんが泳ぎを競《きそ》っている。僕《ぼく》も泳ぎには自信があるが、【水泳】スキルがなくてもあの速さ……体育会系なのかね？

セイルロットさんはビッグフロートに寝そべり、波間にぷかぷかと漂《ただよ》って本を読んでいる。男性陣《だんせいじん》はほとんど海で遊んでいた。

「美味《おい》しいっ！　なにこれ！　なんの肉？」

「島にいるブルドボアの肉です。ＳＴＲ《きんりょく》が短時間ですが25％上昇《じょうしょう》します」

「そんなに上がるの⁉　食べるのもったいないわね……」

砂浜ではウェンディさんの焼く串肉《くしにく》に、ベルクレアさんとジェシカさんが舌鼓《したつづみ》を打っている。

三人ともレンの作った水着姿だ。ウェンディさんは黒のハイネック、ベルクレアさんはストライプのビスチェビキニ、ジェシカさんはパープルのビキニにパレオを選んだようだった。

「すっごい！　ピスケ兄ちゃん、こっちにも塔《とう》を作って！」

「あ、は、はい」

「ここは城門にしましょう。こっちから中へ入れるようにして……」

向こうの砂浜ではピスケさんが砂でできた大きな城を作っていた。ものすごくクオリティが高い。なにかのスキルを使っているのだろうか。

ミウラとシズカが設計して指示しているらしい。人見知りのピスケさんだが、何回か会っているってのと、子供相手だからかそれほど緊張《きんちょう》はしていないようだ。

ミウラはシャーベットブルーのワンピース、シズカはミントグリーンのホルターネックワンピースと、プライベートビーチの時とお互《たが》い逆の水着だった。お互い相手のを気に入ったのかな？

「右！　もうちょっと右です！」

「あー！　行き過ぎ！　少し戻って！　そこ！」

「えいっ」

ぱぐしゃっ、という音を立てて目《め》隠《かく》しをしたリンカさんの前にあるスイカが砕《くだ》けた。

ピスケさんの砂の城を背景に、リゼルとメイリンさん、そしてリンカさんがスイカ割りをしていた。

どうでもいいけど、スイカ割ったリンカさんの持っているそれって『魔王の鉄鎚《ルシファーズハンマー》』だよね？　いいのか、そんな使い方して。

「みんな楽しんでいるみたいでよかったです」

「そうだね。にしても、全員分の水着を作るなんて大変だったんじゃないか？」

僕の横にいるレンが満足そうに微笑んでいるが、【ヴァプラの加護】があるとはいえ、デザインの違う十人以上の水着を作るのはかなり面倒だったと思う。

「ブランドの水着を真似《まね》したりで、一からデザインしたわけではありませんし、素材を集めるのと縫製《ほうせい》時間がかかったくらいですから、それほどでもなかったですよ？」

なんでもないようなことを言うが、普通、それが面倒くさいと思うんだけど。この前みんなで行った海がよほど楽しかったのだろうか。

僕としては変なのに襲《おそ》われたりして、大変だったのだが。楽しくなかったわけじゃないけどさ。

しかも……この水着は『アウタースキン』が付与してある。

課金アイテムであるこれが付与された装備を身につけると、今までの装備の性能はそのままに外見だけを好みの姿に変えられるのだ。

つまり水着姿でもフル装備の性能になる。ネタ装備やおしゃれ装備にこだわる人がよく課金するアイテムだな。

水着なので『アウタースキン』は一個で済むだろうが、それでも十個以上の課金アイテムだ。そこそこの金額になってるんじゃなかろうか。

あれいくらだったっけ。確か一つ二百円くらい？

「いえ、課金アイテムはゲームを始めるときにお父様がいろいろくれたので……」

そう言って苦笑いをするレン。あー、そういや、レンのお父さんは『DWO《デモンズ》』を作った会社の社長さんだったな……。それぐらいなんでもないか。

そんなことを考えていた僕の上にどさっと砂が置かれる。その砂をレンがパンパンと叩《たた》いて固めていた。あの、ちょっと乗せすぎだと思うのですが。

首だけを砂山から出した状態の僕が、レンに視線でもういいんじゃない？　と訴《うった》えかけるが、どうも気付いていないようだ。

意外と砂って重いな……。本気で動かんぞ。僕の場合、STR《きんりょく》がかなり低いからなのかもしれないけど。

ちょっと一人では脱出《だっしゅつ》するのは無理そうだ。そろそろ出してもらおうと思ったところで、僕の上に、ぬっ、と影《かげ》が差した。

ボーイレッグの水着を着たメイリンさんが、目隠しをしたまま、手に『ひのきの棒』を持ち、振《ふ》りかぶってらっしゃる。ぬおお、脱出できん！

「待った――――ッ!?　スイカはあっち！　振り下ろすにゃ――――ッ！」

「あれ？」

目隠しをずらしたメイリンさんが僕を不思議そうに見下ろす。【PvP】じゃないのだからダメージが入ることはないのだけれども、さすがに焦《あせ》る。

「リゼルだろ！　悪ふざけしたの！」

「いやー、冗談だったんだけど、メイリンさん、勘《かん》が良くて……」

それを勘がいいとは言わないと思う。

まあ、みんな楽しんでいるようでなによりだが。本当ならプライベートビーチの時のように、ハルやソウも呼びたかったところだけれど、トーラスさんやピスケさんがいるしな。なんで【傲慢《ごうまん》】のプレイヤーが？　ってなるのはやばい。【セーレの翼《つばさ》】がこれ以上バレるのは避けたいところだ。

というか、いいかげん砂山から出してもらおう。やれやれ酷《ひど》い目にあった……。

メイリンさんとレンの手で砂の墓場から脱出した僕は、ウェンディさんたちがいるバーベキューの方へと歩いていった。

「僕にも貰《もら》えます？」

「どうぞ。こちらの肉がちょうどいい感じに焼けてますよ」

ウェンディさんの焼いていた肉をタレの入った小皿に取り、そのままぱくりと食べる。

美味《う》い。相変わらず、ここの島にいる食材……いや、動物たちは他のエリアにいる動物たちに比べて段違《だんちが》いに美味いと思う。

どれ、もうひとつ……。

「おいしそうです……」

「おいしそうなの……」

「んぐっ⁉　ノドカにマドカ⁉」

いつの間にか僕の横に狐耳《きつねみみ》の双子《ふたご》が来ていた。この【星降る島】は元々彼女《かのじょ》らの主《あるじ》であるミヤビさんからもらったものだから、ここに来れるのは不思議ではないのだけれど。

「おいしそうな匂《にお》いがしたから来たです！」

「来たの！」

どうやらバーベキューに釣《つ》られてきたらしい。匂いがしたって【天社《あまつやしろ》】まで届くとは思えないんだが……。

ＮＰＣだし、そういうこともあるのかな？　と思い直し、気にしないことにした。

タレ入りの小皿を二つ渡し、ノドカとマドカにも焼けた肉と野菜を取り分けてやった。

「おいしーです！」

「おいしーの！」

もぎゅもぎゅと幸せそうに肉を頬張《ほおば》る子狐《こぎつね》二人。すごく美味そうに食べるなあ。

「ひょっとしてミヤビさんも来てるのか？」

「来てないです。今日はれんごーとどうめーの人たちと話し合いがあるって言ってたです」

「言ってたの」

れんごーとどうめー？　【連合】と【同盟】、か？　そういえば前もそんな言葉を聞いたような。ＮＰＣのギルドとか互助会《ごじょかい》だろうか。

「あ、ミヤビ様からおみやげがあったです」

「あったの」

ノドカが袖《そで》の中から、にゅっと大きな瓶《びん》を取り出した。中に青くて丸いものがたくさん入っている。飴玉《あめだま》？

手渡《てわた》された飴玉の詰まった瓶をなにげなく【鑑定《かんてい》】してみる。

【酸素飴】　Xランク

■舐《な》めている間は水中でも活動できる飴。
□消費アイテム／素材
　消費期限あり（一日）
品質：S（標準品質《スタンダード》）

え？　酸素飴？　水中でも活動できるって……これ、なにげにすごいんじゃないの⁉

『DWO《デモンズ》』では水の中に潜《もぐ》っても、それほど息苦しくはならないが、HPとスタミナがどんどんと減っていく。水から頭を上げないと二分程度で（HPの大小関係なく）溺《おぼ》れて死に戻《もど》るわけだが、それを無効にできる飴玉というわけか。

そんな飴玉初めて聞くぞ。【潜水《せんすい》】とかいう、潜っていられる時間がある程度伸《の》びるスキルなら噂《うわさ》で聞いたことはあるが。これって超《ちょう》レアなんじゃなかろうか。

でも消費期限あり？　これって舐めていればなくなるまで効果があるが、使わなくても一日で効果がなくなるのか。これは転売できないな。

はて……だとすると、これはミヤビさんが作ったのだろうか。ううむ、わからん。

でもなんだってミヤビさんはこんなものを……？

「おい！　すげぇもん見つけたぞ！　この先の沖にでっかい沈没船《ちんぼつせん》がある！　中になんかありそうだ！」

「なんですって⁉」

突然、海から興奮冷めやらぬ感じでガルガドさんが上がってきた。沈没船⁉

ジェシカさんたちも驚《おどろ》いてガルガドさんのところへ向かっていく。僕は手の中にある酸素飴を茫然《ぼうぜん》と見つめてしまった。

え、まさかこれ……そういうこと？

瓶の中の飴がカランと小さく音を立てた。

◇　◇　◇

「なんでこのタイミングでこんなアイテムが手に入るんです？」

「いや、そんなこと言われても……」

セイルロットさんからのなんとも言えない視線を受ける。これぱっかりは僕のせいじゃないしなあ。

元々ここはミヤビさんの持ち物だし、沈没船のことを初めから知っていたんじゃないかな。んで、ノドカとマドカをよこすついでにこの飴を持たせたんじゃないかと。

「こんな飴見たことないで……。間違《まちが》いなくレアアイテムや……」

「相変わらずの『調達屋』ね……」

トーラスさんとジェシカさんからも呆《あき》れたような視線を受ける。だから僕のせいじゃないってば。

「それを舐めれば水の中でも平気なんでしょ!?　あたし沈没船が見たい！」

「あたしも！　行こう！　すぐ行こう！」

沈没船が見つかったと聞いて、テンション爆上がりなのがミウラとメイリンさんだ。この二人、性格が似てるよな……。

飴は結構あるから全員潜れるだろうけど、大丈夫《だいじょうぶ》かな？　沈没船を発見したアレンさんに聞いてみる。

「沈没船ってどれくらいの船なんですか？」

「だいたい大きさはここのギルドホームの二倍くらいかな。この沖の水深五十メートルくらい下に沈《しず》んでる。マストは全部折れているけど、多分ガレオン船じゃないかと思う」

水深五十メートルか。けっこう浅いところに沈んでるんだな……。いや、これはゲームの中だし、沈んだというよりは初めから沈没船として置かれてたんじゃないのか？　さながらオブジェのように。

ひょっとしてそれさえミヤビさんが用意したものではないかとさえ思ってしまう。こんな飴をよこすくらいだし。

「【スターライト】としてはこの沈没船の探査を提案するが、【月見兎】としてはどうかな？」

「あ、えっと、【月見兎】も賛成です。ギルドホームの近くになにがあるのかは調べておかないと」

「おっと、お宝が見つかったら高価買取りするさかいに、わいにも一枚噛《か》ませたってや」

アレンさんとレンの会話にトーラスさんが割り込む。お宝ねえ。定番といえば定番だけど、あるのかな？

「とりあえず潜ってみようよ！　シロ兄ちゃん、飴ちょうだい！」

「あ、シロちゃん、あたしにも！」

せっつくミウラとメイリンさんに酸素飴を手渡す。二人はポイとそれを口に放《ほう》り込むと、ざぶざぶと海の中へと入っていった。どぷん、と二人の頭が海中へと沈んだが、すぐに浮《ふ》上《じょう》する。

「すごい！　本当に苦しくないしＨＰが減らない！」

「みんなも早く来なよー！　面白《おもしろ》いよ！」

「大丈夫みたいですね。じゃあ、予備を入れて一人二つずつってことで」

二人の無事が確かめられたので、酸素飴をみんなにも配る。飴はかなりの量があるので二個ずつ配っても大丈夫だ。

僕も口に飴玉を放り込み、エメラルドグリーンの海の中へと身を沈ませる。

普通《ふつう》ならＨＰがとてつもない速さで減っていくはずが、全く減らない。いつもなら潜ると感じる息苦しさも感じない。確かにこの飴はそれらを無効にする効果があるようだった。

『おい、水中で会話ができるぞ……。どうなってんだ、この飴は……』

『ガルガド、そこらへんは突っ込んだら負けやで。シロちゃんの持ってきたもんに常識は通用せん』

背後でガルガドさんとトーラスさんがなにか失礼なことをのたまっているが、無視だ。僕のせいじゃないいやい。

『ほならお宝目指してレッツゴーや！』

『お宝があるとは限らないんじゃ……』

そう僕が言うとチッチッチ、とトーラスさんが水中で器用に舌を鳴らして指を振ってきた。なんかイラつくポーズだな。

『沈没船ときたらお宝やろ。これは漫画《まんが》やアニメ、ゲームの鉄板や。プレイヤーを楽しませてナンボのゲームでその鉄板を外すなんてありえへん』

いや、僕もそうは思うけど、仕掛《しか》けてるのがどうもミヤビさんっぽいからさ。なんか斜《なな》め上《うえ》にいきそうであまり期待できないんだよね……。

『というか、あの、ここから歩いていくんでしょうか？　船で沈没船が沈んでいるところまでいって、そこから潜ればいいのでは？』

『あ』

シズカの言葉にみんな一斉にUターンして浜辺へと戻った。沈没船が沈んでいるところまでは結構な距離《きより》がある。船で行った方が楽だし、飴玉も無駄《むだ》にならない。

飴玉は口から出せばそれ以上減らないみたいだ。さっそくピスケさんが作ってくれた大型ボート三艘《そう》に分かれて乗り込み、僕らは沈没船を目指す。ちゃっかりとノドカとマドカも乗り込んでいたが。君らも行くの？

ノドカとマドカもいつの間にかレンの作った水着を着ていた。いや、それスクール水着じゃ……。

向こうの二つのボートには【スターライト】の六人と、僕を除いた【月見兎】の六人、そしてこのボートには僕とノドカとマドカ、トーラスさんとピスケさんが乗っている。操船はトーラスさんだ。

このボートは【操船】スキルで動かす船ではなく、普通のボートである。つまり動力は手漕《てこ》ぎなわけで。

「なんでわい一人だけが漕がなあかんねん……」

「恨《うら》むならチョキを出した自分を恨んで下さい」

ノドカとマドカに漕がせるわけにもいかないので、僕とピスケさん、トーラスさんでの真剣《しんけん》勝負の結果だ。今さら文句は受け付けないよ。

「ここだ。この下に船が沈んでる」

ガルガドさんが示す場所。透明度《とうめいど》が高いため、そこに船らしきものがあるのが見える。普通ならとっくに発見されているものだよな、これ。

さっそくみんなは口に酸素飴を含《ふく》み、ボートをインベントリにしまって海中へとダイブした。

肺の空気で浮《う》くなんてことはなく、僕らはゆっくりと下降していく。

周りを見回すと海に差し込む光にキラキラと輝《かがや》く色とりどりの魚たちが回遊している。綺麗《きれい》だな。思わずSS《スクショ》を撮《と》りたくなる。

僕たちは沈没船の真正面にある砂場に降り立った。そこら中にカラフルな珊瑚《さんご》があるが、これって売ったらお金になるのかもしれないな……。いやいや、景観破壊《はかい》はやめておこう。

この島はミヤビさんのものだし、怒《おこ》らせて出禁になるのも困るしな。

酸素飴をくれた以上、この沈没船は好きにしていいってことなんだと思うけど……。

『よし、じゃあ行こうか』

『待って下さい。あれは……！』

沈没船へ進もうとしたアレンさんをウェンディさんが制止する。

沈没船の船首の陰《かげ》からのそりと出てきたものは巨大《きょだい》なイカのようなモンスターだった。

『あれは……テンタクラーか？　第三エリアの沖合《おきあい》にも出るモンスターだけど、色がちょっと違《ちが》う気がするな。亜種《あしゅ》だろうか』

テンタクラー？　イカのモンスターか。ふと横を見ると、年少組を除くリゼルら女性陣《じょせいじん》が、うへぇ……といった渋《しぶ》い顔をしていた。……どったの？

『なんだろう……。あれと戦うと捕《つか》まって恥《は》ずかしい目に遭《あ》わされそうな予感がビンビンするんだけど……』

『奇遇《きぐう》ね、メイリン。私もそんな気がしてるわ……』

『「DWO《デモンズ》」では水着を脱《ぬ》がされるようなことはできませんが……』

え？　あのイカそんな攻撃《こうげき》してくるの⁉

『まあそれも「鉄板」っちゅうやつやな！』

嬉《うれ》しそうなトーラスさんに女性陣から冷たい視線が向けられる。無神経な発言をした男が女性陣にボコボコにされるのもある意味『お約束』だと思うぞ。

『あ、あっちにもなにかいる！』

ミウラの言葉にみんなの視線がテンタクラーとは反対側、船尾《せんび》の方に向けられる。そこから顔を覗《のぞ》かせたのは、四本の鋏《はさみ》を持つ巨大な蟹《かに》であった。

むむっ、とセイルロットさんが眼鏡を指で押《お》し上《あ》げる。

『あれは……テトラクラブ？　こっちも色が違いますね。やはり亜種なのでしょうか』

テトラクラブ？　こっちは蟹のモンスターか。イカとカニ。これはいかにするべきか？

なんてな。

ジェシカさんがインベントリから杖《つえ》を取り出す。

『よし！　男どもはイカを！　私たちは蟹をやるわよ！』

『賛成！』

『ちょっ、こっちは六人しかおらんのやで⁉』

ノドカとマドカも入れると十七人中、男は僕とアレンさん、ガルガドさんにセイルロットさん、トーラスさんにピスケさんの六人しかいない。

どっちかというと、僕も戦いにくそうなテンタクラーよりテトラクラブの方がいいんだが。

『仕方ない。僕らはこっちを叩こう』

アレンさんが剣《けん》と大盾を取り出した。僕も両手に双焔剣『白焔』と『黒焔』を呼び出す。

水中だから追加効果の【燃焼《ねんしょう》】は発動しないだろうなあ。

◇　◇　◇

『もうお婿《むこ》に行かれへん……』

わざとらしくさめざめと泣《な》き真似をするトーラスさん。いやー、まさかテンタクラーに捕まり、逆さ吊《づ》りになったり大股《おおまた》開きをさせられるとは思わなかったよね。やられたのはトーラスさんだけだが。

『天罰《てんばつ》ね』

『日頃《ひごろ》の行いが悪いから』

ジェシカさんとベルクレアさんがジト目でトーラスさんを見遣《みや》る。

『そっちの方が早く片付いたんやから、加勢に来てくれてもええやろ！』

『絶対ヤダ』

メイリンさんが断言する。トーラスさんは捕まってたし、結果、テンタクラーを残り五人で倒《たお》すのけっこうしんどかったんですけども。女性陣は遠巻きに見ているだけで加勢してくれなかった。いや、レンとかミウラは参加しようとしていたみたいだけど、シズカとウェンディさんに止められていたな。

まあ、女性陣があんな目にあったらトラウマものだったかもしれないから、その判断は正しかったと言わざるを得ないが。

ちなみにテンタクラーのドロップは『吸盤《きゅうばん》』と『墨汁《ぼくじゅう》』だった。墨汁って……そのものかよ。

『これで沈没船に入れますね』

『そうだね。船倉に穴が空いてるからそこから入ってみようか』

まだ言い争ってるトーラスさんらを置いて僕はレンと連れ立ち、壊《こわ》れた穴から船倉へと入る。さすがに太陽が入らないから暗いな。僕は【暗視】スキルがあるからけっこう見えるけど、それでも暗いことに変わりはない。

インベントリからランタン（広範囲《こうはんい》）を出して明かりをつける。見渡《みわた》せるようになった船倉の奥《おく》には木製の扉《とびら》があって、頑丈《がんじょう》そうな南京錠の鍵《かぎ》が付いていた。

いかにもお宝が眠《ねむ》っていそうな扉ではある。

『リンカさん、これ壊せます？』

『ん。どいて』

リンカさんは『魔王の鉄鎚《ルシファーズハンマー》』を巨大化《きょだいか》させ、そのまま振りかぶると木製の扉を勢いよくぶち破った。

いやそっちじゃなく、鍵を壊せるかって聞いたんだが……。まあ、結果オーライだけどさ……。

船倉の奥は小部屋になっていて、わかりやすい金銀財宝のようなお宝らしきものはなかった。

が、部屋の奥の方に樽《たる》と木箱が山積みになっている。これが積荷なんだろうか。するとこれがお宝？

『【鑑定】では「酒樽《さかだる》」ってなってる。そっちの方は「木箱」で中身はわからない』

リンカさんが【鑑定】結果を教えてくれた。酒樽か。『DWO《デモンズ》』では……というか『DWO《デモンズ》』でも未成年は酒を飲めないからあまり僕らには関係ないかな。

木箱の方の中身はなんだろうと短剣《たんけん》で一つをこじ開けてみたら中にあったのは酒瓶《さかびん》だった。こっちも酒かい。つまんないな。

僕が取り出した酒瓶をみんなに見せると、大人陣《じん》の目がガラリと変わった。

『ちょっ、それロマネコンティじゃない!?　ウソでしょう!?　こんなに……！　ちゃんと味も再現されているのかしら!?』

『オークションにかけたらいったい幾《いく》らの値がつくことか……！　これはお宝ですよ！』

『バカセイル！　売るなんてもったいないことしないわよ！　私たちで楽しまなきゃ！』

なぜか大人たちは大盛り上がりだ。ウェンディさんとリンカさんを除けば、皆未成年の【月見兎】としてはあまり面白くはない。

飲むか売るかの選択《せんたく》もないからなあ。高いお酒らしいから自分の分は売るか。

『ロマネなんとかってどこかで聞いたことがある気がします……』

『お嬢様。旦那《だんな》様《さま》がいつも飲んでいるあのお酒でございます』

『あー……』

てな会話が聞こえてきたが、あまり深く考えるのはよそう。

『トーラスさんとピスケさんは売るんですか？』

『いやー、店に置いたらとんでもないことになるやろうしな。せっかくやしわいも自分で楽しむことにするわ』

『ぼ、僕も……。売ったりしたら目立ちますし……』

うーむ、僕はどうしようかね。なかなかいいお酒らしいし、二十歳《はたち》になるまで『DWO《デモンズ》』が続いていたらその時に飲むのもいいかもしれないな。成人式のお祝いってことで。

『……ちなみにあれってリアルだと、どれくらいするんですか？』

こそっとウェンディさんに聞いてみる。けっこう高いってのは雰囲気《ふんいき》からわかるけど。十万円くらい？

『私もあまり詳《くわ》しくはありませんが、まともな店で買えば一本百万円は下らないでしょうね。当たり年で数が少ないと一千万はいくかと思います。最高額は一本六千万以上だったかと』

『ろっ……!?』

桁《けた》が違った。そんなにすんの!?　売るのやめた！　普通にしてたらリアルで絶対飲めないお酒だ。二十歳になったら開けよう！

『『あ』』

『どうした？』

突然《とつぜん》ノドカとマドカが小さく声を上げた。なんかあったのか？

『ミヤビ様からシロお兄ちゃんに伝言が飛んできたです。土産《みやげ》楽しみにしておるぞ、だそうです』

『だそうなの』

っ、やられた……！　自分が飲みたいがために回収役に使われたわけか、僕は……！

がっくりと肩《かた》を落とす。

一本で済むかなあ……済まないような気がする……。

結構量があるっぽいし、十五人……いやノドカとマドカも入れたら十七人？　で分ければ、何本かは手元に残ると思うけれども……。

お宝をインベントリに入れて地上に戻り、酒樽の方を開けてみると、こちらは日本酒のようだった。

「純米大吟醸《だいぎんじょう》か……。銘柄《めいがら》はないが、これもいい酒だな。よーし、そんじゃ飲むか！」

ガルガドさんの音頭《おんど》により、大人たちが酒盛りを始めた。『DWO《デモンズ》』ではお酒を飲んでも酔《よ》うことはないが、どうやらみんな【ほろ酔い】スキルを持っているようで、酔うことができるらしい。

ウェンディさんだけはお嬢様《じょうさま》の前なので、と断っていたが。

「せっかくお宝があると思ったのになー」

「お酒では仕方ありませんわね」

「うん。私たちは食べることにしようよ」

年少組はウェンディさんの焼くバーベキューに専念することにしたようだ。リゼルにノドカとマドカもそっちに参加している。

「すみません、シロ様。食材が足りなくなりそうなので調達して来てもらえますか？」

「あっ、シロちゃん！　わいらのつまみもついでに頼《たの》むわ〜」

ウェンディさんの頼みに乗じて酔っ払《ぱら》いどもからも声が飛んできた。自分らで獲《と》りに行けよ！

酔っ払った状態で溺れ、死に戻っても面倒《めんどう》だから行くけどさ！

リンカさんから渡《わた》された銛《もり》を持って、酸素飴を口に含みながら、ザブザブと僕は海の中へと入っていった。

まったく今日はいいように使われているな……。

早く僕もお酒を飲めるようになりたいねえ。

DWO:03:08　羅針盤を探せ！

【Game World】

「ほほう、草原の町に竜が出たかえ」

「ええ。なんとかみんなで撃退《げきたい》しましたけど」

僕は今、【天社《あまつやしろ》】のミヤビさんのところへ来ている。再び個人クエスト【ミヤビの話し相手になろう】がクエストウィンドウに表示されたからだ。どうやら一定期間で現れるクエストらしい。なんとなく呼び出されている気がしないでもない。

★クエストが終了《しゅうりょう》しました。

■個人クエスト
【ミヤビの話し相手になろう】
□達成
□報酬《ほうしゅう》　?・?・?の卵

報酬の『?・?・?の卵』ってなんだろう……?　あとで調べてみよう。

僕《ぼく》の横ではお土産として持ってきたラズベリーのケーキをノドカとマドカがはぐはぐと食べていた。喫茶店《きっさてん》『ミーティア』のマスターに作ってもらった特別製だ。僕も店で食べたけど美味かった。

ミヤビさんの方は僕の渡したロマネコンティをグラスでちびりちびりと飲みながら、こちらも上機嫌《じょうきげん》である。

「ふむ。ここらからいろいろと試練が起きそうじゃの」

「試練?」

「ああ。お主達には『いべんと』と言った方がいいかの。この世界にはそういったことを管理する者が数人おる。楽しませることを目的としている者や、逆に痛めつけることを目的としている者など、それぞれ考え方が違うやつらがの」

運営している社員や開発者のことだろうか。しかし楽しませるのはまだしも、痛めつけるのをメインとしてるってのはどうなんだろう？　ハードモードのクエスト担当ってことだろうか。

「まあ、深く考えんでもよい。お主らの敵もいれば味方もいるということじゃ。それよりもシロ、ちょっと顔をこっちへ寄越しや」

「え？　なんです？」

顔を寄せると以前のように額にさらさらとなにやら指で書かれた。あれ、これって、

「熱《あ》っつ⁉」

「かかか。終わりじゃ」

熱いなあ、もう！　またかよ⁉

「護《まも》りの印が薄《うす》れておったでな。強化しておいた。なにか精神に攻撃でも受けたかの？」

精神に攻撃？　そんなモンスターいたっけか。つうか、護りの印ってなんだよ。相変わらずこの人の行動はよくわからん。

「おいしかったです！」

「おいしかったの！」

口の周りをラズベリーだらけにして、ノドカとマドカが笑う。これだけ喜んでもらえるとこっちも嬉しいな。思わず買い置いていた自分用のモンブランをインベントリから取り出し、二人にさらにあげてしまった。

目を輝かせて二人ともモンブランにパクつき始める。どうだ、美味かろう。

もちろんミヤビさんの分も出しておく。食べ物の恨みは怖《こわ》いからな。

「これもなかなか美味じゃな。うむ……なにか礼の一つでもしようかの。物はやれんが、なにか知りたいことはないか？　規則《ルール》に抵触《ていしょく》しない範囲《はんい》なら教えてもよいぞ？」

あれ？　ひょっとしてミヤビさんって助言をくれるタイプのＮＰＣなのかな？　スイーツひとつでひと情報。ゲームに行《い》き詰《づ》まったときの占《うらな》いババ、みたいな。

「ババァ扱《あつか》いするでない」

「ちょっと待って！　なんで考えてることがわかるの⁉」

「お主の考えなど丸わかりじゃ」

あかん、そういやこの人【セーレの翼】とかも見破った人だった。【読心】とかのスキル持ちなのかもしれない。や、そんなスキルあるかどうか知らんけど。

「で、聞きたいことはないのか？」

「聞きたいこと……ねえ……」

ミヤビさんは何者なのかとか、天社《ここ》はいったいどういったところなのかとか、【星降る島】のこととか、聞きたいことはそれなりにあるけれど、たぶんミヤビさんは答えてくれない気がする。

この場合の聞ける話はおそらくゲーム関係のこと。攻略《こうりゃく》に必要な情報とか、そんなんじゃないかな。

だとすると聞いておくべきは……。

「【怠惰《たいだ》】第三エリアのボスってどこにいるんですかね……？」

「かかか。ストレートにきたの。さすがにそれは規則《ルール》に抵触するから答えられんが、少しだけヒントをやろう。見つからん理由はそれを探す物がないからじゃ」

探す物がない……？　どういうことだ？　特殊《とくしゅ》な船でも手に入れろってことなのか？

「第二エリアの時はどうやって敵を見つけたのじゃ？」

「第二エリア？　えっと、七色の月光石を集めてブレイドウルフを……ああっ⁉」

立ち上がった僕を見て、ミヤビさんがニンマリと笑う。

そうか、そういうことか！　第二エリアで言うところの月光石がないから探せないんだ！

「正解じゃ。ついでに教えておくとそれは『銀の羅針盤』という。まずはそれを探すことじゃな」

「えっと……それはどこに……？」

「たわけ。さすがにそれは自分で探すべきじゃろ。甘《あま》えるでない」

ですよねー。

むう。単に第三エリアのボスを探すことが、羅針盤を探すことに変わっただけな気もする……。

「くりなしでふ！」

「くりなしなお！」

「え？」

「これ、甘やかすなというに」

ノドカとマドカが何かを言おうとしてミヤビさんに窘《たしな》められる。栗無《くりな》し？　栗梨《くりなし》？　よく聞こえなかった。二人とも食べ終わってから発音しようぜ……。

そのモンブランに栗は入っているはずだが。天辺《てっぺん》にも大きな栗が乗っていたはずだし。

ううむ……。とにかく『銀の羅針盤』とやらを探すことか。帰ったらみんなに聞いてみよう。

ミヤビさんにお暇《いとま》を告げて、ポータルエリアまでの竹林の中を歩いていると、後ろから、とててて、と、ノドカとマドカが走ってきた。

「お兄ちゃん待ってでです！」

「お兄ちゃん待ってなの！」

息を切らしながら駆《か》けてきたノドカとマドカは僕に屈《かが》むようにと手を下に振《ふ》った。よくわからないながらも指示に従うと、耳元で二人がこそっと口を開く。

「首無しです」

「首無しなの」

「首無し？」

栗無しじゃなかったのか。しかし首無しとはいったいなんだ？

「羅針盤を持ってるです。大きな鎧《よろい》です」

「さまよってるの。夜しか出ないの」

大きな鎧……首無し……！　そんなモンスターを本かなんかで読んだことがあるぞ。確か……デュラハンとか。

わざわざ追いかけてきてまでヒントをくれた二人に、ウェンディさんと僕で作った『琥《こ》琥珀糖《はくとう》』をそれぞれひと瓶《びん》ずつあげた。二人がニッコニコの笑顔《えがお》でそれを受け取り、キラキラした和菓子《わがし》に目を輝かせている。なんか買収してるような気になるな。

おそらくミヤビさんもこの程度のことはお見通しなんだろうけど。

二人はブンブンと手と尻尾《しっぽ》を振りながら帰っていく。それを見ながら僕は、ここに来る時はスイーツをインベントリに常備してから来ようと心に決めた。


【星降る島】へ帰ってくると、砂浜《すなはま》でガルガドさんとミウラ、ウェンディさんとアレンさんが【PvP】をしていた。

あれからギルド【スターライト】の人たちはちょくちょくここへ遊びに来るようになってしまった。居心地《いごこち》がいいらしい。まあ、別にいいんだけどね。ときたまトーラスさんとかも来るし。

「あら、いまお帰り？」

「あ、ベルクレアさん」

振り向《む》くと、【スターライト】の弓使い、ベルクレアさんが白い革鎧《かわよろい》を着た姿で立っていた。背中には弓と矢筒、手には雉《きじ》のような鳥を持っている。

「あ、この鳥？　ウェンディさんに調理してもらおうと思って。インベントリに入れておけばいつでも食べられるからね」

【星降る島】で採れる食材は高いパラメータ上昇《じょうしょう》料理の素材になるのだ。誰《だれ》かに売ったり渡さないことを条件に、【スターライト】の人たちにも食材の開放をしている。売っても別に構わないんだけど、出どころを探《さぐ》られるのだけは勘弁《かんべん》だからさ。

「で、シロ君はどこ行ってたの？　またなにか『調達』してきた？」

おそらく【セーレの翼《つばさ》】でどこかへ行っていたと考えたんだろう。ベルクレアさんは何かを期待するような目をしてきた。

「ええ、まあ。とびきりの情報を『調達』してきましたよ」

「おおー。大きく出たわね。ズバリ、その情報とは？」

「第三エリアのボスへと至るキーアイテムの情報です」

「うえっ⁉」

ベルクレアさんが驚いた声を出し、雉が手から落ちる。砂浜にいたみんなも動くのをやめてこちらに注目していた。

「ま、話は家に入ってからってことで。行きましょう」

「え⁉　ちょっ、本当に見つけたの⁉」

慌《あわ》てて雉を拾い、追いかけて来るベルクレアさんとともに僕はギルドホームへと入った。

もうついでだし、【スターライト】の人たちにも集まってもらう。デュラハンの手掛《てが》かりを知っているかもしれないしな。

レンは工房《こうぼう》でウサギマフラーを量産していた。僕のは白く長いマフラーの端《はし》にウサギのシルエットが入っているだけだが、他《ほか》のみんな用にレンが作っているのは本当にウサギの頭と手足がついた形のマフラーである。

素材から厳選し、【ヴァプラの加護】をフル活用した完全オーダーメイドだ。ギルド名が【月見兎】なんだから、パッと見てメンバーだとわかるようにしないと！　だそうだ。

ともかく一旦《いったん》その作業をやめてもらい、バルコニーへとみんなを集めた。【月見兎】と【スターライト】、全員いるので総勢十三名。

そのみんなへ向けて、手に入れた情報を公開する。もちろん、ミヤビさんたちのことは明かせないが。

「その情報の信憑性《しんぴょうせい》は？」

「プレイヤーからの情報ではなく、ＮＰＣからなので高いんじゃないかと」

アレンさんの疑問に僕はそう答える。ＮＰＣだって嘘《うそ》をつくこともあれば、偽情報《にせじょうほう》だっである。でもこの場合、当てはまらないと思うんだけどね。それにミヤビさんたちって、なんか普通のＮＰＣとどこか違うような気もするんだよなあ。

「……情報が本当だとすると、ちょっと納得《なっとく》できることがあります」

「どういうことだ、セイルロット？」

「ほら例の【エルドラド】の船団ですよ。二十隻《せき》以上の船で第三エリアの近海を探していて、いつの間にかてんで違う方向にバラバラに進んでしまったっていう話。あれって、その『銀の羅針盤』がないからじゃないですかね？」

二十隻も船を持っているのか。さすがは【怠惰】最大ギルドなだけはある。

なにか船の進行を妨《さまた》げるものがあって、『銀の羅針盤』があればそれを回避《かいひ》できるってことなのかな。

「となると、その羅針盤を持っているというデュラハンですが。どこにいるのでしょう？」

シズカが首を傾《かし》げる。

「デュラハンは『首無し騎士《きし》』とも呼ばれるアンデッドモンスターだね。まだ『ＤＷＯ《デモンズ》』ではお目にかかったことがないのでわからないけど、大概《たいがい》のファンタジーゲームだと中ボスとかけっこう強い部類に入るモンスターかな」

セイルロットさんが説明してくれた。しかし、デュラハンかどうかはわからないと一応注意しておく。僕が勝手に『首無し』、『大きな鎧』、とかから想像しただけだからさ。

「なにか他にヒントはないのかい？」

「ヒントですか……。ああ、『夜しか出ない』とか、『彷徨《さまよ》ってる』とか言ってたな」

確か。マドカの方がそう言ってた。

「夜しか出現しないモンスター……ということでしょうか」

「ありえるわね。アンデッドだし。夜限定で徘徊《はいかい》しているのかも。ちょっと待ってね……」

レンの疑問にジェシカさんがウィンドウを開く。なにか検索《けんさく》しているようだ。

「ダメね。目撃《もくげき》情報はないわ。デュラハンに遭遇《そうぐう》しているプレイヤーはまだいないのかしら」

「第三エリアは広い。僕らだってまだ探していない場所もある。これからはなるべく夜に探索《たんさく》してみよう」

『DWO《デモンズ》』では一日に夜は三回訪《おとず》れる。決まった時間にログイン、ログアウトしている人たちは、ゲームの中でも同じような時間に訪れることになるので、意外と夜や昼限定というモンスターやイベントは見逃《みのが》しやすいのかもしれない。

プレイ時間が短い人ほどそれが顕著《けんちょ》に出る。例えば毎日午後九時にログインして十一時にはログアウトしてしまう人は、ゲーム中ずっと夜しかプレイできないことになる。十一時以降はまた朝になるのにね。

「アンデッドに関してはどうなのかな？」

　リゼルがウィンドウを開いたままのジェシカさんに尋《たず》ねた。

「そうねえ……。町外れの墓場、ダンジョン、廃墟《はいきょ》、それと沼地《ぬまち》あたりによく出てるわね」

「沼地か……。確か中央エリアにもありましたよね？」

「【悪魔《あくま》の沼地】かい？　確かに出そうな場所ではあるけれど……」

　この間リゼルとサイクロプスを狩《か》った【巨人《きょじん》の森】からさらに南下するとその沼《ぬま》に出たはずだ。僕ら【月見兎】はまだ足を踏《ふ》み入《い》れたことがないけど、場所的には怪《あや》しいよな。

　腕《うで》を組んだガルガドさんが僕ら【月見兎】の方へ声をかける。

「【スターライト《うち》】はセイルロットがいたから神聖魔法の付与《ふよ》とかで戦えたけど、そっちはアンデッド対策はあるのか？」

「リゼルさんの火魔法くらいでしょうか」

　ウェンディさんの言う通り、アンデッドは神聖魔法に弱いが火にも弱い。僕も双氷剣『氷花』と『雪花』を使うより、双焔剣『白焔』、『黒焔』を使った方がダメージがいくかもな。

「そこは問題ない。私が聖属性武器を生産する。『魔王の鉄鎚《ルシファーズハンマー》』があれば……うふふふふ

ふふふふ」

『魔王の鉄鎚《ルシファーズハンマー》』に頬《ほお》ずりしながらリンカさんがそう笑う。なんかキャラ変わってきてません……？　怖いわ。しかし魔王の鎚《つち》で聖武器生産っていいのかね？

「とにかくしばらくアンデッド狙《ねら》いで探索をやってみよう。ダメならまた考えればいい」

アレンさんがそうまとめようとした時、僕のウィンドウが突然自動的に開いた。

★クエストが発生しました。

■個人クエスト

【？？？の卵を孵化《ふか》してみよう】

□未達成

□報酬　？？？の幼獣

あれ？　これってミヤビさんの個人クエストの報酬でもらった卵か？

「どしたん、シロ兄ちゃん？」

ウィンドウを見て固まっている僕にミウラが話しかけてきた。とにかくインベントリからその卵を取り出してみる。

意外とでかい。ダチョウの卵くらいあるか？

「な、なんですか、それ？」

「いや、個人クエストの報酬にゲットしたんだけど、なんかの卵みたい」

驚《おどろ》くレンに正直に答える。興味津々《きょうみしんしん》と顔を近づけてきたのはセイルロットさんだ。

「ほほう……魔獣の卵ですかね？【調教】か【従魔学】スキルがあればテイムできるかもしれませんよ？」

どっちも持ってないし。

「これなんの卵なんです？」

「いや、『？？？の卵』としか表示されてなくて……」

レンにそう返した時、ピキッ、と持っていた卵にヒビが入った。え⁉

パキッ、パキッと割れていく卵を、慌ててテーブルにあった布巾《ふきん》の上に置く。ちょ、孵化するの早くない⁉

みんなが注目する中、卵が割れて白い羽の片方が飛び出してきた。鳥の魔獣か？

ついに殻《から》を破り、のそっと出てきたそれは、鼻をヒクヒクさせた耳の長い、小さな白いウサギだった。

…………いや、待て。兎に羽はないし、卵生《らんせい》でもないぞ。

「キュッ？」

手のひらサイズの羽の生えた白ウサギが、こちらを向いて小首を傾げた。…………かわいい。

「きゃ————っ！　かわいい————っ！」

「レン、次はあたし！　あたしに抱《だ》かせて！」

「はわぁ、ふわふわですわ～」

「きゅっ？」

生まれたての子ウサギがあっという間に年少組に奪《うば》われた。年長組の女性陣も集まって賑《にぎ》やかに子ウサギを囲んでいる。

なんだこの疎外感《そがいかん》。まあ、十三人中九人が女子だからなあ。残った男子でもセイルロットさんはそわそわしているが、あれは単に研究心からと見た。

「羽の生えたウサギってモンスターにいました？」

「いや、僕らは見たことないなあ。レア種族か、なにかの亜種《あしゅ》かな？」

アレンさんが大はしゃぎのお隣《となり》を見ながら首を捻《ひね》る。

「え⁉　ちょっ……この子、『聖獣』ってステータスに出てるけど⁉」

「「「え⁉」」」

ジェシカさんの上げた声に男子組もガタッと立ち上がる。子ウサギはジェシカさんが鑑《かん》定《てい》してくれたようだ。

【ｕｎｋｎｏｗｎ】　レベル1

種族：エンジェラビット（メス）
聖獣属・ウサギ科
所属：【月見兎】

■主に第六エリアの雪原地帯に生息する翼を持つ兎。知能が高く、大人しいが、相手の悪意、または敵意を感じると容赦《ようしゃ》なく攻撃《こうげき》してくる。
聖属性・光属性の獣魔術を使うことができ、【光輪】のスキルを持つ。階位の高いエンジェラビットによる【光輪】の一撃《いちげき》は、メガサイクロプスの首でさえも容易《たやす》く切り落とす。

また、『幸運を運ぶ兎』とも言われ、『エンジェラビットを見れば幸運がやってくる』というジンクスもある。毛皮はかなりの高値で取引される。

そのため狙われることが多いが、捕《と》らえるには首を失う覚悟《かくご》が必要だとされる。

別名ギロチンウサギ。


【鑑定済】


うおい⁉　どこが聖獣だよ！　思いっきり凶悪《きょうあく》なんですけども⁉　ギロチンウサギってなに⁉

「きゅきゅっ！」

「あっ！」

レンの腕から抜《ぬ》け出《だ》した子ウサギはパタパタと頼《たよ》りなく飛行し、僕の頭の上に乗っかった。ちょっとまって、ギロチン⁉

「きゅ～……」

「なんかリラックスしてますね」

「これってやっぱりシロさんを親と認識《にんしき》しているんでしょうか？」

「刷り込みってやつか？」

「でもこの子が生まれた時、みんないたけど？」

僕は頭の上の子ウサギを両手で掴《つか》んで下ろし、目の前に持ってくる。

「きゅっ？」

小さく首を傾げる子ウサギ。うーむ、敵意は全くないようだけど。卵を僕のインベントリにずっと入れてたからかな？

「【従魔学】スキルや【調教】がなくても、きちんとコミュニケーションをとれば、従う魔獣もいるそうです。ペットアニマルなんかがそうですね。この場合聖獣ですが、シロ君に懐《なつ》いているのは間違《まちが》いないでしょう。実に興味深いですね。おそらくこれはかなりのレアケースですよ。エンジェラビットなんて聞いたこともないですし……うむむ」

「きゅ……っ……？」

子ウサギが静かに耳を立てていく。ヤバい、セイルロットさんがチョンパされるかもしれん。落ち着け、大丈夫《だいじょうぶ》だ。

頭を軽く撫《な》でてやると、子ウサギの耳が伏《ふ》せていった。ふう。

「この【ｕｎｋｎｏｗｎ】ってのはなんでしょう？」

「たぶん名前だと思うわ。生まれたばかりだし。付けてないからまだ表示されないのよ」

「シロ兄ちゃん、この子の名前付けてあげなよ！」

名前か。そうだな、ウサギだし……。

「ピョンきち『却下《きゃっか》!!』ち……」

女性陣《じょせいじん》全員から食い気味にダメ出しを食《く》らう。えー？

男性陣《だんせいじん》も呆《あき》れたような顔をしている。そんなにダメか。ガルガドさんがため息をつく。

「どっちかっていうとそれはカエルだろ。シロ、お前センスねぇなあ」

「ピョンピョン跳《は》ねるとこから取ったんですけど……」

「いや、この子あんまり跳ねないと思うよ。羽生えてるし」

ごもっとも。確かにアレンさんの言う通りかもしれない。じゃあ、ウサギだから……。

「ピーター……いや、ロジャー……『却下!!』」

またかい。ペットの名前ひとつ、適当でもいいと思うんだが。

「ダメです！　私たちのところへこの子が来たのもきっとなにかの思《おぼ》し召《め》しです。この子は【月見兎《うち》】のシンボルになるかもしれない子なんですから、適当な名前じゃダメですよ！　だいたい女の子にピョンきちとかピーターってなんですか！」

「そ、そうか」

怒《おこ》ったレンに子ウサギを取り上げられた。いや確かに【月見兎】ってギルド名にウサギのペットってぴったりだとは思うけど。正確にはそいつウサギじゃないぞ？

再び女性陣の卓《たく》におろされ、首を傾げる子ウサギ。

「女の子なんだからそれっぽい名前がいいかな？　和風の名前もありかもね」

「白雪とか？　ユキ？」

「月にかけてルナってのも……」

なんだかこっちはそっちのけでワイワイと話が進んでいるが。完全に蚊帳《かや》の外だな、こりゃ。

そんな子ウサギを横目でチラ見していたセイルロットさんが、僕へと質問を投げかける。

「それでシロ君は、【調教】か、【従魔学】のスキルを取るのかい？」

「取りませんよ。テイマーになる気はないんで。いちいち戦闘《せんとう》とかで指示するのも面倒ですし」

「もったいないなあ……。かなり強い従魔になると思うんだけど……」

だろうね。ギロチンだからね。【光輪】というスキルはモンスター特有のスキルらしく、天使の輪のようなリングが飛んで、敵を斬《き》り裂《さ》く、といったものだとか。怖っ。

「じゃあ、それぞれ候補の名前を書いて、この子に選んでもらいましょう」

え、本人ウサギに決めさせるんの？　知能が高く、とあるから、ある程度はこっちのいうことも理解できるのかもしれないけど。

「なんてったって『聖獣』だからねえ。人の言語くらいは理解するんじゃないのかな？というか、僕が開発者なら間違いなくそうするね！」

なぜかセイルロットさんが自信満々にそうのたまうが、僕もそうすると思う。

女性陣九名が各々《おのおの》書いた名札をひとつひとつ子ウサギが覗《のぞ》き込んでいく。おい待て、字が読めるのか……？　ゲーム内とはいえ、とんでもないな。
二、三枚の名札の前を行ったり来たりしていた子ウサギが、そのうちのひとつを前足でポンと叩《たた》く。
「きゅっ！」

「やった！」

ミウラがガッツポーズをとる。どうやらミウラの書いた名前に決まったようだ。どれどれ。

「スノウ……って、まんまかい。あれだけ騒《さわ》いで」

「いいんだよ。呼びやすい方が親しみもあってさ。おいで〜、スノウ」

「きゅっ」

名付け親になったミウラの胸に飛び込んでいく子ウサギ……おっと、スノウ。ステータスにもきちんと【スノウ】と表示されている。問題ないようだ。

やれやれ、これでいち段落かな。

「じゃあスノウのレベルアップに行きましょう！」

「いいね！　レンちゃん、あたしたちも付き合っていい？」

「もちろんです！」

メイリンさんからの提案を受け入れるレン。え？　今から？　女性陣はスノウを中心にワイワイと乗り気のようで、まるでピクニック気分だ。

「というか、テイムモンスターでもないのに戦闘に参加できるんですかね？」

「普通《ふつう》の動物なら無理だけど仮にも魔獣だろう？　正確には聖獣だけど。本人の意志で戦うことはできるはずだよ。あの子が倒《たお》してもこっちには経験値も熟練度も入ってこないけどね。でもドロップアイテムは拾えるか」

と、アレンさんが教えてくれたが、それも横取りみたいでなんかイメージ悪いな。まあ【月見兎】所属なんだし、ギルド共有のアイテムとして使えばいいのかね。

「あの子ウサギがどんな戦いをするかすごく興味があるね。私もついて行こう。アレンもいかないかい？」

「そうだな……」

セイルロットさんの誘《さそ》いをどうしようか迷っていたアレンさんに、リンカさんから声がかかった。

「ちょっと待って。シロちゃんとアレンにはしてもらうことがある」

「え？　僕も？」

「そう。聖属性の武器を作るには大量の聖水が必要。それを手に入れないといけない」

あ、そうか。【錬金術《れんきんじゅつ》】か【祝福】のスキルがあれば聖水を作ることもできるんだけど、あいにくと僕ら【月見兎】も【スターライト】もそのスキルを持っているプレイヤーはいないとのこと。

「買ってくるしかないかな？」

「あるいはギルドクエスト依頼《いらい》で集めるかですかね」

「確かトーラスの店に置いてあったはず。まずはそこで安く手に入れるのがいいかもしれない」

『パラダイス《あのみせ》』か……。確かに売ってたような気もするが。

仕方ない、行ってみるか。アレンさんと顔を見合わせ、小さくため息をついた。

◇　◇　◇

「らっしゃい。おおう。珍《めずら》しい組み合わせやなぁ」

「やあ」

「ちわ」

相変わらず怪しさ全開の店だな。見たことのないものやマニアックなものが所狭《ところせま》しと置いてある。

なんで木彫《きぼ》りのアニメロボットがあるんだろう。【木工】スキルで作ったのかな？　うお。これ完全変形するのか？　いかん、ちょっと欲《ほ》しいかも……。

店主のトーラスさんは相変わらずのアロハ姿だった。怪しさ増すからやめればいいのに。

「今日はどしたん？　……まさかまた何かとんでもないもん仕入れたんか？」

「仕入れたというか、生まれたというか……」

とんでもないものには違《ちが》いないんだろうけど。僕がため息をついていると、横にいたアレンさんがトーラスさんに切り出した。

「ちょっとアンデッド相手にやり合うことになってね。聖水を買いに来たんだ」

「聖水か。あることはあるけど、そんなに数はないで」

トーラスさんは棚《たな》に置いてあった聖水を顎《あご》で指し示す。だいたい二十本くらいしか置いてないけど、あれで全部なんだろうか。

「入荷《にゅうか》してないのかい？」

「ウチは【錬金術】を持っている知り合いのプレイヤーに作ってもらってるんやけども。リアルの仕事で最近プレイ時間を削《けず》られてるとかで、制限されてるんや。秋口になるまでこの状態らしゅうて、どうしたもんかと考えてたとこでな」

僕らは夏休みだが、社会人はそうもいかないらしい。夏こそ稼《かせ》ぎ時、って職場の人たちもそりゃあ多くいるだろう。大人って大変だな……。

「となると、これを買い占《かし》めるのはマズいですかね？」

「こっちも商売やさかい、売りもんを売らんことはない。ただ、次の入荷は未定やけどな」

一応は売ってくれるようだ。ところで聖水っていくつ必要なんだっけ？

武器一つにつき十本とか言ってた気がするから……【スターライト】と合わせたら十三人で百三十本……！　とても足りないぞ。

いや、ヒーラーのセイルロットさんは自前のターンアンデッドがあるし、魔法職のリゼルとジェシカさんも必要ないよな。となると十人分百本か。それでもかなり足りない。

聖水は【祝福】スキルを使っても生産できるが、【錬金術】スキル以上に【祝福】を持っている人は少ない。

「他の店や露店《ろてん》を回って、ダメならギルドクエスト依頼をするしかないか」

「ですかね。【錬金術】かあ、取っておけばよかったかなあ」

でもこれ以上生産スキルを増やしてもな。僕《ぼく》は【調合】だけで手一杯《ていっぱい》だ。それに【錬金術】はいろいろと高価な素材やレア素材を使うから金食い虫だし。グリーンドラゴンに食らわせた『炸裂弾《さくれつだん》』だってかなりの……。

「あっ！」

「なんや、いきなり⁉」

「ど、どうしたんだい、シロ君？」

突然《とつぜん》大声を上げたので二人がビクッとしている。そうだそうだ、忘れてた！

「いや、【錬金術】スキルを持ってるプレイヤーが知り合いにいたのを思い出して。その人になら作ってもらえるかな、と」

グラスベン攻防戦《こうぼうせん》で一緒《いっしょ》に戦ったギルド【カクテル】所属のキールさん。僕に『炸裂弾』

をくれたプレイヤーだ。キールさんとフレンド登録はしてないけれども、ギルマスであるギムレットさんとは登録交換《こうかん》をしている。話はできるはずだ。

「なんや、いるんやないか。【錬金術】は金がかかるし、地味やからあまりメインで育てるプレイヤーはいないんや。貴重な人材やで。というか、シロちゃん、その人紹介《しょうかい》してくれんかな……」

にこにこと揉《も》み手《で》で近寄ってきたトーラスさんに若干《じゃっかん》引いたが、キールさんにとってもいい話かもしれないので、とりあえず紹介だけはすることにした。交渉《こうしょう》はトーラスさん本人がすればいい。

僕は部屋の隅《すみ》に移動し、ギムレットさんと連絡《れんらく》を取るためにチャット欄《らん》を開いた。

「ああ、そうだトーラス。最近、アンデッド絡《がら》みで変な噂《うわさ》を聞いたことはないか？」

「アンデッドで？　大量発生したとかそういう話か？」

「そういったこともそうだが、レアモンスターとかだね。死霊騎士《デスナイト》とか、ウィル・オ・ウィスプとか、ドラゴンゾンビとか――デュラハンとか」

「あいにくと聞かんなあ。なんや、シロちゃんのレアモンスター図鑑《ずかん》にそないなモンスターが出たんかいな？」

「そういうわけではないけどね」

僕はアレンさんたちの話を横で聞きながらギムレットさんへ連絡を取った。

僕の持つレアモンスター図鑑には、確かに『デュラハン』というモンスターが記載《きさい》されている。しかし、それは名前とイラストのシルエットだけで、どこにいるのかとか、どういった攻撃をするとかの記載は一切《いっさい》ない。

これはデュラハンに出会ったプレイヤーがまだいない、あるいは少ないということなのではなかろうか。

夜しか現れないにしてもここまで出会わないというのは、よほど条件が厳しいか、存在するその場所が特殊な場所なのか……。

『おう、シロか。久しぶりだなあ』

「あ、お久しぶりです」

ギムレットさんの声が聞こえてきて、とりあえず僕は思考の海から這《は》い上《あ》がった。

◇　◇　◇

ギルド【カクテル】の本拠地は第二エリアの町【ブルーメン】にあった。

ちょっと人通りの少ない……こう言ったら失礼だが、寂《さび》れた裏路地にひっそりと建てられていたのである。

「ヒュー、こりゃまた小洒落《こじゃれ》たバーやなあ」

僕たちに一緒についてきたトーラスさんがその店を見て口笛を吹《ふ》いた。

目の前にある店はファンタジー色はあるものの、どこか現代のバーに近い店構えをしていた。さすがにネオンサインはなかったが、看板には『シェイカー』と書かれている。

「変わった店名ですね」

「カクテルを作るときに使う道具の名前だよ。テレビとかで見たことないかな？　こうやって振るやつ」

「ああ。あれ」

アレンさんが両手を上下に振る真似《まね》をする。徹底《てってい》してるな。よほど酒好きらしい。

「僕、未成年なんですけど店に入っていいんですかね？」

「別に酒を飲むわけやないんやからかまへんやろ。ちゅうか、どっちみち『DWO《デモンズ》』じゃ規定に引っかかるからシロちゃんは飲めへんやん」

ま、そうですけども。こんな店入るのは初めてなんでどうも気後《きおく》れするな。

「入るよ」

重い扉《とびら》を開いて、アレンさんを先頭にトーラスさん、僕、の順で『シェイカー』へと入っていく。

中へ入ると店内は薄暗《うすぐら》く、いくつかのランプの明かりが頼りなげに揺《ゆ》らめいていた。入って右手側がカウンター席になっており、八つの椅子《いす》が並ぶ。その反対には古びた感じの木製のテーブル席が四つ。その奥《おく》には扉が二つ。

その扉の間には古めかしい機械があって、そこから音楽が流れている。初めて見るけどジュークボックスってやつか？　そういやグラスベン攻防戦の報酬《ほうしゅう》カタログにこんなのあったような。ファンタジー色が褪《あ》せるけど、まあアリかな。

カウンターの壁《かべ》には様々な酒瓶《さかびん》が並び、そこには白いシャツの上に黒のベスト、そしてネクタイといった、いかにもバーテンダー、といった男がコップを布で拭いていた。

「いらっしゃいませ」

歳《とし》は三十過ぎくらいで口髭《くちひげ》を生やした【夜魔族《ヴァンパイア》】だ。シブいおじさまといったところか。

店員さんということは【カクテル】のメンバーかな？　それともメテオさんのところの『ミーティア』で雇《やと》っているシャノアさんのようなＮＰＣ店員だろうか。

そんなことを考えているとバーテンダーさんの頭上にネームプレートがポップした。

『【ダイキリ】』。プレートの色は青。プレイヤーだ。確か【カクテル】のメンバーにそういった名前の人がいたような気がする。

「ああ、ギルマスの言っていた方ですね？　話は聞いております。少々お待ち下さい」

「あ、すみません」

向こうも僕らのネームプレートが見えたのだろう。チャットウィンドウを開くと、どこかへ連絡を取り始めた。

「お待ちの間にドリンクでもいかがですか？」

「真っ昼間から酒なんて、と言いたいところやけど、【ほろ酔《よ》い】スキルを使わんと酔わんし、『DWO《デモンズ》』じゃ関係ないわな。じゃ、わいはソルティ・ドッグで」

「マンハッタンを」

「あ、僕は未成年なんでウーロン茶で」

「かしこまりました」

未成年のうちにバーに来ることになるとは思わなかった。仮想空間だけど。

飲んでも酔わないんだけど、味を覚えると現実でも飲みたくなる可能性を考えて、未成年プレイヤーはお酒は飲めないいんだよね。

「お待たせいたしました」

カウンター席に座《すわ》った僕らの前に、ダイキリさんが作った物を置く。

僕のは普通のウーロン茶だけど、アレンさんのはいわゆるカクテルグラスに赤っぽいお酒が入り、中にサクランボが落ちている。

トーラスさんのはグレープフルーツのような色で、グラスの周りに白い粒状のものが付いていた。塩、かな？　ソルティ、って言ってたしな。

「なかなかいいバーやけど、こんな場所で客足はどうなん？」

「基本的にギルドメンバーとその知り合いがくつろぐための店ですからね。売り上げはあまり気にしていませんよ。私たちは好みの溜《た》まり場《ば》ができたってだけで充分《じゅうぶん》なんです」

「ははっ、せやな。プレイヤーが店を持つのは金儲《かねもう》けのためより趣味《しゅみ》のためがほとんどや。くだらん質問やったな」

静かにジャズが流れる。確かに雰囲気《ふんいき》のいい店だとは思う。完全に大人向けだけど。お酒を出すんだから当たり前だが。『DWO《デモンズ》』の中だってのを忘れそうだ。

ちびちびとウーロン茶を飲んでいると、奥の扉の一つが開かれ、【地精族《ドヴェルグ》】のおっさん（というか爺《じい》さんに近い）が、黒ローブにとんがり帽《ぼう》と、いかにも魔法使《まほうつか》いといった姿の【魔人族《デモンズ》】の青年を連れて現れた。

「おう、シロ！　待たせたみたいで悪かったな」

「ギムレットさん、お久しぶりです。キールさんも」

「ああ。グラスベン以来だな」

カウンター席からテーブル席に移り、僕はアレンさんとトーラスさんを紹介した。というか、ギムレットさんにキールさんもアレンさんのことは知っているようだったが。さすが有名人は違うね。

「で、聖水を売って欲しいって話だったな。いくつ必要なんだ？」

世間話もそこそこにキールさんが切り出す。えっと、トーラスさんの店で買ったのがあるから残りは、と。

「だいたい八十本くらいですね」

「八十本か……手持ちに五十ほど、残りも作れと言われればすぐに作れるが、【錬金術】スキルで作る聖水は金がかかるぞ」

「お金の方は大丈夫です。ちゃんと報酬も払《はら》いますから」

「なら作ろう。明日までには作っておく」

どうやら作ってもらえそうだ。これで聖属性武器が作れるな。

トーラスさんの方も交渉して、定期的に聖水を卸《おろ》してもらえることになった。よかったよかった。

「しかし、シロがあの【スターライト】のアレンと知り合いとはなあ。驚いたぜ」

「彼《かれ》にはいろいろと世話になっていてね。今日もこうして助けてもらった」

「せやな。シロちゃん様々やで」

今日のはついでというか、お互《たが》いに必要なものが同じだったから、ってだけだと思うけど。トーラスさんのところで聖水を全部買えたらキールさんに頼らなくてもよかったわけだし。

「しっかし、そんなに聖水を何に使うんだ？」

「聖属性武器を作るんですよ。メンバー全員ぶんなんで大変です」

『DWO《デモンズ》』は魔人たちが暮らす世界【ヘルガイア】を舞台《ぶたい》としているが、別にそこに生きる魔人たちは悪魔とか邪悪《じやあく》な存在という設定ではない。

だから聖水とか聖属性の武器も普通に存在しているし、聖属性魔法も存在する。ただこの場合、『神』の力ではなく、『聖なる精霊《せいれい》』の力、という設定らしいが。

「アンデッド退治のクエストか？　そういや俺《おれ》らも苦労したなあ。あいつら数が多いし、タフだから大変だよな」

「せやな。ゾンビ系とかは数が多いし、しぶといから厄介《やつかい》や。レイス系は空飛んどるしなあ」

「【廃都《はいと》ベルエラ】なんか、夜になるとキャンドラーとリビングアーマーだらけだったぜ。キャンドラーは楽なんで倒してたけど、リビングアーマーは面倒《めんどう》だし、ろくなもんドロップしないから逃《に》げてたなあ。ああ、そういやリビングアーマーに交じって変なのがいたな。レアモンスターだったのかもしれないが、さすがにリビングアーマーがうじゃうじゃいるあの状態では戦えなかったからスルーして……」

「ちょ、ちょ、ちょっと待ってくれ。リビングアーマーに交じってレアモンスターだって？」

突然声を荒《あら》らげたアレンさんにみんなが動きを止める。僕も止まっていたが、それはアレンさんのせいではなく、あることに思い当たったからだ。おそらくアレンさんもだろう。

リビングアーマーは『生ける鎧《よろい》』とも呼ばれる全身鎧の姿をしたアンデッド系モンスターだ。それに交じっていたというレアモンスターってひょっとして……。

「すみません、そのレアモンスターってどんなのかわかりますか？」

「どんなの、って言われてもなあ。遠目でウロついていたのを見ただけだからな。月もなくて暗かったからほとんど見えなかったし。ただ、普通のリビングアーマーよりデカかったと思う。夜が明けてからその場所に行ったらデカい足跡《あしあと》があったからな」

アレンさんと僕の視線が交差する。おそらく同じことを考えているのだろう。そのレアモンスターは『デュラハン』なのではないか、と。

これは確認《かくにん》してみないとな。

◇　◇　◇

とりあえずキールさんに五十本の聖水を売ってもらい、代金を払って店をあとにした。残りの三十本は明日もらうことになっている。

トーラスさんとも別れ、僕らは【星降る島】へと帰還《きかん》した。まだみんなは帰って来ておらず、誰《だれ》もいなかった。僕らはバルコニーのテーブルにつき、ひと息つく。

「思いがけないところで情報が得られたね」

「ですね。【廃都ベルエラ】か。結構近場なのに、なんで今まで目撃例《もくげきれい》がなかったんだろう?」

「まず【廃都ベルエラ】はあまりおいしくない狩場《かりば》だってこと。使えるアイテムはキャンドラーがドロップする『白蝋《はくろう》』くらいだし、リビングアーマーはろくなものをドロップしないしね。【キマイラ】も出るけど、出現率はかなり低い。ドロップ品は限られた用途《ようと》しかないから、必要な人しか無理に戦わないし」

ただでさえアンデッド系はしぶといからなあ。経験値稼ぎならもっと楽な【ラーン大草原】の方へ行くよな。

「そして予想だけど。『デュラハン』は限られた周期で現れているんじゃないだろうか。さっきのギムレットさんの会話で気になったのは『月もなくて暗かった』ってところでね」

「月がなけりゃ暗いのは当たり前じゃ？」

月が雲で遮《さえぎ》られりゃ、光は届かないわけだし。

「いいかい。『月がない』ということはその日は新月だった可能性が高い。デュラハンは新月の夜に現れるんじゃないだろうか」

「あっ、そうか！」

『DWO《デモンズ》』世界では一日に三回夜が来る。つまり十日で三十日。十日かけて月が変化するわけだ。十日に一回しか出現しないって、どんだけレアなんだ。

「ま、予想が当たっているかはわからないけどね。それ以前にそのレアモンスターがデュラハンとは限らない。『リビングナイト』、『リビングジェネラル』とかかもしれないし」

「次の新月っていつでしたっけ？」

「さっき攻略《こうりゃく》サイトで調べたけど、一週間後だった。それまでに全員の武器をリンカが作れるかどうか。ま、ダメでも確認のために行くけどね」

一週間で十人分の武器をか……。素材さえちゃんとあればリンカさんと『魔王の鉄鎚《ルシファーズハンマー》』ならなんとかなるか？

「もちろん一週間無駄《むだ》にする気はない。引き続きデュラハンやアンデッドの目撃《もくげき》情報を集める。【廃都ベルエラ】がハズレだった場合に備えてね」

果たして【廃都ベルエラ】にデュラハンは現れるのだろうか。そしてそれを僕たちが倒すことはできるのだろうか。

そんな考えをしていたら裏庭からみんなの声がしてきた。帰ってきたみたいだな。

ぞろぞろと二階のバルコニーへとみんながやって来る。

「きゅっ！」

パタパタとスノウがレンの頭から飛び立ち、僕らのテーブルに着地する。お？　レベルが8まで上がっているじゃないか。こんな数時間でここまで上がるとは。お前、頑張《がんば》ったなあ。

なのになんでみんなは疲《つか》れ切《き》った顔をしてるの？

「なんというか……。気が抜けなくて」

「……どゆこと？」

引《ひ》き攣《つ》ったような笑いを浮《う》かべるリゼルに聞き返すと、彼女《かのじょ》の代わりにウェンディさんが答えてくれた。

「スノウの【光輪】は凄《すさ》まじい威力《いりょく》です。硬《かた》いアーマースコーピオンの体さえも容易く斬り裂きます。ですが、戦闘に参加させるわけにはいきません」

「……どゆこと？」

「コントロールがね、めちゃくちゃなのよ。あれは周りに被害《ひがい》を与《あた》え過ぎるわ。実際、セイルロットは危《あや》うく首切りされるところだったし」

ジェシカさんがぐったりとして椅子に腰掛《こしか》けているセイルロットさんに視線を送る。あ、それでこんな状態なのか。横にいるガルガドさんも苦笑いしている。

だけどスノウに嫌《きら》われてるセイルロットさんだからなぁ。スノウ、お前まさか狙《ねら》ってないよな……？

「きゅっ？」

小首を傾《かし》げる子ウサギ。うーむ。邪念《じゃねん》は感じられないが。

「ひとつならまだしも、ふたつみっつと【光輪】を投げられるとね……」

「後ろから見てる状況《じょうきょう》だったから大丈夫だったけど、一緒に戦闘中だったとしたら怖《こわ》いよね。あんなのがブンブン飛んでる中で戦えって、ちょっとキツいよ」

ベルクレアさんもメイリンさんも同意見らしい。

とりあえずスノウの戦闘参加はしばらく無しということで決まった。まずはコントロールを教え込むことからだな。

そのあとはリンカさんに聖水を渡《わた》し、バー『シェイカー』で手に入れた情報をみんなに話した。

「一週間後、ですか」

「うん。今回は【月見兎】と共同で当たりたいんだけど、どうかな？」

「【スターライト】と共同でデュラハン退治ですか……。私たちはお邪魔《じゃま》では？」

「いや、向こうがどんな相手かわからないし、もし負けたら最悪また十日待つ羽目になる。数は多いに越《こ》したことはないし、もともとこれもシロ君の伝手《つて》で得た情報だしね。もちろん無理にとは言わないが」

【月見兎】のギルマス、レンと、【スターライト】のギルマス、アレンさんが話し合う。

うーん、とレンは腕組《うでぐ》みして悩《なや》んでいるが……。

「リンカさん、一週間でみんな……【スターライト】さんたちのも含《ふく》めてですけど……聖属性の武器ってできます？」

「一から、となると難しい。けど、もともと属性の付いてない武器を打ち直して聖属性を付与《ふよ》するだけならそんなにかからない」

確認すると、【月見兎】はウェンディさんとレン、あとはミウラ、【スターライト】はガルガドさんだけが無属性の武器だった。この四人は付与のみでいけるという。

魔法《まほう》メインのリゼル、ジェシカさん、ターンアンデッドを持っているセイルロットさんは必要ないとして、残りの僕、シズカ、リンカさん、アレンさん、メイリンさん、ベルクレアさんの六人は一からサブウェポンとして作らないといけないらしい。

「それを一週間で、か。こりゃ大変ですね……」

リンカさんにそんなことを言ったら、笑顔《えがお》で肩《かた》を叩かれた。え、なに？

「うん、大変。というわけで、素材の調達はよろしく。鉱石に木材。どっちもAランクが望ましい」

「えっ⁉　また⁉」

人ごとじゃなかった。

◇　◇　◇

Aランク鉱石は今まで行った【憤怒《ふんど》】の第五エリアにある【輝岩窟】や、【傲慢《ごうまん》】の第五エリアにある【ヴォルゼーノ火山】なんかで手に入る。

いつものようにコソコソとモンスターの目を盗《ぬす》みながら採掘《さいくつ》し、ある程度のAランク鉱石は手に入れることができた。

問題は木材の方である。こっちはまだAランクのものはお目にかかったことがない。

素材としてはベルクレアさんの弓、シズカの薙刀《なぎなた》における柄部分などに使用するものだ。トーラスさんや、ピスケさんほどではないが、リンカさんも木材加工はできる。でなければ全《すべ》て金属の武器しか作れず、武器職人としてはやってられないからだ。

本来ならトーラスさんあたりに頼《たの》むんだが、今回はリンカさんが全て作る。『魔王の鉄鎚《ルシファーズハンマー》』は、弓でも一部の部分に金属を使っていれば付与はできるらしいからな。

どうせ作るならやはりいいものを作りたい。そのためにはAランク木材は必要だ。

「やっぱり跳《と》んでみるしかないいな」

【セーレの翼《つばさ》】をセットしてギルドホーム裏庭にある簡易ポータルエリアに飛び込む。すぐにランダム転移が始まり、ヘルガイアのいずこかの地へと跳ばされた。

気がつくと奥深《おくぶか》い森の中。お？　一発で当たりを引いたか？

マップウィンドウを開き、場所を確認する。【怠惰《たいだ》】の第六エリア、【翠竜《すいりゅう》の森】……っ

て第六エリア⁉

第六エリアは初めてだな……。おいおい、近くにとんでもないモンスターがいるんじゃないのか？　翠竜ってのが絶対にこの森にいるだろ！

【怠惰】ってことは、僕らもいずれここに来たかもしれないが、さすがに今来るのは時期《じき》尚早《しょうそう》過ぎる。雑魚《ざこ》モンスター一匹《ぴき》にも確実に負けるぞ。

とりあえず目の前に素材になりそうな木があるんだ。【伐採《ばっさい》】しない手はない。さっさとAランク木材を手に入れて、早めにこんな危険なところとはオサラバするに限る。

インベントリからハンドアックスを取り出して、伐採ポイントのある、なるべく細めの木に一撃《いちげき》を入れる。

ガッ！　と、ハンドアックスから僕の手に衝撃《しょうげき》が逆流する。

硬《かた》あッ⁉

なんだこれ⁉　全然食い込んでない！　木の皮を少し削っただけだ。二撃め、三撃めを打ち込んでみたが、ほとんど進まない。まずいぞ、これ。伐《き》るまで何時間かかるかわからない……。

しまったな。これって入手するには『パワーピッケル』みたいな特殊《とくしゅ》アイテムが必要だったのかもしれない。リンカさんに作ってもらえばよかった。

伐採アイテムじゃない『双氷剣』で切っても威力は落ちるしなあ。このハンドアックスでなんとかするしかないか？

くそう。これ下手したら刃《は》こぼれするぞ。

「一応は削れてるし、コツコツとやっていくしかないか……」

「きゅっ」

「え？」

その鳴き声は……。振《ふ》り向《む》くと羽をパタパタさせてスノウが宙に浮かんでいた。お前、ついてきたのか⁉

「いいかスノウ。ポータルエリアのところには一人で勝手に入っちゃダメだ……って、誰もプレイヤーがいなけりゃ転移魔法は発動しないのか。あれ？　この場合気付かなかった僕が悪いのか？」

「きゅっ？」

見方によっては僕がスノウを連れてきたようにも取れる。むむむ。説教しづらいな。まあいい。今回だけは大目にみよう。

「あ、そうだ。スノウ、お前この木【光輪】で切れるか？」

「きゅっ？　きゅう……っ」

思い付きを口にすると、スノウの頭上に天使の輪のようなものが、三つ連なって出現した。

直感で『あ、マズい』と感じた僕はすかさず【加速】を使ってその場から退避《たいひ》する。その直後、スノウから放たれた三つの【光輪】のうちの一つが、僕が苦労して切っていた木をあっさりと切り倒した。

残りの一つはあさっての方へ飛んでいき、もう一つは僕の頭上ギリギリを飛んで、その先にあった大木の枝を切り落とした。

危なっ⁉ みんなの言う通り確かにこれは危険だ。敵味方関係無しの無差別攻撃《こうげき》じゃないか。

「きゅっ！」

スノウが倒した木を見てドヤ顔をしているような気がする。まあ、目的は果たしたんだし、よしとするか……？

とりあえず太さ十五センチほどの倒れた木を【鑑定《かんてい》】する。

【マルグリットの原木】　Aランク

■ｕｎｋｎｏｗｎ
□木工アイテム／素材
品質：Ｓ（標準品質《スタンダード》）

よっし！　あれだけ硬いんだからランクも高いと思っていたが、予想通り！　第六エリアでAランクってのは低いかもしれないけど、ポータルエリア近くっていう取りやすいところにあるんだから、こんなものかもしれない。

シズカの薙刀《なぎなた》とベルクレアさんの弓、あとは予備に一本と、全部で三本ゲットしとくか。

僕は伐採ポイントのある二つの木を指差す。

「スノウ、あとこれとこれも切ってくれ。おっと、まだだぞ。僕がここから離《はな》れたらな」

「きゅっ？」

なんで？　みたいに首を傾《かし》げるスノウ。お前のノーコンのせいだよ。

スノウから離れて、『いいぞー』と合図を送ると再び【光輪】が放たれ、二本の木が切り倒《たお》された。お約束のようにやっぱりひとつは僕の方に飛んできたが。……本当に狙ってないよな？

切り倒された木材も先ほどと同じものだった。よし、これで任務完了《かんりょう》。Ａランク木材をゲットだぜ。

喜んだのもつかの間、突然森の中に大きな咆哮《ほうこう》が響《ひび》き渡り、一斉《いっせい》に鳥たちが空へと羽ばたいていった。

ちょっと待て。今のってまさか翠竜《すいりゅう》ってやつか⁉

冗談《じょうだん》じゃない、第六エリアにいる竜に勝てるわけがないだろ。見つかったら即死《そくし》する。早く撤収《てっしゅう》しなくては。

僕は急いでインベントリにＡランク木材を収納し、スノウを連れてポータルエリアへと滑《すべ》り込んだ。

目的地を指定する前になぜか転移が始まる。あっ！　また【セーレの翼】をスキルスロットから外すの忘れてた！

始まったランダム転移はもう止められない。森の風景は一瞬《いっしゅん》にして消《き》え失《う》せ、次に僕らが足を踏《ふ》み入《い》れたのは極寒《ごっかん》の氷の世界だった。

「さっぶ！」

ＶＲでは気温の変化もある程度考慮《こうりょ》されていて、さすがに体感温度が零下《れいか》ということはないだろうが、それでも寒さを感じるには充分だった。真冬の屋外に薄《うす》いコート一枚で放《ほう》り出《だ》された気分だ。

雪原地帯だ。遠くには雪山が見える。その手前に見えるのは針葉樹林帯かな。ちらちらと雪も降っている。

うおおお、HPがどんどん減っていくう。これは寒さに堪《こら》えられなくなる前に死に戻《もど》りさせてやろうという運営側の温情なのか。寒いのに温情とはこれいかに。

「きゅきゅーっ！」

スノウは喜んで僕の周りをぐるぐると飛び回っている。そういやこいつ、雪原地帯に生息する種族なんだっけか。

「【強欲《ごうよく》】の第四エリア、【スノラルド雪原】か」

周りに素材になりそうなものはない。あっちの針葉樹林帯まで行くのは危険だろう。それにしても寒いなあ！　とっととギルドホームへ帰ろう。

「スキルスロットから【セーレの翼】を外して……と。ん？」

僕は雪原の向こうから雪煙《ゆきけむり》を上げて、こちらへ向かってくる何かに気付いた。スノーモービル……なわけないよな。

『ゴガァアアァァアァッ！』

「くま────────ッ⁉」

サーベルタイガーのような長い牙《きば》を持った巨大《きょだい》なシロクマがこちらへ向けて全力疾走《しっそう》してくるところだった。マズい！　完全に僕らを襲《おそ》うつもりだぞ！

しかし幸いポータルエリアにはすぐ入れるから、さっさと逃げ……あれっ？　スノウは？

「きゅきゅっ！」

「え？」

スノウの鳴き声がしたと思ったら、僕の頭上から三つの【光輪】が一直線にシロクマへと飛んでいった。

が、途中《とちゅう》で【光輪】のひとつは雪原に突《つ》き刺《さ》さり、もうひとつは空の彼方《かなた》へ飛んでいく。

そして残る最後のひとつが、こちらへと注意を向け、立ち上がったシロクマの首をスパンッ！　と、容赦《ようしゃ》無《な》く斬り落とした。えええええええええ⁉

「きゅっ！」

むふー、と鼻息を荒くするスノウ。ちょっと待て、あの【光輪】ってそんな威力なの⁉

いや、さっきAランク木材を切り倒したんだからおかしくはないのか？　それともたまたまクリティカルヒットしただけか？

でもその表示はなかったよな……。まさか即死効果とか？　おっそろしい……。恐《おそ》る恐る近付くと、シロクマは目の前で光の粒《つぶ》となって消えた。そしてその場に白い毛皮と牙がドロップする。

【デスホワイトベアの牙】　Aランク
■ｕｎｋｎｏｗｎ
□？？アイテム／素材

【デスホワイトベアの毛皮】　Aランク
■ｕｎｋｎｏｗｎ
□？？アイテム／素材

こりゃまた……。詳細《しょうさい》はわからないけどリンカさんやレンが喜びそうな素材だな。これってスノウが倒したんだから、ギルド共有のアイテムってことかな。

「しかし、たまたま当たったからいいものの、無闇《むやみ》に【光輪】を発動するなよな。ああいうときは逃げるんだよ」

「きゅっ？」

わかっているのかいないのか、スノウが小さく首をかしげる。

人の言葉を理解するくらい知能が高いんだから、僕《ぼく》の言うことくらいわかっているはずだが。まあ、生まれて間もないしな……。

とりあえず牙と毛皮は回収しておこう。今度こそ帰るぞ。

ポータルエリアにスノウと入り、ギルドホームへと帰還する。ああ、疲れた。

スノウはさっさと僕の頭から飛び立ち、二階のバルコニーへと行ってしまった。あまりチョロチョロすんなよ。

裏庭の隅《すみ》に造られたリンカさん専用の鍛冶場《かじば》へと足を運ぶ。

ここはギルドホームを造ってくれたピスケさんに頼んで建ててもらった施設《しせつ》だ。ものの数時間で造ってしまうところがすごいよな。ピスケさんの場合【建築】スキルに特化しているからってのと、もともと器用な人なんだろう。趣味はプラモデル作りって言ってたし。ひょっとしてトーラスさんの店で見た木製の変形ロボってピスケさんの作品か？

「ちわー……うわっ！」

鍛冶場の中、真っ赤な炎《ほのお》をあげる炉《ろ》の前で、リンカさんが一心不乱に金属の棒をハンマーで叩《たた》いていた。

そのハンマーこそ漆黒《しっこく》と黄金で彩《いろど》られた『魔王の鉄鎚《ルシファーズハンマー》』。金属に叩きつけるたび、星のエフェクトが周囲に飛び散る。

リンカさんは無造作に灼《や》けた金属に聖水をぶっかけ、もうもうと蒸気が上がる中、さらに『魔王の鉄鎚《ルシファーズハンマー》』を振るう。

集中して金属を打っていたリンカさんが、やがて打つのをやめて、それを矯《た》めつ眇《すが》めつ睨《にら》みつける。横に浮いているウィンドウの数値をいじりながら、なにかを調整しているようだった。

納得《なっとく》がいったのか、リンカさんが金属の棒を地面に置くと、そこに小さな魔法陣《まほうじん》が浮かんで消えた。

ふう、と額の汗《あせ》を拭い、リンカさんが立ち上がる。

「……？　いつからいたの？」

「えーっと、さっきから？」

やっと僕に気が付いたリンカさんが目をパチクリとさせた。

「まだシロちゃんのはできてないけど」

「あ、催促《さいそく》に来たんじゃないです。珍《めずら》しいのが手に入ったんで、届けに」

僕はインベントリからさっきゲットした『デスホワイトベアの牙』を机の上に置いた。

リンカさんは僕よりも高い【鑑定】スキルを持っているから見ればわかるだろう。

案の定、目を見開いて、牙を手に取っている。

「これ、どこで……？」

「【強欲】の第四エリアにある雪原で。あ、倒したのは僕じゃなくスノウなんで、それはギルド共有のアイテムって扱《あつか》いになるかと。使えますかね？」

「使える。ちょうどシロちゃんの武器の柄部分をどうしようかと思っていたところ。これなら文句ない」

おっと、僕のに使うのか。なんか悪い気もするが、ここは遠慮《えんりょ》なくあのシロクマを倒してくれたスノウの好意に甘《あま》えておこう。象牙《ぞうげ》ならぬ熊牙？　の素材か。

ついでに毛皮の方もリンカさんに【鑑定】してもらい【鑑定済】としてもらう。

おっと、手に入れたAランク木材も渡しておかないとな。

素材を渡されてテンションが上がったのか、リンカさんはますますやる気を出し、再び『魔王の鉄鎚《ルシファーズハンマー》』を持って炉の前に陣取《じんど》り始めた。

邪魔すると悪いので鍛冶場である第二工房《こうぼう》をあとにする。

その足で反対側の第一工房へ行き、縫製《ほうせい》室でウサギマフラーを製作中のレンのところへ顔を出した。

「今、大丈夫《だいじょうぶ》？」

「あっ、シロさん。大丈夫ですよ」

テーブルの上にはいくつかのウサギが前脚《まえあし》と後脚《あとあし》を伸《の》ばした格好で横たわっていた。もちろん、本物ではない。かなり胴《どう》が長いし。ぬいぐるみのようではあるが、これはれっきとしたマフラーなのだ。

僕以外のみんなのために用意したギルド専用の装備アイテムらしい。僕は特注のマフラーがあるからな。

「どうしたんですか？」

「いや、これを手に入れてね。レンなら使えるんじゃないかと」

インベントリから『デスホワイトベアの毛皮』を取り出す。Aランク素材の毛皮だ。使い道はいくらでもあるだろう。

【鑑定済】の毛皮を見て、レンも驚《おどろ》きながらも喜んでいた。

「すごいですね。大きいですし、これなら全員分のマフラーに追加できるかもしれません」

すでに完成しているこのウサギマフラーに追加するのか。尻尾《しっぽ》とかウサギの首もとにあるマフマフにするのかな？

ちなみにウサギの首にあるマフマフは正式には肉垂（にくすい・にくだれ）といって、主にメスにあるものだ。だからこれを知っていると見ただけでメスとわかる。

子ウサギにはないものらしいので、スノウにはなかったけど。ま、あいつはウサギじゃないが。

クマの毛皮でウサギを作る……。変な感じだけど、良いものができればそれでいいよな。

リンカさんも頑張っているし、あとは【廃都ベルエラ】でデュラハンが出現するのを願うばかりだ。

負けたらまた十日待たねばならない。僕もレベルと熟練度上げに勤《いそ》しむかね。

あとがき。

『ＶＲＭＭＯウサギマフラーとともに。』第三巻をお届けします。

まさか二巻よりも分厚くなるとは……。そのぶん楽しんでいただけると幸いです。


三巻は海の場面が多めな巻になりました。そういえばもう何年も海に行ってないな……とちょっとしんみりしてます。

まったく泳げませんが、エメラルドグリーンの海とか憧れますね。イメージを膨らませるためにモルディブとかタヒチとかの画面を見続けていたら、思わず現実逃避したくなりました。

南の島とか行きたいですねぇ……まったく泳げませんが。

そうそう引っ越しすることになりました。手狭になってきたのと、ちょっと周りの騒音が気になりまして、半ば衝動的に。

今住んでいるところよりも広くて環境のいいところなので、これで仕事も捗り原稿も早くなればいいなあと思っています。

しかしながら引っ越しの準備が終わらないというか……。いるもの、いらないもの、その処分の仕方、箱詰め、新しい家電購入、電気ガス水道などの手続き……と、てんてこまいです。

「これ本当に終わるのか……？」と思いながら、今日も原稿の合間に整理しています。秋までにはなんとか完了させたい。

あ、スクウェア・エニックスさんでウサマフのコミカライズが今秋から連載スタートします。こちらの方もよろしくお願い致します。

さて、今回も謝辞を。

はましん様。いつも素敵なイラストをありがとうございます。これからもよろしくお願い致します。

担当K様、ホビージャパン編集部の皆様、本書の出版に関わった皆様方、いつもありがとうございます。

そして『小説家になろう』と本書を読んで下さる全ての読者の方に感謝の念を。

冬原パトラ

ギルドメンバーもそろったことで、
さらに戦力増強した【月見兎】。
著：冬原パトラ
イラスト：はましん

第3エリア突破のキーとなる
モンスターにも目途がつき、
ついにエリアボスと
対峙することに――!!
VRMMOはウサギマフラーとともに。4
VRMMO with a rabbit scarf.
今冬発売予定!

結婚式や新婚旅行も済、異世界へと帰還した冬夜達。
そんな折、リーフリース皇王から
フォンとともに。22
2020年10月発売予定！

とある相談を持ち掛けられる。
問題解決のために仮面舞踏会が開かれることになり——!?
異世界はスマート
冬原パトラ
illustration■兎塚エイジ

HJ NOVELS
HJN44-03

VRMMOはウサギマフラーとともに。3

2020年8月22日　初版発行

著者——冬原パトラ

発行者—松下大介

発行所—株式会社ホビージャパン

〒151-0053
東京都渋谷区代々木2-15-8
電話　03(5304)7604（編集）
　　　03(5304)9112（営業）

印刷所——大日本印刷株式会社

装丁——木村デザイン・ラボ／株式会社エストール

Printed in Japan

ISBN978-4-7986-2271-2　C0076

ファンレター、作品のご感想お待ちしております

〒151−0053　東京都渋谷区代々木2−15−8
(株)ホビージャパン HJノベルス編集部 気付
冬原パトラ 先生／はましん 先生